KB021677

Lady Chatterley's Lover

D. H. Lawrence

채털리 부인의 연인 1

초판 1쇄 인쇄 2017년 5월 18일
초판 1쇄 발행 2017년 5월 25일

지은이 | 데이비드 허버트 로렌스
옮긴이 | 김정매
발행인 | 신현부

발행처 | 부북스
주소 | 04601 서울시 중구 동호로17길 256 – 15
전화 | 02–2235–6041
팩스 | 02–2253–6042
이메일 | boobooks@naver.com

ISBN 979-11-86998-50-2 04840

이 도서의 국립중앙도서관 출판예정도서목록(CIP)은 서지정보유통지원시스템 홈페이지(http://seoji.nl.go.kr)와 국가자료공동목록시스템(http://www.nl.go.kr/kolisnet)에서 이용하실 수 있습니다.(CIP제어번호: CIP2017011012)

한국출판문화산업진흥원의 출판콘텐츠 창작자금을 지원받아 제작되었습니다.

부클래식

067

채털리 부인의 연인 1

데이비드 허버트 로렌스

김정매 옮김

부북스

차례

제1장 7

제2장 23

제3장 37

제4장 57

제5장 77

제6장 105

제7장 131

제8장 160

제9장 184

제10장 210

제11장 283

제1장

우리 시대는 근본적으로 비극적인 시대여서, 우리는 이 시대를 비극적으로 받아들이기를 거부한다. 대참사가 일어났고, 우리는 그 폐허 가운데 있으면서 새로운 작은 터전을, 새로운 작은 희망을 일구기 시작했다. 그건 참으로 어려운 일이다. 미래로 이끄는 평탄한 길은 이제 존재하지 않지만, 우린 그 장애물들을 피해 빙 돌아가거나 그 위를 간신히 기어 올라가고 있다. 아무리 하늘이 수없이 무너져 내린다 해도 우리는 살아가야 한다.

이것이 어느 정도 콘스턴스 채털리가 처한 상황이었다. 전쟁으로 인해 집의 지붕이 그녀의 머리 위로 내려앉는 경험을 했다. 그리고 사람은 살아가며 배워야 한다는 걸 깨달았다.

그녀는 1917년에 클리퍼드 채털리와 결혼을 했는데 그가 군대에서 한 달간 휴가를 받아 집에 왔을 때였다. 그들은 한 달간 신혼생활을 했다. 그리곤 그가 플랜더즈 전쟁터로 돌아갔다. 그런데 6개월 후에 그의 몸이 으스러진 상태에서 영국으로 후송되었다. 그의 아내 콘스턴스는 당시 스물세 살이었고 그는 스물아홉이었다.

클리퍼드의 살고자 하는 의지는 놀라웠다. 그는 죽지 않았고 박살이 난 몸이 다시 붙은 듯했다. 2년 동안 그는 의사의 손에 맡겨져 있었다. 그러다가 그의 몸이 다 나았다는 선고를 받고 다시 삶 속으로 돌아올 수 있었으나, 그의 몸은 허리 아래 하반신이 영원히 마비되었다.

이 일은 1920년에 일어났다. 클리퍼드와 콘스턴스는 가문의 '터전'인 라그비 저택으로 돌아왔다. 그의 부친이 별세했기 때문에 클리퍼드가 이제 준남작이 되어 클리퍼드 경(卿)이 되었고, 콘스턴스는 채털리 귀부인이 되었다. 그들은 채털리 가의 좀 황량한 저택에서 좀 빠듯한 수입으로 살림을 차리고 결혼생활을 시작했다. 클리퍼드에겐 손위 누이가 한 분 있었지만 오래전에 출가했다. 그녀 말고는 다른 가까운 친척이 없었다. 형은 전쟁터에서 전사했다. 클리퍼드는 하반신이 불구가 되어 영영 자식을 둘 수 없다는 것을 알면서도, 힘이 닿는 한 채털리 가문의 명성을 지키기 위해 연기가 자욱한 중부지방 고향 집으로 돌아왔다.

그가 진짜로 기가 꺾인 건 아니었다. 그는 바퀴 달린 의자를 타고 이곳저곳으로 다닐 수 있었고, 작은 모터가 달린 옥외용 휠체어도 있어서 혼자서 정원 속을 천천히 몰고 다니다가 음울하고 멋진 사유지 숲에 들어갈 수도 있었다. 그는 이 숲을 겉으로는 대수롭지 않은 척했지만, 사실은 이 숲을 대단히 자랑스러워했다.

육체적으로 고통을 엄청 겪었기 때문에, 고통을 느끼는 감각이 어느 정도 그에게서 없어졌다. 그는 예상 밖으로 밝고 명랑해서, 재잘거리는 새를 연상시켰다. 그의 얼굴은 불그스레 건강해 보였고 연푸른 눈은 도전하듯 빛났다. 그의 어깨는 떡 벌어지고 튼튼했으며 양손은 아주 억셌다. 그는 런던의 비싼 옷을 입고 넥타이는 본드 가(街)에서 구매한 멋진 것을 맸다. 하지만 그의 얼굴엔 불구자 특유의 경계하는 빛이, 또한 약간 멍한 표정이 보였다.

그가 거의 목숨을 잃을 뻔했기에 지금 남아있는 몸의 성한 부분은 그에게 더할 나위 없이 소중했다. 엄청난 충격을 받고도 그가 살아난 것에 얼마나 자부심을 느끼는지는 그의 열망에 찬 눈빛에서 역력히 드러났다. 그러나 받은 상처가 너무나도 컸기에 그의 내면의 무엇인가가 무너져 내리고, 감정의 일부도 사라졌다. 무감각의 공허만이 자리 잡고 있었다.

그의 아내 콘스턴스는 부드러운 갈색 머리에 몸은 튼튼하고 동작은 느리지만, 활력이 남다르게 넘치는, 혈색 좋고 시골 분위기를 풍기는 여자였다. 크고 파란 눈은 경이로운 빛을 띠고 목소린 부드럽고 온화했으며 고향 마을에서 금방 올라온 것 같은 느낌을 주었다.

그렇지만 사실은 전혀 그렇지가 않았다. 그녀의 아버지는 왕립미술원 회원인 노(老) 맬컴 리드 경으로 한때 이름을 날리던 분이었다. 어머니는 라파엘 전파[1]적 성향이 짙은 전성기의 페이

---

1 이탈리아의 라파엘 전 화풍을 따라 1848년에 영국의 개혁적인 미술가들이 형

비언 협회[2]의 교양 있는 회원이었다. 콘스턴스와 언니 힐더는 예술가 아버지와 교양 있는 사회주의자 어머니 사이에서 자라면서 소위 심미적인 면에서 인습에 얽매이지 않은 교육을 받았다. 부모는 딸들이 예술적인 분위기를 들이키도록 파리와 피렌체, 로마로 데려갔고, 이와는 방향이 다른 헤이그와 베를린으로도 데려가 대규모의 사회주의 집회에도 참석하게 했다. 이런 집회에선 연사들이 갖가지 세련된 언어로 말을 해도 아무도 낯을 붉히지 않았다.

그렇기 때문에 두 딸은 어릴 때부터 예술이나 이상적인 정치 사상을 들어도 전혀 위압감을 느끼지 않았다. 그건 그들에게 자연스러운 분위기였다. 그들은 세계주의자이면서도 지방주의자여서, 예술의 세계주의적인 지방색이 순수한 사회주의 이상과 결합하여 그들 마음속에 내재했다.

그들은 열다섯 살 때 드레스덴으로 보내져 여러 가지를, 특히 음악을 배웠다. 그들은 정말 신나는 시간을 보냈다. 그들은 학생들과 어울리며 자유롭게 살았다. 남학생들과 철학이며 사회학이며 예술에 관해 토론을 벌였다. 그들은 남학생들만큼이나 나무랄 데 없이 잘해냈다. 아니 여학생들이었기에 훨씬 더 나았다. 그들은 기운찬 청년들과 기타를 팅! 팅! 팅기면서 숲 속을 마구 돌아다녔다! 그들은 도보 여행자들의 노래를 목청껏 불

성한 단체.-역주
2   1883년에 창설된 온건한 사회주의 단체.-역주

러댔고 자유로웠다. 자유! 그건 위대한 말이었다. 탁 트인 세계로 나가서, 아침에는 숲 속으로 나가서 목청껏 신나게 노랠 불러대며 무엇이든 하고픈 대로 했다. 무엇보다도 하고픈 말을 자유롭게 했다. 최고로 중요한 것은 마음대로 떠들 수 있다는 것이었다. 정열적으로 떠들며 말을 주고받을 수 있다는 것이었다. 사랑은 단지 부차적인 문제였다.

힐더와 콘스턴스 둘 다 열여덟 살쯤에 시험적인 연애 경험도 했다. 나무 밑에서 그토록 정열적으로 이야길 나누고 목청껏 노랠 부르며 함께 야영하던 남학생들은 으레 그들과 사랑의 결합을 원했다. 여자애들은 그게 가치가 있을까 미심쩍어했지만, 그에 대해 하도 말들을 많이 하니 아주 중요할 것이라고 짐작했다. 그리고 남자들은 아주 겸허한 태도로 그것을 간절히 원했다. 그렇다면 처녀가 여왕처럼 으스대며 자신의 몸을 선물로 내어주지 못할 것은 무언가?

그래서 그들은 각자 가장 민감한 문제를 격의 없이 논의한 청년에게 자신들의 몸을 선물로 내어주었다. 논쟁과 토론이 대단한 것이었지, 연애와 육체적 관계는 일종의 원시 상태로 되돌아가는 것이고 좀 맥이 빠지는 것이었다. 그 후로 그 남학생을 덜 좋아하게 되었고 그녀의 사적인 영역과 내적인 자유를 침범당한 것 같아서 미워하는 마음이 생겼다. 물론 소녀여서, 인간의 총체적 위엄과 인생의 의미는 바로 절대적이고 완전하며 순수하고 고상한 자유의 성취에 있다고 믿었기 때문이다. 소녀에게 인생의 의미가 그밖에 또 어디에 있단 말인가? 낡고도 더러운 육체관계와 예속관계를 떨쳐버리는 데에 있지.

아무리 감상적인 태도로 그것을 좋게 받아들인다 해도, 이 성적 관계는 가장 케케묵고 더러운 관계이고 종속적인 것 중의 하나였다. 성을 찬미한 시인들은 대개가 남성들이었다. 여성들은 항상 그보다 더 훌륭하고 더 고귀한 것이 있다는 것을 알고 있었다. 이제 그들은 그 어느 때보다 그걸 더 확실히 알게 되었다. 여성의 아름답고 순수한 자유는 그 어떤 성적인 사랑보다 무한히 더 경이로웠다. 한 가지 불행한 일은 이 문제에 있어서 남성들이 여성들보다 훨씬 뒤쳐졌다는 것이다. 남성들은 개처럼 성적인 관계를 갖자고 졸라댔다.

그러면 여성은 이에 양보해야 했다. 남자는 식욕이 왕성한 어린애 같았다. 여자는 그가 원하는 것을 내주어야 했다. 아니면 어린애처럼 성미를 고약하게 부리며 아주 즐거운 관계를 내동댕이치며 망쳐버릴 것이었다. 그러나 여자는 자신의 내적인 자유로운 자아를 내주지 않으면서 남자에게 몸을 내줄 수 있었다. 이 점을 시인과 공론가가 성에 관해 이야기할 때 충분히 고려하지 못한 듯했다. 여자는 자신을 내주지 않고도 남자를 받아들일 수 있다. 확실히 여자는 남자의 지배하에 들어가지 않으면서 남자를 받아들일 수 있었다. 오히려 이 성을 이용해서 남자를 지배할 수 있다. 왜냐하면, 성교할 때 여자는 자제하여 절정에 이르지 않고 남자만이 용을 쓰고 일을 끝내 녹초가 되게 한다. 그런 다음에야 여자가 성교시간을 더 늘려 잡고 남자를 도구로 삼아 자신의 오르가슴과 절정에 이를 수 있기 때문이다.

이 두 자매는 전쟁이 터졌을 때쯤 이런 사랑을 경험했고, 서둘러 고향으로 돌아왔다. 두 자매 중 어느 한쪽도 청년과 친밀감을 느끼고 이야기를 나누지 않으면 사랑할 수 없었다. 말하자면 서로가 대화하면서 상대방에게 심오하게 흥미를 느낄 때야 사랑할 수 있었다. 정말로 똑똑한 젊은이에게 몇 달 동안 날이면 날마다 시간마다 열렬하게 이야기할 때 이런 놀랍고 심오하고 믿기지 않는 흥분이 일어났다—그들은 이런 일을 겪은 다음에야 이 사실을 깨달았다! "그대에게 대화를 나눌 남자가 생기리라!"와 같은 말은 한 번도 들어본 적이 없어 천국에서나 있을 약속 같았다. 그러나 그게 어떤 약속인지 그들이 알기도 전에 이미 경험으로 성취되었다.

이렇게 생생하고 영혼을 밝히는 토론을 하고 아주 친밀하게 된 후, 만약에 성관계가 다소 불가피할 경우는 그대로 따랐다. 그것은 한 단원이 끝났다는 표시였다. 나름대로 짜릿함이 있었다. 몸뚱이 안에서 전율이 기묘하게 떨리며 퍼졌고 자기주장의 발작이 최후에 일어났다. 그건 마지막 단어처럼 흥분되고, 한 문단의 끝을, 주제의 중단을 알리기 위해 붙여진 한 줄의 별표와 아주 비슷했다.

딸들이 1913년 여름방학을 보내기 위해 집에 왔을 때 힐더는 스무 살이고 코니(콘스턴스)는 열여덟 살이었다. 그들의 아버지 한눈에 딸들이 사랑의 경험을 했다는 걸 확연히 알아보았다. 누군가가 말한 대로 '사랑은 그곳을 스쳐 지나갔다. (L'amour avait passe par la.)' 그러나 그 자신이 경험이 많은 남자라 딸들의 인생이 그냥 흘러가도록 놔두었다. 어머니로 말하면 인생의 마지막 몇 달 동안은 신경쇠약 환자였고, 그녀는 딸들이 아주 '자유롭게' 지내며 '자신을 성취하기만을' 원했다. 그녀는 한 번도 온전히 자신인 적이 없었다. 그런 상황이 그녀의 삶에 주어지지 않았다. 그 이유는 통 알 수 없었다. 왜냐하면, 그녀에겐 자신의 수입과 삶의 방식이 있었기 때문이었다. 그녀는 남편 탓을 했다. 그러나 진짜 이유는 그녀의 정신 혹은 영혼 속에 권위에 대한 강박관념이 오래 박혀 있어서 그것에서 벗어날 수가 없었기 때문이었다. 그건 맬컴 경과는 전혀 상관이 없었다. 그는 신경질적으로 적의를 품은, 성미 사나운 아내가 자기의 인생을 제멋대로 살도록 놔두고서, 자신의 길을 갔기 때문이다.

그래서 딸들은 '자유로웠고' 드레스덴으로, 음악으로, 대학교로, 젊은 남자들에게로 돌아갔다. 그들은 저마다 젊은 남자를 사랑했고, 젊은 남자들도 각자 정신적인 매력의 열정을 모두 바쳐 그들을 사랑했다. 이 두 청년이 생각하고 표현하고 글로 쓴 놀라운 것들이 전부 이 두 아가씨를 위해 생각하고 표현하고 글로 쓴 것들이었다. 코니의 젊은 남자는 음악을 공부했고 힐더의 애인은 공학도였다. 그러나 그들은 그저 그들의 아가씨만을 위해 살았다. 그들의 마음과 정신적인 흥분이란 면에서 그러했단 말이다. 그들은 알아채지 못했지만, 어딘가 다른 면에서는 여자들한테 좀 퇴짜를 맞은 것이었다.

그들의 몸이 사랑의 전 과정을 겪었다는 것 또한 분명히 드러났다. 즉 육체적인 경험 말이다. 남자건 여자건 둘 다의 몸에서 그 경험이 얼마나 미묘하고 확실하게 변화를 일으키는지는 신기할 정도이다. 여자는 꽃처럼 더 활짝 피어나고, 더 묘하게 몸이 동글동글해지고, 어렸을 때 각이 진 곳이 부드러워지고, 표정은 수심에 차거나 아니면 의기양양해진다. 남자는 더 조용해지고 더 내성적으로 되고, 어깨와 엉덩이의 모양 자체는 자기 주장이 덜 강해 보이고, 더 망설이게 된다.

자매는 몸에서 일어나는 실제의 성적인 흥분에 도취하여 남성의 이상한 힘에 거의 굴복하다시피 했다. 하지만, 그들은 재빨리 본래 모습을 되찾고는 성적인 흥분을 한낱 감각적인 것으로 치부하고 자유로운 상태를 되찾았다. 반면에 남자들은 그런 성적 경험에 대해 여자에게 고마워하며 그들의 영혼을 홀딱 여자에게 바쳤다. 그다음엔 열 냥(兩)을 주었는데 고작 그 절반만 찾은 듯한 표정을 지었다. 코니의 남자는 약간 부루퉁해졌고 힐더의 남자는 좀 야유를 부렸다. 하지만 그런 것이 남자들이 아닌가! 감사할 줄 모르고 절대로 만족을 못 하는 것이. 여자가 그들을 받아주지 않으면 받아주지 않는다고 미워한다. 그들을 받아주면 다른 이유를 대며 미워한다. 아니면 전혀 아무런 이유가 없는데도 미워하니, 그들이 만족을 모르는 어린애들이랄 수밖에 없다. 무엇을 손에 넣든지 만족할 줄을 모르니, 여자는 자기가 하고픈 대로 하게 내버려 두자.

그러나 전쟁이 터졌다. 힐더와 코니는 서둘러 다시 집으로 돌아갔다—그들은 이미 얼마 전 5월에 어머니 장례식을 치르기 위해 다녀간 후였다. 1914년 성탄절 전에 그들이 사귀던 독일 청년 둘 다가 전사했다. 이에 자매는 눈물을 흘리며 슬퍼했고 그 청년들에게 열정적인 사랑을 느꼈다. 그러나 마음 한쪽에선 그들을 잊고 있었다. 그들은 더 이상 이 세상에 존재하는 사람이 아니었다.

자매는 아버지의 켄징턴 집—진짜는 어머니 소유—에서 살면서 젊은 케임브리지 패거리들과 어울려 다녔다. 이들은 '자유'를 표방하며 모직 플란넬 바지와 목 부분이 패인 플란넬 셔츠를 입고 다녔다. 좋은 가문 출신에다 정서상 자유분방하고, 속삭이듯 나직하게 말하며, 예의엔 지나칠 정도로 민감했다. 그러다가 힐더가 갑자기 자기보다 열 살이나 연상인 남자와 결혼을 했는데, 그 사람은 같은 케임브리지 무리 중의 한 명으로 상당한 재산이 있고, 대물림되는 정부 기관의 안정된 직업을 갖고 있었다. 그는 또한 철학적인 글도 썼다. 힐더는 웨스트민스터 지역의 아담한 집에서 그와 살면서 정부와 관련된 사람들의 훌륭한 사교계로 들어갔다. 이 사람들은 최고 상류 사회인들은 아니었지만, 영국에서 **진정한** 지식 계급이거나, 아니면 앞으로 그렇게 될 사람들이었다. 그들은 자기네가 무슨 말을 하고 있는지를 알고 있고, 아니면 알고 있는 척 말하는 사람들이었다.

코니는 전쟁 기간에 가벼운 형태의 전시 부역을 하면서 플란넬 바지를 입는 케임브리지 출신의 비타협적인 사람들과 사귀었는데, 그들은 그때까지는 모든 것을 점잖게 비웃었다. 그녀의 '친구'는 클리퍼드 채털리로 스물두 살 난 젊은이였다. 그는 독일의 본에서 탄광에 대한 전문적인 기술을 배우다가 서둘러 귀

국했다. 그는 전에 케임브리지에서 2년간 공부를 했고 지금은 한 괜찮은 연대의 중위로 있으며 군복을 입고 있어서 그가 모든 것을 비웃어대면 누구보다 더 잘 어울려 보였다.

클리퍼드 채털리는 코니보다 더 상류층이었다. 코니는 부유한 지식계급이지만 그는 귀족계급이었다. 대단한 귀족 출신은 아니지만 그래도 귀족은 귀족이었다. 그의 부친이 준남작이었고 그의 모친은 자작의 딸이었다.

하지만 클리퍼드가 코니보다 더 좋은 집안 출신이고 더 높은 '상류 사회'에 속하긴 했지만, 그는 나름대로 더 촌스럽고 소심했다. 그는 좁고 '신분이 높은 세계'―말하자면 귀족지주층―에서는 편히 지낼 수 있었으나, 다른 모든 큰 세계에 대해선 겁을 먹고 불안해했다. 그 큰 세계란 중류층과 하류층, 외국인으로 구성된 거대한 떼거리를 의미했다. 사실대로 밝히자면 그는 중류층과 하류층 인간들, 자기 계층이 아닌 외국인들에 대해 좀 겁을 먹고 있었다. 특권층이면 누리는 모든 보호를 다 받으면서도, 그는 자신의 무방비 상태를 의식하면 마비가 될 정도였다. 그건 참 기이하지만, 우리 시대의 한 현상이다.

그러므로 콘스턴스 리드 같은 젊은 처녀의 묘하게 나긋나긋한 자신감이 그를 매혹하였다. 그녀는 그 혼란스러운 외부 세계에서 그보다 훨씬 더 냉정하게 대처했다.

그럼에도 그 역시 반항아였다. 심지어 자기 자신의 계급에 반항했다. 아니, 어쩌면 반항은 너무 과한 말일 것이다. 너무나도 과한 말이다. 그는 인습과 어떤 종류의 진짜 권위에 대항해

항간에 흔히 있는 젊은이들의 혐오감에 물들었을 따름이다. 아버지란 자들은 우스꽝스러운 존재들이다. 그 자신의 외고집쟁이 아버진 더없이 우스꽝스러웠다. 그리고 정부 기관들도 우스꽝스러웠다. 어찌 되어가나 기다려보자는 유의 정부 기관은 특히 그러했다. 그리고 군대들도 우스꽝스러웠는데 늙고 무능한 장군들이 통틀어 그러했다. 얼굴이 불그스레한 키츠너 백작[3]은 극도로 우스꽝스러웠다. 전쟁까지도 실지로 우스꽝스러웠다. 비록 상당히 많은 사람을 죽이긴 했지만.

사실 모든 것이 어느 정도 우스꽝스럽거나 아니면 매우 우스꽝스러웠다. 물론 권위와 연결된 모든 것이 그러했다. 그게 군대나 정부나 대학들의 일이든 간에 대단히 우스꽝스러웠다. 지배계층이 다스린다고 허세를 부리는 한, 그들 또한 우스꽝스러웠다. 클리퍼드의 부친인 제프리 경은 자기 숲의 나무를 찍어내고 자기 탄광의 사람들을 추려내어, 전쟁에 밀어 넣고는 자기는 아주 안전한 곳에서 애국자인 양 행세하는 것이 지독히 우스꽝스럽게 보였다. 하지만 그는 수입보다 더 많은 돈을 조국을 위해 바쳤다.

미스 채털리—클리퍼드의 누이인 에마—가 간호사로 봉사하려고 고향 중부지방에서 런던으로 내려왔을 때, 부친 제프리 경의 결의에 찬 애국심을 보고는 조용히 재치 있게 한마디 했다. 맏아들이자 상속자인 허버트는 자기 소유의 나무가 참호 버

---

3 1850-1916, 아일랜드 출신으로 영국군 장교이며 정치가.—역주

팀목으로 쓰이려고 잘려나가는 것을 보면서도 기탄없이 웃어댔다. 하지만 클리퍼드는 좀 불안한 미소를 살짝 짓기만 했다. 모든 것이 우스꽝스러웠다. 그건 상당히 맞는 말이었다. 하지만 그런 일이 자신에게 아주 가까이 다가와 자신마저 우스꽝스럽게 된다면 그건 좀……? 적어도 다른 계급 사람들은, 코니처럼, **어떤** 일에 진지한 면이 있었다. 그들은 무엇인가를 믿었다.

그들은 영국 병사들을, 징병제의 위협을, 설탕과 아이용 토피 캔디[4]의 부족을 진지하게 걱정을 했다. 물론 정부당국자들이 우스꽝스럽게 이 모든 일에서 잘못을 저질렀다. 그러나 클리퍼드는 이런 것을 진지하게 유념하지 않았다. 그의 눈에 당국자들은 **애초부터(ad ovo)** 우스꽝스러웠지, 특별히 토피 캔디나 영국 병사 때문에는 아니었다.

당국자들은 자신들이 우스꽝스러워하면서도 아주 우스꽝스러운 식으로 처신했다. 그래서 한동안 상황은 온통 어이없는 난장판이었다. 상황이 저쪽에서 커지게 되자, 이쪽에서 로이드 조지[5]가 등장해서 사태를 수습하기 시작했다. 이것은 우스꽝스러움의 도를 넘어섰고, 경박한 젊은이들은 더 이상 비웃지 않았다.

1916년에 허버트 채털리가 전사해서 클리퍼드가 상속인이 되었다. 그는 심지어 이 일에도 기겁을 했다. 제프리 경의 아들

---

4   설탕과 버터를 졸여 속에 땅콩 등을 넣은 캔디.—역주
5   자유당의 당수로 1916년에 수상에 취임.—역주

로서, 라그비 가의 자손으로서의 중요성이 그의 골수에 박혀 있어서, 그는 여기에서 벗어날 수가 없었다. 소용돌이치는 광활한 세상의 눈에는 이 사실조차 우스꽝스럽다는 것을 그는 알았다. 이제 그는 상속자로 라그비 가를, 오래된 라그비 가를 책임졌다. 그건 끔찍스런 일이 아닌가! 그러면서도 멋지고 멋진 일이지. 그리고 어쩌면 동시에 완전히 우스꽝스러운 일이다.

제프리 경은 우스꽝스럽다는 생각은 아예 허용치 않으려 했다. 그는 해쓱하고 긴장이 된 얼굴로 자기 생각에 파묻혀서, 수상이 로이드 조지이건 누구건 간에 나라와 자신의 지위를 구하겠다고 고집스레 결의를 다졌다. 그렇게 그는 진정한 영국의 실상과 동떨어지고 단절되고 제대로 된 판단력을 잃어버려서, 호레이쇼 보텀리[6] 같은 인물에 대해 호감까지 품게 되었다. 그의 선조들이 영국과 성 조지[7]를 지지한 것처럼 제프리 경은 영국과 로이드 조지를 지지했고, 이 두 경우가 완전히 다르다는 것을 조금도 깨닫지 못했다. 그래서 제프리 경은 목재를 자르고, 로이드 조지와 영국, 영국과 로이드 조지 편에 섰다.

그는 클리퍼드가 결혼해 후계자를 낳아주길 원했다. 한편 클리퍼드는 아버진 구제불능의 시대 착오자라 느꼈다. 그러나 어느 면에서 그 자신이 아버지보다 한 치라도 앞서 있단 말인가? 모든 것에 우스꽝스러워 하며, 자기 지위가 최고로 우스꽝스러

---

6   영국의 하원 의원.─역주

7   영국의 수호신.─역주

위 움츠러드는 느낌을 빼고는 말이다. 그는 좋든 싫든 준남작의 지위와 라그비 저택을 별 고민 없이 받아들이지 않았나.

들떠 흥분하던 분위기는 전쟁에서 사라졌다―쥐 죽은 듯 없어졌다. 너무나도 많은 죽음과 끔찍한 일이 있었다. 남자는 위안과 위로가 필요했다. 남자는 안전한 세상에 내릴 닻이 필요했다. 남자는 아내가 필요했다.

채털리 가의 자손인, 두 형제와 누이는 친척들이 있음에도 불구하고 이상하게 고립되어서 라그비 저택에 틀어박혀 살았다. 그들은 고립감을 느끼면서 가족간의 유대를 튼튼히 했다. 그들에게 귀족의 작위와 영토가 있음에도 불구하고, 아니 오히려 이 때문에, 그들의 지위가 허약하고 무방비 상태에 있다고 느꼈다. 그들은 자신들이 살고 있는 산업지대인 중부지방과도 단절하며 살고 있었다. 그리고 쉽게 우울한 생각에 잠기고 완고하며 폐쇄적인 아버지 제프리 경의 성격 탓에, 같은 계급의 사람들과도 왕래 없이 지냈다. 그들은 아버질 우습게 여기면서도 누가 아버지에 대해 무슨 말을 하면 민감한 반응을 보였다.

이 세 형제자매는 항상 함께 살겠다고 말하곤 했다. 그러나 이제 허버트가 전사하자 제프리 경은 클리퍼드가 결혼하길 바랐다. 제프리 경은 이를 좀처럼 입 밖에 내지 않았다. 그는 말수가 적은 사람이었다. 그러나 그렇게 해야 한다는 아버지의 무언의 생각과 깊은 고집에 클리퍼드가 맞서서 반대하기가 힘들었다.

그러나 에마는 안 돼!라고 말했다. 그녀는 클리퍼드보다 10

살 위였는데 동생의 결혼은 이 집안의 자손들이 굳게 다짐한 약속을 파기하고 도망치는 행위라 생각했다.

그럼에도 불구하고 클리퍼드는 코니와 결혼을 했고 한 달 동안 신혼생활을 했다. 때는 끔찍스런 해인 1917년이었고, 그들은 가라앉는 배 위에 단둘이 서 있는 사람처럼 친밀했다. 그는 결혼할 당시 숫총각이었고 성적인 면은 그에게 그리 중요하지 않았다. 그런 문제는 별도로 치더라도 그와 그녀는 사이가 아주 좋았다. 그리고 코니는 성을 초월하고 남자의 '만족'을 초월한 이런 친밀한 관계에 좀 흥분해서 기뻐하고 있었다. 클리퍼드는 왠지 아주 많은 남자와 달리 자신의 '만족'을 채우려고 열을 내지 않았다. 아니, 그들의 다정함은 그런 것보다 더 깊고 더 애틋했다. 성은 하나의 우발적 사건이거나 하나의 부속물이었다. 이상하고 폐물이 된 신체기관의 작용 중의 하나였다. 꼴불견으로 계속 따라붙었지만 꼭 필요한 것은 아니었다. 다만 코니가 아이 갖기를 **원했다**. 시누이인 에마에 맞서서 자신의 입지를 굳히기 위해서라도 그랬다.

그러나 1918년 초에 클리퍼드가 몸이 박살이 나서 후송되어 집으로 돌아왔고 아이는 생기지 않았다. 제프리 경은 원통해하다가 세상을 떴다.

제2장

코니와 클리퍼드는 1920년 가을, 라그비 저택으로 돌아왔다. 미스 채털리는 남동생의 변절을 여전히 언짢게 여겼기에 그곳을 떠나 런던에 있는 작은 아파트에서 살고 있었다.

라그비 저택은 18세기 중엽에 세워진 오래된 갈색 벽돌집으로 낮고 길었는데, 그 이후 자꾸 덧붙여져서 지금은 별 특징 없는 토끼장처럼 과밀하고 큼직한 건물이 되었다. 저택은 꽤 훌륭하고 오래된 참나무 숲의 언덕에 서 있었다. 그러나 참 애석하게도, 가까이 있는 테버셜 탄광의 굴뚝에서 증기와 연기의 구름이 솟아오르는 것이 보였다. 그리고 좀 떨어진, 눅눅하고 안개 낀 언덕에는 조잡하고 불규칙한 테버셜 마을이 보였다. 마을은 거의 대정원 정문에서 시작하여 일 마일에 걸쳐 완전히 절망적이고 흉측한 모습으로 길게 늘어서 있어 소름이 끼쳤다. 날카롭게 각이 선 슬레이트 지붕의 초라하고 검댕투성이의 작은 벽돌집들이 줄줄이 늘어선 모습이 고집스레 얼빠지고 삭막해 보였다.

코니는 켄징턴이나 스코틀랜드의 언덕, 서식스의 구릉 지대에 익숙했다. 그것이 그녀가 아는 영국의 모습이었다. 그녀는 젊은이의 스토이시즘적 자세로, 석탄-철광 지대인 중부지역은 영혼이 깡그리 없고 흉측스럽다는 걸 한눈에 파악하고, 있는 그대로 두고 이와 상관하지 않았다. 도대체 믿기지 않았고 생각조차 할 수 없었다. 그녀는 라그비 저택의 매우 음울한 방 안에서 탄광에서 석탄을 고르는 체의 덜커덩 소리, 엔진이 돌면서 뿜어내는 헉헉 소리, 선로를 바꾸는 화차의 쨍강거리는 소리, 탄갱 기관차의 목쉰 듯한 낮고 거친 기적 소리를 들었다. 테버셜 탄광의 바깥에 쌓아놓은 석탄 더미에선 불이 탔는데, 수년간 계속 타고 있었다. 그 불을 끄려면 수천 파운드의 비용이 들기 때문이었다. 종종 그러듯이 바람이 라그비 저택 쪽으로 불 때면, 라그비 저택에는 지구의 배설물이 연소하며 내뿜는 유황 섞인 악취가 가득했다. 그러나 바람이 없는 날에도 대기에선 이 지하의 광물질 냄새가 났다. 유황, 철, 석탄, 산(酸). 크리스마스의 장미 위에도 검댕이 믿기지 않을 정도로, 끈질기게 내려앉아, 최후의 심판일에 하늘에서 내려온 검은 만나 같았다.

글쎄, 상황은 그랬다. 나머지 다른 것들처럼 운명적이었다! 그건 좀 끔찍스러웠다. 그렇다고 왜 발길질을 하나? 그건 발로 차서 없어질 것이 아니었다. 그건 그냥 계속되었다. 자신 또한 계속되었다. 다른 모든 것과 같이 인생이란 그렇게 계속되는 것이지! 밤엔 낮게 드리운 검은 구름에 얼룩 모양이 나풀거리며 타올랐는데, 고통스럽게 불에 덴 자국처럼 얼룩지고, 부풀다가 쪼그라들었다. 그건 용광로의 불이었다. 코니가 이걸 처음 보았을 때 너무 놀라 정신이 나갈 정도였다. 자신이 땅속에서 살고 있다는 느낌이 들었다. 그다음엔 이것들에 익숙해졌다. 그리고 아침엔 비가 내렸다.

클리퍼드는 라그비 저택이 런던의 집보다 훨씬 좋다고 속마음을 털어놓았다. 이 고장은 그 나름대로 단호한 의지를 지니고 있고, 사람들은 배짱이 있다고 했다. 코니는 그 사람들에게 그것 말고 무엇이 있을까 의아했다. 분명히 제대로 볼 줄 아는 눈이나 정신 같은 것은 없었다. 그곳 주민들은 그 시골풍경 만큼이나 볼품이 없고, 해쓱하고, 침울하고, 친절하지 못했다. 단지 낮고 굵은 소리로 웅얼대는 그들의 사투리에 무언가가 있었고, 그들이 작업장에서 길게 무리를 지어 아스팔트 길 위를 걸어 집으로 올 때 징 박힌 광부용 구두의 저벅거리는 소리, 그건 소름이 끼치면서도 좀 신비로웠다.

젊은 지주가 귀향할 때 환영은 없었다—환영 잔치나 대표단도 없었고, 꽃 한 송이조차 없었다. 단지 차를 타고 눅눅한 길로 들어서 음울한 나무 사이를 뚫고 어둡고 축축한 차도를 따라 달려, 대정원의 비탈로 나오니 그곳에선 축축하게 젖은 잿빛의 양들이 풀을 뜯고 있었다. 그리곤 둔덕에 이르자 암갈색의 저택 전면이 드러났고, 가정부 내외가 서성거렸고, 그들은 대지를 떠도는 소작인처럼 우물쭈물하며 몇 마디 환영인사를 드렸다.

라그비 저택과 테버셜 마을 사이엔 아무런 교류가 없었다— 전혀 없었다. 클리퍼드를 보아도 모자에 손을 대거나 무릎을 굽혀 인사하는 법이 없었다. 광부들은 그냥 쳐다만 보았다. 장사

꾼들이 아는 이에게 하듯 코니를 보면 모자를 살짝 들었고, 클리퍼드에겐 어색하게 고개를 끄덕였다. 그게 전부였다. 오갈 수 없는 깊은 만, 양측에 잔잔히 흐르는 원한 뿐. 처음에 코니는 마을에서 꾸준히 가랑비처럼 밀려오는 원한에 괴로워했다. 그러다가 그녀는 그것에 단련되었고, 그건 일종의 강장제였고, 그녀가 맞서 살아야 할 조건이 되었다. 그녀와 클리퍼드가 인기가 없어서 그런 것은 아니었다—그들이 광부와는 완전히 다른 부류에 속했을 따름이었다. 이와 같은 건널 수 없는 만이나 형언할 수 없는 불화는 트렌트 강[8] 이남에는 아마 존재하지 않을 것이다. 그러나 중부지방과 북부 산업지대에는 건널 수 없는 만이 분명 존재해서 그곳을 가로질러 의사소통이 이루어질 수 없었다.—당신은 당신네 쪽에 붙고 난 내 쪽에 붙을 거요!—인간이 공유하는 맥박을 이상하게 부인하는 짓이었다.

그렇지만 마을 사람들은 추상적으로는 클리퍼드와 코니하고 통하는 바가 있었다. 하지만 육체적으로는 양쪽 다 '당신, 내 일에 상관 마!'라는 태도였다.

예순 살쯤 된 교구 목사는 마음씨 좋고, 의무감에 충실한데, 개인적으로는, 마을 사람들의 '당신, 내 일에 상관 마!'라는 무언에 거의 무존재나 다름없었다. 광부의 아내들은 거의 감리교 신자였다. 광부들은 신앙이 없었다. 그러나 목사가 걸치는 성직 가운의 위력이 하도 대단해서, 그가 다른 사람과 같은 사람이라

---

8   더비, 노팅엄을 거쳐 북동쪽으로 흐르는 영국 중부의 강.—역주

는 사실을 전적으로 감췄다. 아니, 그는 애시비 목사 선상님으로, 일종의 자동적인 설교와 기도 기계였다.

이 고집 세고 본능적인—'그래, 당신이 채털리 부인이라고! 우리도 당신 못지않다고!'—태도에 코니는 처음에 극도로 난처하고 당황스러웠다. 그녀가 다가가 말을 걸면 광부의 아내들은 이상하게 못 믿겠다는 듯 건성으로 상냥한 태도를 보이며 말했다. '어머나 세상에! 채털리 부인께서 나에게 말을 걸으셨으니 난 이제 대단한 인물인 거야! 그렇다고 내가 그녀보다 못하다고 생각할 필요는 없지!' 아낙들의 이 말이 절반은 아첨하는 코맹맹이 소리로 울릴 때, 그녀는 참을 수가 없었다. 그냥 지나칠 수가 없었다. 그건 어찌할 수 없는 공격적인 비국교도의 태도였다.

클리퍼드는 그들을 그냥 내버려 두었고, 코니도 이렇게 대하는 법을 배웠다. 그녀는 그들에게 눈길을 주지 않고 그냥 지나쳤으며, 그들은 그녀가 걸어 다니는 밀랍인형인 양 빤히 쳐다보았다. 클리퍼드가 그들을 다루어야 할 때는 좀 도도하고 경멸적인 태도를 보였다. 더는 다정하게 대할 처지가 못 되었다. 사실상, 그는 자기 계층이 아닌 사람들에겐 똑같이 깔보고 멸시하는 태도를 보였다. 그는 자기의 태도를 고수할 뿐, 환심을 살 시도는 하지 않았다. 그리고 이 고장 사람들은 그를 좋아하지도 싫어하지도 않았다. 그들에게 그는 석탄층이나 라그비 저택 자체와 같은 사물의 일부에 지나지 않았다.

그러나 클리퍼드는 이제 불구의 몸이 되었기 때문에 사실은 굉장히 수줍음을 타고 자의식이 강했다. 그는 집안의 하인들 외에는 그 누구도 만나길 꺼렸다. 바퀴 달린 의자나 야외용 휠체어에 앉아있어야 했기 때문이다. 그런데도 그는 전처럼 아주 세심하게 신경을 써서 옷을 입었다. 값비싼 런던 맞춤 양복에 본드 가(街)의 고급 넥타이를 전처럼 매고 있었기 때문에 상반신만 보면 언제나 멋지고 인상적이었다. 한 번도 현대의 여성스러운 젊은이처럼 보인 적이 없었다. 얼굴이 불그스레하고 어깨가 떡 벌어져서 시골티가 날 정도였다. 그러나 아주 조용하고 망설이는 그의 목소리가 동시에 대담하면서 겁먹은 듯하고, 자신이 있는 듯하면서 불안해하는 눈빛이, 그의 본성을 드러냈다. 그의 태도는 종종 불쾌할 정도로 건방졌고, 그러다가 다시 겸손해지고 뒤로 물러나며 무서워 떨기까지 했다.

코니와 그는 서로에게 아주 다정했는데 초연한 듯한 현대적인 방법이었다. 클리퍼드는 내면에 하반신 마비라는 너무나 커다란 충격을 받아, 마음을 느슨히 하고 가볍게 지낼 수가 없었다. 그는 상처받은 존재였다. 코니는 그를 이러한 존재로 받아들이고 지극정성으로 그를 위했다.

그러나 남편이 실제로 사람들과 맺는 인간적인 관계가 너무나 적다는 것을 느끼지 않을 수가 없었다. 광부들은 어떤 의미에서 그의 사람들이었다. 그러나 그는 광부들을 사람이 아닌 물건으로, 생명의 일부분이라기보다는 탄광의 부분으로, 그와 더불어 사는 인간이라기보다는 거치고 조야한 현상으로 보았다. 그는 어떤 면에서는 그들을 무서워했고, 불구가 된 지금 그의 몸을 그들에게 보인다는 것은 도저히 견딜 수가 없었다. 그리고 그들의 이상하고도 거친 남자다움은 고슴도치처럼 그에게 부자연스러웠다.

그는 좀 떨어져서 관심을 두고 있었다. 그렇지만 그건 현미경을 내려다보거나 망원경을 올려다보는 사람의 태도였다. 그에겐 접촉이 없었다. 라그비 저택 그리고 가족 방어의 밀접한 결합인 에마 누이와 갖는 전통적인 접촉 이외엔 어떤 것과도 누구와도 실질적인 접촉이 없었다. 이 선을 넘어서 실제로 접촉이 없었다. 코니 자신도 정말로 그와 진정한 접촉은 없다고 느꼈다. 그녀는 끝내 그에 도달하지 못했다. 어쩌면 궁극적으로 도달할 것이 없었는지도 모른다, 단지 인간적인 접촉의 부정이 있을 뿐.

그러나 그는 절대적으로 그녀에게 의존했다―매 순간 그녀가 필요했다. 몸집이 크고 힘이 셌지만, 그는 무기력했다. 그는 바퀴 달린 의자에 앉아 여기저기를 다닐 수 있었다. 그리고 모터가 달린 야외용 휠체어가 있어 그걸 타고 천천히 대정원을 둘러볼 수 있었다. 그러나 단지 홀로 있으면 길을 잃은 것 같았다. 그는 코니가 곁에 있는 것이 필요했고, 그가 조금이라도 존재한다는 것을 확신시켜 주는 것이 필요했다.

그럼에도 그는 야심이 있었다. 이야기들을 쓰기 시작했다. 그가 알고 있던 사람들에 대해 야릇하고도 매우 사적인 내용을 담은 이야기들이었다. 재치 있고 좀 악의적인 내용이었는데, 어떤 면에서는 이상하리만치 의미가 없었다. 관찰력은 비상하고

독특했다. 그러나 접촉이, 실질적인 접촉이 없었다. 마치 진공 상태에서 사건이 벌어지는 것 같았다. 그리고 오늘날의 인생 무대가 주로 인공조명을 한 무대이기 때문에 그 이야기들은 묘하게도 현대적 생활을—다시 말해 현대적 심리를 잘 반영했다.

클리퍼드는 이 이야기들에 거의 병적으로 민감한 반응을 보였다. 그는 모든 사람이 그것들은 훌륭하고 최고의 것이며, 그 **이상은 없다(ne plus ultra)**고 칭찬하길 바랐다. 그것들은 가장 현대적인 잡지에 실렸고, 평상시처럼 호평도 받고 혹평도 받았다. 그러나 클리퍼드에게 혹평은 칼로 찌르는 것처럼 고문이었다. 마치 그의 존재 전체가 이야기들 속에 들어있는 것 같았다.

코니는 그녀가 할 수 있는 한 도왔다. 처음에는 아주 신이 났다. 남편은 모든 것을 그녀에게 단조롭게 끈질기게 집요하게 얘길 해주었기에, 그녀는 있는 힘껏 대응할 수밖에 없었다. 그건 마치 그녀의 영혼 전체와 몸, 섹스가 일깨워져 그의 이야기들 속으로 들어가야만 하는 것 같았다. 이것이 그녀를 감동케 하고 온 정신을 쏟게 했다.

그들에게 육체적인 삶은 거의 없다시피 했다. 그녀는 집을 관리해야 했다. 그러나 가정부가 수년 동안 제프리 경에게 시중 들었고, 이 말라빠지고 나이가 들고, 빈틈없이 정확한 여자— 하녀라고 볼 수 없고 그렇다고 여성으로 볼 수도 없는 사람— 가 식사 시중을 드는데 장장 40년 동안 이 집에서 살았다. 하녀 들조차 이제는 어린 사람이 없었다. 그건 정말로 끔찍스러웠다! 이런 집에서는 그냥 두는 것 외에 무슨 뾰족한 수가 있겠는가!

아무도 쓰지 않는 끊임없이 늘어선 방들, 중부지방의 되풀이되는 관행, 기계적인 청결과 기계적인 질서라니! 클리퍼드는 그의 런던 집에서 시종을 들던 경험이 많은 여자를 새 요리사로 데려오자고 고집했다. 그 밖의 일에서는 이 집은 체계적인 무질서에 의해 돌아가는 것 같았다. 모든 것이 상당히 좋은 질서 속에서 돌아갔고 철저하게 청결했고 엄격하게 시간을 지켰다. 심지어 정직성도 상당히 엄격하게 지켰다. 그런데도 코니에겐 체계적인 무질서로 보였다. 인간적인 따스한 감정이 이 집을 활기찬 유기체로 묶어주질 못했다. 이 저택은 버려진 거리처럼 썰렁했다.

코니는 그걸 그대로 두는 수밖에 없었다! 그래, 그대로 내버려 두었다. 미스 채털리는 가끔 와, 아무것도 변한 것이 없는 것을 보고서 귀티 나는 여윈 얼굴에 의기양양한 빛을 띠었다. 미스 채털리는 남동생과의 정신적인 결합에서 코니가 자길 내쫓았다며, 코니를 절대로 용서하려 하지 않았다. 클리퍼드와 함께 이 이야기들, 이 책들을 생산하는 일이 바로 그녀 에마가 마땅히 할 일이었다. 세상에 새로운 이야기인 채털리 가의 이야기를 말이다. 세상에 새로운 이야기를 채털리 가의 가족인 바로 그들이 내놓아야 한다는 것이 관건이 되는 문제였다. 그 외에 다른 기준은 없었다. 그 전에 발표되었던 사고나 표현과 아무런 유기적인 관련이 없는 이야기여야 했다. 세상에서 전혀 새로운 이야기인 채털리 가의 저술로, 이건 완전히 사적인 것이었다.

코니의 부친이 라그비 저택에 잠시 들려 코니와 단둘이 있을 때 넌지시 말해 주었다. 클리퍼드의 작품으로 말하면 재주는 있는데 속은 텅 비었어. 그러니 오래 가지 못할 거야!—코니는 평생 처신을 잘해온 건강한 스코틀랜드 훈공작(勳功爵)을 쳐다보았다. 그러더니 그녀의 커다란 파란 눈이 의아해하며 빛을 잃었다. 속이 텅 비었다니! 속이 텅 비었다는 말은 무슨 뜻이지? 평자들이 칭찬하고 클리퍼드의 이름이 유명해가고 돈까지 들어오는데, 그녀의 아버지가 클리퍼드의 작품엔 내용이 없다고 하시니 무슨 뜻이람? 그 밖에 뭐가 있어야 한담?

이런 반응은 코니가 젊은이들의 기준에서 작품을 보았기 때문이다. 이 순간에 존재하는 것이 중요한 모든 것이었다. 그리고 순간들이란 서로서로 필연적인 관련이 없어도 서로 잇달아 오기 때문이다.

그녀가 라그비 저택에 와서 두 번째 겨울을 지내고 있을 때 아버지가 말씀하셨다.

"코니야, 난 네가 상황 때문에 드미 비에르지[9]로 지내는 걸 바라지 않는다."

"반 처녀라고요!" 코니는 막연히 대답했다. "왜요? 왜 안 되지요?"

"물론, 네가 좋아한다면 괜찮지만!" 아버지가 황급히 덧붙였다.

클리퍼드와 단둘이 있을 때도 그가 똑같은 말을 했다.

----
9   demi-vierge '반 처녀' 불어.-역주

"코니가 드미 비에르지로 있는 것은 그 애한테 좋지 않다고 생각하네."

"하프 버진(half-virgin)이라고요!" 클리퍼드가 뜻을 확실히 밝히기 위해 불어를 영어로 바꾸어 대답했다.

그가 잠시 생각을 하더니 얼굴이 아주 빨갛게 달아올랐다. 그는 화가 나고 불쾌했다.

"어떤 식으로 좋지 않다는 말씀입니까?" 그가 뻣뻣하게 물었다.

"그 애가 마르고—앙상해졌어. 그 애의 본 모습이 아니야. 그 앤 밴댕이처럼 바짝 마른 애가 아니고 토실토실한 스코틀랜드의 송어 같은 애야."

"물론 반점[10]이 없는 송어였겠죠!" 클리퍼드가 말했다.

그는 후에 반 처녀 건—아내의 신상 중 반 처녀 상태에 대해서 코니에게 말하길 원했다. 그러나 차마 그 말을 꺼낼 수가 없었다. 그는 코니와 아주 가까웠지만 그런 말을 할 정도로 가깝지는 않았다. 그는 정신적으로 그녀와 아주 밀착되어 하나처럼 지냈다. 그러나 육체적으로는 서로가 비존재였고, 어느 쪽에서도 **죄의 육체(corpus delicti)**라는 주제를 차마 들먹일 수가 없었다. 그들은 아주 가깝게 지내면서도 접촉은 전혀 없었다.

하지만 코니는 자기 아버지가 무언가를 얘기했고 그 무엇인가를 클리퍼드가 마음에 담고 있다고 짐작을 했다. 클리퍼드가

---

10 추문을 의미한다.—역주

전혀 모르거나 그의 눈에 뜨이지 않는 한, 그녀가 절반 짜리 처녀건 절반 짜리 매춘부이건 전혀 상관치 않는다는 것을 그녀가 알고 있었다. 눈에 뜨이지 않거나 정신이 알지 못하는 것은 전혀 존재하지 않는다는 식이었다.

코니가 라그비 저택에서 산 지도 이제 2년 가까이 되었고, 그들은 클리퍼드에 그리고 그녀를 필요로 하는 그에, 그의 작품, 특히 그의 작품에 몰두하며 모호한 생활을 하고 있었다. 그들의 관심이 그의 작품에 몽땅 쏟아지지 않은 때는 전혀 없었다. 그들은 창작의 격통을 겪으며 함께 논하고 함께 씨름했다. 그리고 진짜로 공허 속에서 무슨 일이 일어나고 있다고 느꼈다.

그때까지는 그게 생활이었다, 공허 속이었지만. 그 밖의 것은 비실재였다. 라그비 저택이 거기에 있었다, 하인들도. 그러나 허깨비지, 실제로는 존재하지 않았다. 코니는 대정원으로, 대정원과 이어지는 숲으로 산책하러 나갔다. 거기에서 가을에는 갈색 낙엽을 발로 걷어차고 봄엔 앵초꽃을 꺾으며 고독과 신비를 즐겼다. 그러나 그건 죄다 한낱 꿈 같았다. 아니면 실재의 환영 같았다. 그녀에게 떡갈나무 잎사귀는 거울 속에서 나풀거리는 잎사귀처럼 보였으며, 그녀 자신은 누군가가 책에서 읽는 인물로 느껴졌다. 손으로 꺾는 앵초꽃은 그저 그림자나 추억이나 낱말에 지나지 않아 보였다. 그녀에게나 그 어떤 것에도 아무런 실체가 없었다—만짐이라던가 접촉이란 것이 없었다! 오직 클리퍼드와의 이 생활, 털실로 세세한 의식의 그물을 끊임없이 짜대는 것, 맬컴 경이 말한 아무런 내용이 없어서 오래 갈 것 같지 않은 이 이야기들만 있었다. 왜 그 안에 무엇이 꼭 있어야하나? 왜 오래 가야 하나? 그 날의 재앙은 그 날로 충분한데. 실재의 **허울**은 그 순간으로 충분한데.

클리퍼드는 그저 안면이 있는 꽤 많은 친구가 있었다. 그는 이들을 라그비 저택으로 초대했다. 다양한 사람들, 비평가와 작가, 그의 책들을 호평하는 데 도움이 되는 사람들을 그가 초대했다. 그들은 라그비 저택에 초대받은 것에 으쓱해져서 그의 작품을 칭찬했다. 코니는 이 모든 것을 완전히 알고 있었다. 그렇지만 그게 어때서? 이것도 거울 속에서 훌쩍 지나가는 현상 중 하나였다. 그게 뭐가 나쁘단 말인가?

코니는 대부분 남자인 이 사람들에게 깍듯이 여주인 역할을 했다. 클리퍼드가 가끔 초대하는 귀족계층의 친척들에게도 여주인으로 깍듯이 대접했다. 그녀는 유순하고 불그스레하며, 주근깨가 좀 있는 시골티 나는 여자였고, 크고 푸른 눈에, 굽실굽실한 갈색 머리칼에, 부드러운 목소리에, 허리는 강하고 여성스러워서, 누구든 그녀를 좀 구식이고 '여자다운' 여자라고 생각했다. 그녀는 남자애처럼 가슴이 납작하고 엉덩이가 별로 없는 '몸집이 작은 밴댕이류'의 여자는 아니었다. 그녀는 너무나 여성스러워서 멋져 보이지가 않았다.

그래서, 남자들은, 특히 절대 젊은 축에 끼지 못하는 남자들은 그녀에게 아주 친절했다. 그러나 그녀 쪽에서 조금이라도 시시덕거리면 불쌍한 클리퍼드가 굉장히 괴로워할 줄을 알고 있었기에 그녀는 남자들을 자극할 언행을 조금도 내보이지 않았다. 그녀는 조용히 모호하게 있으면서 자기 존재를 드러내지 않았다. 그들과 아무런 접촉을 갖지 않았고 가질 의도도 없었다. 클리퍼드는 자신에 대해 유별나게 자부심이 강했다.

그의 친척들은 그녀를 대단히 친절하게 대했다. 이러한 친절은 상대방을 두려워하지 않기에 나온다는 것을, 이런 사람들은 좀 무섭게 대해주지 않으면 상대방을 존경하지 않는다는 사실을 코니는 잘 알고 있었다. 하지만 그녀는 역시 접촉을 하지 않았다. 그들이 친절을 보이건 멸시를 보이건 그대로 두었고, 그들이 호신용 칼을 뽑아 들 필요가 없음을 느끼게 했다. 그녀는 그들과 진정한 인간적 관계를 맺지 않았다.

시간이 흘러갔다. 무슨 일이 일어났던지 간에 진정으로 의미 있는 일은 일어나지 않았다. 그녀가 아주 멋지게 일체의 접촉에서 벗어나 있었기 때문이었다. 그녀와 클리퍼드는 그들의 관념과 책 속에서 살았다. 그녀는 손님들을 잘 접대했다—집 안에는 언제나 초대 손님들이 있었다. 7시 반이 8시 반이 되듯이, 벽시계는 똑딱거리고 시간은 흘러갔다.

제3장

하지만 코니는 자신이 점점 안절부절못하는 걸 느꼈다. 모든 것과 단절되어서 불안감이 그녀를 광기처럼 사로잡았다. 그녀가 움칠거리고 싶지 않은데 팔다리가 움칠거렸고, 그녀가 느슨하게 앉아서 편히 쉬고 싶을 때 갑자기 등뼈가 홱 곧추섰다. 그녀의 몸속, 자궁 안 어딘가에서 전율하는 떨림이 있어, 물속에 뛰어들어 헤엄을 쳐서라도 그것에서, 광적인 불안감에서 벗어나야겠다고 느꼈다. 까닭 없이 그녀의 심장이 벌렁벌렁 격렬하게 뛰었고 몸은 점점 더 야위어갔다.

그저 안절부절못했다. 그녀는 클리퍼드를 그냥 놔둔 채 대정원을 가로질러 달려가서는 고사리 덤불 위에 납작 엎드려 있곤 했다. 집을 벗어나기 위해서였다—집과 모든 사람에게서 벗어나야 했다. 숲은 그녀에게 하나의 피난처요, 성역이었다.

그렇지만 숲과 아무런 접촉이 없었기에 숲이 진짜로 피난처와 성역은 아니었다. 그곳은 단지 그녀가 집과 사람들에게서 벗어날 수 있는 장소일 뿐이었다. 그녀가 진정 숲의 정령과 접촉해본 적이 없었다—만약에 그런 당치도 않은 것이 있다면 말이다.

어렴풋이 그녀는 자신이 어떤 식으로 산산이 조각나고 있다는 걸 느꼈다. 막연히 자신이 모든 접촉에서 벗어나 있다는 걸 느꼈다. 즉 살아있는 세상의 실체와는 접촉을 잃어버렸다고 느꼈다. 단지 클리퍼드와 그의 작품만이 있을 뿐, 그런데 이것들은 실존하지도 않거니와—그 안엔 아무것도 없었다! 공허와 잇닿은 공허. 어렴풋이 그녀는 사태를 알아차리고 있었다. 그런데 이런 깨달음은 바위에다 자기 머리를 계속 들이박는 것과 같았다.

그녀의 아버지가 딸에게 다시 타일렀다. "코니야, 넌 왜 멋진 애인(beau) 하나 못 만드냐? 세상에서 도움될 것은 다 해봐라!—"

그해 겨울에 마이클리스가 와서 며칠을 보냈다. 그는 젊은 아일랜드인이었는데 희곡을 써서 미국에서 이미 상당한 재산을 축적했다. 그가 재치 있는 사회극을 썼기 때문에 런던의 사교계가 그를 아주 열렬히 떠받들었다. 그러다가 런던의 사교계는 한낱 하잘것없는 더블린의 쥐새끼 같은 작자의 손에 자신들이 조롱당했다는 것을 서서히 깨닫고는 그에게 혐오감을 쏟아놓았다. 마이클리스는 천박하고 못 믿을 인간의 결정판이 되어 버렸다. 그가 반영국적인 작가라는 게 드러났는데, 이것을 밝혀낸 계층에게 이건 가장 추악한 범죄보다 더 악랄한 것이었다. 그는 죽임을 당했고, 시신은 쓰레기통에 던져졌다.

그런데도 마이클리스는 메이페어[11]에 아파트를 소유하고 신

---

11 런던의 상류계층 주택 지역.—역주

사의 모습으로 본드 가를 활보했다. 왜냐하면, 최고의 양복쟁이라도 고객이 돈을 제대로 내면 천박한 고객이라고 내칠 수가 없기 때문이다.

클리퍼드는 이 서른 살의 젊은이가 생애에서 매우 불행한 시기에 처해 있을 때 그를 초청했다. 하지만 클리퍼드는 망설이지 않았다. 마이클리스는 아마 그에게 귀를 기울이는 수백만 명의 독자가 있을 거다. 더군다나 상류층의 모든 사람이 그를 냉대해서 가망 없는 왕따가 된 이 시점에 라그비 저택으로 그가 초대를 받았으니 분명 고마워할 것이었다. 고마워하는 마음이 생기면 필시 그가 미국으로 건너갔을 때 클리퍼드에게 '이로운 일'을 해줄 것이다. 명성이라! 특별히 '거기에서' 사람들의 입에 제대로 오르내리면, 무슨 명성이든, 사람은 상당한 명성을 얻는다. 클리퍼드는 인기가 올라가는 인물이었다. 그가 자기선전을 위해 본능적으로 얼마나 열망하는지는 놀라울 정도였다. 결국, 마이클리스가 한 편의 희곡에서 클리퍼드를 굉장히 고상하게 그려내서, 클리퍼드는 인기 있는 영웅이 되었다. 그 반대로 그가 조롱받고 있다는 것이 밝혀지기 전까지는.

클리퍼드가 유명해지기 위해 막무가내로 대들자 코니는 좀 의아해했다. 그 자신도 모르는, 그리고 불안하여 무서워하는 형체 모를 거대한 세상에서 유명해지려 하다니. 작가로서, 그것도 일급의 현대 작가로 유명해지려고 하다니. 성공하였고 나이 들고 다정다감하고, 허세를 부리는 아버지 맬컴 경을 보면서 예술가들은 자기 자신들을 선전하며, 작품을 인정받기 위해 갖은 애를 쓴다는 걸 코니는 알고 있었다. 그러나 그녀의 아버지는 다른 모든 왕립미술원 회원들이 그림을 팔 때 사용하는, 기존의 유통통로를 이용했을 따름이었다. 여기에 반하여 클리퍼드는 온갖 종류의 새로운 선전 통로를 찾아냈다. 그는 자신을 비하하지 않고 온갖 종류의 사람들을 라그비 저택에 초대했다. 하지만 이른 시일에 명성의 기념비를 세우기에 혈안이 된 그는 손에 잡히는 대로 온갖 잡석을 이용했다.

마이클리스는 대단히 멋진 차를 타고 운전사와 하인을 거느리고 제시간에 나타났다. 그는 완전히 본드 가(街) 그 자체였다! 그러나 그의 이런 모습을 보자 클리퍼드의 촌스런 정신의 무엇인가가 움츠러들었다. 그는 사실 정확히―정확히는 아니라도―외모를 드러내려는 인물은 전혀 아니었다. 클리퍼드에게 그게 더 말할 나위 없는 사실이었다. 그러나 그는 이 젊은이를 아주 정중하게, 그의 놀라운 성공을 정중하게 대했다. 소위 성공의 신 암캐 여신이 반쯤 공손하고 반쯤 도도한 마이클리스의 발뒤꿈치 주변을 맴돌면서 으르렁거리며 보호하고 있어, 클리퍼드의 기를 완전히 꺾어버렸다. 왜냐하면, 성공의 신 암캐 여신이 그를 받아들인다면 기꺼이 자신을 팔아넘길 의향이 있었기 때문이었다.

마이클리스는 런던의 최고급 상가의 양복점, 모자점, 이발소, 구두점을 이용했지만, 확실히 영국인은 아니었다. 아니야, 아니야. 저자는 확실히 영국인이 아니야. 납작하고 창백한 얼굴과 몸가짐은 영국인과 달라. 불만도 영국인과 달라. 저자에게선

원한과 불만이 풍겨 나와. 진짜 영국 신사라면 행동거지에 그런 것들이 빤히 드러나게 놔두는 걸 분명히 경멸할 텐데. 가련한 마이클리스는 과거에 너무나도 많이 걷어차여서, 심지어 지금까지도 꼬리를 살짝 내리고 있었다. 그는 자신의 희곡작품을 가지고, 순전히 본능과 이보다 더한 뻔뻔스러움으로 무대까지 밀고 나가 드디어 무대 정면 중앙에 이르렀다. 그는 청중을 사로잡았다. 그래, 걷어차이던 시기는 지났다고 생각했다. 오호, 통제라. 그렇지 않았다—발길질은 절대로 끝나지 않으리라. 왜냐하면, 어떤 의미에서 그가 걷어차이게 처신을 했으니까. 그는 자기가 속하지 못할 곳—영국의 상류 계급—에 오르려고 발버둥을 쳤기 때문이다. 그 사람들은 그를 이리저리로 걷어차며 그 짜릿함을 얼마나 즐겼던가! 그리고 그는 그들을 얼마나 미워했던가!

그런데도 그가 하인을 거느리고 아주 멋진 차를 타고 모습을 드러냈다. 이 더블린의 똥개가.

그에겐 코니가 좋아할 만한 면이 있었다. 그는 젠체하지 않았다. 자신에 대한 환상이 없었다. 그는 클리퍼드가 알고 싶어 하는 모든 것에 알기 쉽고 간단하게 실질적으로 대답했다. 그는 길게 늘어놓거나 제멋대로 떠벌리지 않았다. 그는 자신이 쓸모가 있어서 라그비에 초청된 것을 알고 있었으므로, 나이 들고 빈틈없고 거의 초연한 실업가나 대기업가처럼 상대가 그에게 질문하게 했으며 가능한 감정은 개입하지 않고 답변을 해주었다.

"돈이오!" 그가 말했다. "돈이란 일종의 본능이지요. 돈을 번다는 건 인간의 타고난 본능이지요. 노력해서 되는 것이 아니에요. 잔꾀를 부린다고 되는 것도 아니고요. 우리 본성에 어쩌다 생겨난 영구적인 사건이라 할까요. 일단 시작한 이상 돈을 벌지요. 그리고 계속 가지요. 어느 시점까지는요, 내 생각에—."

"그렇지만 시작해야 해요." 클리퍼드가 말했다.

"아, 맞습니다! 일단 안으로 들어가야만 하지요. 바깥에 계속 있다 보면 아무것도 못 해요. 안으로 가는 길을 다져야 해요. 일단 그렇게 하면 일은 저절로 굴러가지요."

"그렇지만 희곡을 쓰지 않고도 돈을 벌 수 있었을까요?" 클리퍼드가 물었다.

"아마도, 벌지 못했을 겁니다! 제가 양질이건 저질이건 간에 작가이고, 그것도 희곡 작가라는 게 현재의 저의 처지이고, 또 그래야만 하겠지요. 여기엔 이론의 여지가 없습니다."

"앞으로 당신은 대중적인 희곡 작가가 되려고 생각하세요?" 코니가 물었다.

"네, 바로 그거지요!" 그가 갑자기 그녀에게 시선을 돌리며 대답했다. "작가가 뭐 별것인가요! 인기가 뭐 별것인가요. 대중에 가 보면, 대중이 뭐 별것인가요. 내 희곡에는 사실 대중의 인기를 끌 만한 요소가 없어요. 그런 게 아니지요. 내 작품들은 그저—날씨처럼—그렇게 있어야만 할 종류입니다—얼마 동안은—."

그가 상당히 큰 눈을 천천히 코니 쪽으로 돌렸는데, 그건 한때 끝없이 깊은 환멸에 빠졌던 경험의 눈이어서 코니가 몸을 좀 떨었다. 그는 아주 늙어 보였다—한없이 늙었고, 그 안에는 환멸의 층이 지층처럼 수 세대 동안 겹겹이 쌓여있는 듯했다. 동시에 어린애처럼 외로워 보였다. 어떤 의미에선 추방된 자였다. 쥐와 같은 실존의 필사적인 용맹성을 지니고 있었다.

"어쨌든 당신 나이에 그만한 일을 해놓았으니 놀라워요." 클리퍼드가 생각에 잠겨 말했다.

"전 서른이에요—그래요, 서른!" 마이클리스가 야릇하게 웃으며 갑자기 날카로운 어조로 말했다. 공허하면서도 승리감에 찬 씁쓸한 웃음이었다.

"그런데 혼자세요?" 코니가 물었다.

"무슨 뜻이지요? 혼자 사냐고요? 하인이 있지요. 남자가 아내가 없으면, 반드시 하인이 있어야 해요. 자기 말로는 그리스인이라고 하는데 아주 무능해요. 그렇지만 계속 데리고 있지요. 그리고 결혼할 생각이에요. 아, 그래요. 결혼은 해야겠지요."

"이발해야겠다는 말처럼 들리는 데요." 코니가 웃으며 말했다. "노력한다고 결혼이 되나요?"

그가 코니를 찬탄하는 눈으로 보았다.

"글쎄요. 채털리 부인—왠지 그럴 것 같네요! 제 생각엔—실례의 말이지만—영국 여자와는 결혼 못 할 것 같아요. 아일랜드 여자하고도 못할 것 같은데요—"

"미국 여잘 생각해 보아요." 클리퍼드가 말했다.

"아, 미국 여자요!"—그가 허탈한 웃음을 웃었다. "아니에요, 하인에게 터키 여자나 뭐 그런—동양계에 가까운 여자를 찾아보라고 부탁해 놓았어요."

코니는 유별난 성공의 표본인 이 기묘하고 우울한 사람에 대해 정말로 경이로움을 느꼈다. 그가 미국에서만 일 년에 오만 달러의 수입을 올렸다고들 했다. 때로 그는 미남으로 보였다. 또 그가 비스듬히 아래를 보고 있는데, 햇볕이 내리쬘 때, 상아에 흑인 얼굴을 깎은 것처럼 조용하고 오래 가는 아름다움을 지녔다. 그의 눈은 좀 컸으며 반원 모양의 눈썹은 묘하게 짙었으며 입은 움직이지 않고 꽉 다물고 있었다. 부처님이 지향하고 흑인들이 가끔 무의식중에 드러내는 부동성과 무시간성과 같은 것이 순간적이지만 그에게서 엿보였다. 그 종족이 유구한 세월 동안 묵묵히 순종해온 그런 것이었다! 우리 개개인의 저항이 아니고, 대신 한 종족의 운명에 깃든 영겁의 묵종이었다. 그리고 시커먼 강물에서 헤엄쳐 가는 쥐떼가 눈에 어른거렸다. 코니는 갑자기 그를 향한 동정심이 이상하게 발동하는 걸 느꼈다. 연민과 혐오감이 뒤섞인 거의 애정과 같은 감정이 밀려왔다. 역외자야! 역외자! 게다가 사람들은 그를 버릇없는 놈이라고 하지! 클리퍼드야말로 얼마나 더 버릇없고 독단적으로 보이나! 얼마나 더 어리석은가!

마이클리스는 자신이 코니에게 감명을 주었다는 걸 곧 눈치 챘다. 그는 완전히 초연한 표정으로 약간 튀어나온 연갈색 큰 눈을 그녀 쪽으로 돌렸다. 그녀를 저울질하고 또 자신이 그녀에게 준 감명의 정도를 가늠하고 있었다. 영국인과의 관계에서 그가 어떤 일을 하건 영원한 역외자의 입장에서 벗어날 수 없었다. 사랑에서조차 그랬다. 그렇지만 여자들이 가끔 그에게 빠지곤 했다, 영국 여자들도.

그는 클리퍼드와의 관계에선 자신의 처지가 어디쯤 와 있는지를 알고 있었다. 그들은 서로에게 으르렁거리며 짖어대고 싶지만, 대신에 부득이, 미소를 지었다. 그러나 그는 여자들과의 관계에선 판단이 잘 서지 않았다.

아침 식사는 각자 침실에서 했다. 클리퍼드는 점심 전엔 절대로 모습을 보이지 않아, 식당은 좀 썰렁했다. 마이클리스는 커피를 마신 후, 차분히 앉아있질 못하고 무얼 할까 궁리했다. 십일월의 화창한 날—라그비 저택으로서는 화창한 날이었다. 그는 음울한 대정원을 내려다보았다. 세상에! 끔찍한 곳이야!

그가 하인을 보내 채털리 부인에게 해드릴 일이 혹시 있냐고 묻게 했다. 그는 셰필드 시내로 드라이브할 생각이었다. 채털리 부인의 거실로 올라올 수 있느냐는 답신이 왔다.

코니는 저택 중심부의 꼭대기 층, 4층에 거실을 갖고 있었다. 클리퍼드가 쓰는 방들은 물론 1층에 있었다. 마이클리스는 채털리 부인의 거실로 초대를 받아 기분이 으쓱해졌다. 그는 아무 생각 없이 그저 하인의 뒤를 따라갔다—그는 사물을 눈여겨 살피거나 주변 환경에 관심을 두는 사람이 아니었다. 그녀의 방에서, 그는 르누아르와 세잔의 정교한 독일 복사판 그림들을 막연히 둘러보았다.

"여긴 참 유쾌한 곳이네요." 웃는 게 힘든 듯 이를 보이며 그가 야릇하게 웃으며 말했다. "꼭대기 층을 택한 건 참 잘하셨네요."

"네, 저도 그렇게 생각해요." 그녀가 대답했다.

그녀의 방은 이 저택에서 유일하게 밝고 현대적인 방, 라그비 저택에서 그녀의 개성이 죄다 드러난 유일한 공간이었다. 클리퍼드는 이 방을 본 적이 없었다―그리고 그녀는 사람들을 이 방으로 거의 부르지 않았다.

이제 그녀와 마이클리스가 난로를 사이에 두고 마주 앉아 이야기했다. 그녀는 그 자신과 부모와 형제들에 관해서 물었다―다른 사람들은 언제나 그녀에게 경이로운 존재였고 동정심이 일깨워질 땐 계급의식이 사라지곤 했다. 그는 자신에 대해 솔직하게, 허식 없이 아주 솔직하게 말했다. 떠돌이 개 같은 비통하고 무관심한 자신의 심리를 간단히 비친 다음에, 자신의 성공에 스며있는 복수 가득한 자부심을 슬쩍 드러냈다.

"그렇지만 왜 그렇게 외롭게 살지요?" 코니가 물었고 그는 상대방의 의중을 탐색하듯 둥근 연갈색 눈으로 그녀를 다시 쳐다보았다.

"그렇게 사는 사람들도 있는 거예요." 그가 대답했다. 그리고는 격의 없는 빈정거리는 투로 그가 말했다. "그렇지만, 이봐요. 당신 신세는 어때요? 당신 자신도 외롭게 사는 게 아닌가요?" 코니는 좀 흠칫 놀라 잠시 생각하다가 입을 열었다.

"어떤 면에선 그래요! 당신처럼 전적으로 그런 건 아니에요."

"제가 전적으로 외로운 존재인가요?" 마치 치통이라고 앓는 듯 그가 기묘하게 히죽 웃으며 물었다. 얼굴은 잔뜩 찡그렸는데, 눈은 정말 조금도 변하지 않으면서 우울하게 혹은 스토익적으로, 혹은 환멸을 느끼거나 겁먹은 표정을 보였다.

"왜 그렇지요?" 그녀가 그를 쳐다보며 약간 숨 막힐 듯이 물었다. "당신은, 그렇지 않은가요?"

그녀는 그에게서 무시무시한 호소력이 자기에게 다가옴을 느껴서, 거의 마음의 평정을 잃을 지경이었다.

"아, 정확히 맞는 말씀이에요!" 그는 고개를 돌리고 비스듬히 밑을 보며 말했는데, 얼굴엔 오늘날 이곳에선 좀처럼 볼 수 없는 오래된 종족의 이상한 부동성의 표정을 띠고 있었다. 바로 이것으로 인해, 그녀는 그가 그녀와는 거리감이 있다는 것을 볼 힘을 정말 잃었다.

그가 모든 것을 파악하고 모든 것을 기억하는 큰 눈으로 그녀를 주시했다. 동시에 밤에 보채는 갓난아기의 울음소리가 그의 가슴에서 흘러나와 그녀에게 다가왔는데, 그건 어떤 면에서 그녀의 자궁 자체를 자극했다.

"저를 이토록 생각해 주시니 당신은 참으로 좋으신 분이세요." 그가 간결하게 말했다.

"왜 당신을 생각하지 못 하란 법이 있나요?" 그녀가 숨이 막혀 할딱거리며 겨우 소리쳤다.

그는 얼굴을 찌푸리며 잠시 피식 웃었다.

"아, 그런 식이군요!─잠시 부인의 손을 잡아도 될까요?" 그가 불쑥 물었다. 그리곤 거의 최면의 힘을 발휘하여 시선을 그녀에게 고정하면서, 그녀의 자궁을 직접 자극하는 호소력을 내보냈다.

그녀는 정신이 멍해져 오금을 못 쓰며 그를 뚫어지게 쳐다보았다. 그가 그녀에게로 다가와 옆에서 무릎을 꿇더니, 두 손으로 그녀의 두 발을 감싸 쥐고 그녀 무릎에 얼굴을 파묻고는 꼼짝 않고 있었다. 그녀는 완전히 정신이 몽롱하고 당황해서 그의 부드러운 목덜미를 내려다보는데 그의 얼굴이 허벅지를 내리누르는 걸 느꼈다. 몸이 달아오르는 당혹감에 그녀는 애정과 연민의 정으로 그의 드러난 목덜미에 손을 얹을 수밖에 없었고, 이에 그가 몸을 심하게 부르르 떨었다.

그러더니 그가 타오르는 둥근 눈에 끔찍스런 애원의 빛을 띠며 그녀를 올려다보았다. 그녀는 이에 도저히 저항할 수가 없었다. 그녀의 가슴으로부터 그를 거대하게 열망하는 화답이 그에게로 흘러갔다. 그녀는 그에게 무엇이라도, 그 무엇이라도 내어주어야만 했다.

그는 묘하고도 매우 부드러운 연인이었다. 주체할 수 없이 떨지만, 여자를 매우 부드럽게 다루며, 동시에 초연해서 소리 하나하나를 의식했다.

그녀에게는 자신의 몸을 그에게 내어주었다는 것 외엔 다른 의미가 없었다. 마침내 그의 몸이 떨리는 게 멈추자 그는 가만히, 아주 가만히 누워 있었다. 그러자 그녀는 연민에 찬 손가락으로 그녀의 가슴팍에 파묻은 그의 머리를 살며시 쓰다듬었다.

그는 일어서더니 그녀의 두 손과 다음엔 가죽 슬리퍼를 신은 두 발에 키스하고는, 조용히 방 끝으로 가서 그녀에게 등을 대고 서 있었다. 얼마 동안 침묵이 흘렀다.

그런 다음 그녀가 난롯가 그 전 자리에 앉아있는데, 그가 몸을 돌려 그녀에게 다가왔다.

"이제 당신은 날 미워할 거예요!" 그는 이 말은 꼭 해야겠다는 듯 조용히 말했다.

그녀가 재빨리 그를 올려다보았다.

"왜 그래야 하지요?" 그녀가 물었다.

"여자들은 대개가 그래요." 그가 말했다. 그런 다음 그가 정신을 차리고 말했다. "제 말은요—여자는 그렇다고 생각해요."

"지금 내가 당신을 미워할 리가 없어요." 그녀가 불쾌해서 대꾸했다.

"알아요! 알고 있어요! 그래야 하지요! 당신은 정말로 저에게 **끔찍하게** 잘해줘요—" 그가 비참한 어조로 외쳤다.

왜 그가 비참하게 느끼는지를 그녀는 알 수가 없었다.

"앉으시겠어요? 그녀가 말했다.

그는 문 쪽을 흘낏 보았다.

"클리퍼드 경이—!" 그가 입을 열었다. "그분이—그분이 여기에 오시지 않을—?"

그녀는 잠시 생각해 보았다.

"어쩌면요!" 그녀가 말했다. 그리고는 그이를 올려다보았다. "전 클리퍼드가 아는 걸 원치 않아요—심지어 의심하는 것도요. 안다면 너무나도 상처를 입을 거예요. 그렇지만 이게 잘못이라고 생각하지 않아요—그렇지요?"

"잘못이라고요! 세상에나, 아니지요! 부인께서 단지 너무나 극진히 절 대해주신 거지요—제가 감내할 수 없을 정도지요."

그가 몸을 옆으로 돌렸다. 다음 순간 그가 흐느껴 울 것을 그녀는 알았다.

"그렇지만 클리퍼드가 알게 할 필요는 없지 않나요?" 그녀가 호소하듯 물었다. "그이에게 너무나도 큰 상처를 줄 거예요. 그이가 전혀 모르고 눈치를 채지 못한다면 아무도 상처를 입지 않지요."

"내가요!" 그가 거의 격해서 말했다. "그는 나한테 아무 소리도 못들을 거예요! 그가 알지 보세요! 내가 속을 털어놓는다고요! 하! 하!" 이런 생각에 그가 냉소적으로 너털웃음을 웃었다.

그녀가 의아해서 그를 쳐다보았다. 그가 그녀에게 말했다.

"내가 당신 손에 입을 맞추고 나가도 되겠어요? 셰필드로 드라이브를 나갈까 해요. 거기서 점심을 먹고, 가능하면, 차 마시는 시간에 맞춰 돌아올까 합니다. 뭐 필요하신 게 없나요? 확실히 날 미워하지 않지요?—그리고 미워하지 **않을 거지요**—?—" 그는 절박한 냉소의 어조로 말을 끝냈다.

"그래요. 당신을 미워하지 않아요! 당신은 착한 사람이에요." 그녀가 말했다.

"아!" 그가 그녀에게 격하게 말했다. "전 당신이 사랑한다는 말보다 바로 그런 말을 해주길 바랐어요! 그런 말이 훨씬 더 의미가 있어요!—그럼 오후까지 안녕—그때까지 생각할 것이 많아요—"

그가 겸손하게 그녀의 손에 입을 맞추고 사라졌다.

"난 아무래도 저 젊은 작자가 역겨워서 견딜 수가 없을 것 같아." 클리퍼드가 점심을 먹으면서 말했다.

"왜요?" 코니가 물었다.

"겉은 얌전하지만 속은 못 믿을 녀석이라고—우리에게 대들 시기를 기다리고 있어."

"사람들이 그를 너무 매정하게 대하는 것 같아요." 코니가 말했다."

"놀랍군! 그자가 남에게 친절을 베풀려고 자기의 귀한 시간을 바친다고 생각해요?"

"그에겐 너그러운 마음이 있다고 생각해요."

"누구한테 말이오?"

"잘은 모르겠어요."

"물론 모르겠지. 당신은 거리낌 없는 것을 너그러움으로 착각하는 것 같아."

코니는 말을 멈추었다. 그녀가 그랬던가? 그럴 수도 있었다. 그러나 마이클리스가 거리낌 없이 행동하는 것이 그녀에겐 매력이었다. 클리퍼드가 주뼛거리며 겨우 몇 걸음을 내디딜 때 그는 성큼성큼 걸어갔다. 그는 자기 식대로 세상을 정복했고 바로 그것이 클리퍼드가 성취하길 원했던 것이었다. 방법과 수단은—? 마이클리스의 방법과 수단이 클리퍼드의 것보다 더 야비

한가? 가련한 역외자가 단신으로 뒷문을 통해 들쑤시고 들어가 성공한 방법이 클리퍼드가 대놓고 자신을 선전하는 방법보다 천박한가? 성공의 쌍스런 여신의 뒤엔 수천 마리의 개들이 혀를 축 늘어트리고 헐떡거리며 따라간다. 성공이란 잣대로 따진다면야 그 천박한 여신을 먼저 손에 넣은 놈이 개 중에서 진짜 개다. 그러니 마이클리스가 꼬리를 당당히 치켜들 수가 있었다.

그런데 묘하게도 그는 그렇게 하지 않았다. 그는 차 마시는 시간에 한 아름의 오랑캐꽃과 백합꽃을 들고 똑같이 축 늘어진 개 표정을 하고 돌아왔다. 코니가 생각하기에, 그가 그런 표정을 늘 짓고 있는 것은 그가 상대방의 반감을 달래기 위해 그런 것이 아닐까 했다. 왜냐하면, 그런 표정이 지나칠 정도로 고착되었기 때문이다. 그가 정말로 그렇게 슬퍼하는 사람일까?

그가 저녁 내내 슬픈 개 표정을 하며 자아를 지우고 있었지만, 클리퍼드는 그 이면에 무모함이 도사리고 있다고 느꼈다. 코니는 그런 것을 느끼지 못했는데 그건 어쩌면 그가 여성을 향해서가 아니라 남성들과 남성들의 오만과 주제넘음을 향해서만 그런 표정을 지었기 때문일 것이다. 이렇게 하잘것없는 자가 마음속 깊이 무너뜨릴 수 없는 무모함을 감추고 있어서 남성들이 마이클리스를 그토록 공격하는 것이었다. 그가 아무리 예절 바른 태도를 짓고 본색을 가린다 해도 그의 존재 자체가 사교계의 사람에겐 하나의 모욕이었다.

코니는 그에게 애정을 느꼈다. 그러나 자수를 놓으며 앉아서 남자들끼리 말하게 내버려 두었고 자신의 속을 드러내지 않았다. 마이클리스로 말하면 그는 완벽했다. 전날 저녁과 똑같이 우울하고 배려하고 초연한 젊은이였다. 자기를 초청한 주인들과 수만 리 멀찌감치 떨어져 있다가도 그에게 무슨 요구사항이 생기면 얼른 그에 맞춰 간결하게 응했고 한순간이라도 먼저 나서지 않았다. 코니는 그가 아침의 성관계를 분명 잊어버렸다고 생각했다. 그런데 그는 잊지 않고 있었다. 그러나 그는 자신이 있을 곳을 알고 있었다―타고난 역외자들이 늘 서 있는 울타리 밖의 그곳을. 그는 성관계에 개인적인 의미를 주지 않았다. 주인 없는 떠돌이 개가 금으로 된 개목걸이를 하고 다닌다고 모든 사람의 시샘을 받다가 연애를 했다고 해서 사교계의 환영을 받는 개로 바뀌지 않는다는 걸 그는 잘 알고 있었다.

그의 영혼 맨 밑바닥부터 자신이 철저하게 역외자이며 반사회적이라는 이 결정적인 사실을, 그가 아무리 겉모습을 본드 가의 신사처럼 치장한다 해도 마음속으로는 이 사실을 인정했다. 동떨어져 있음은 그에게 필수 조건이었다. 외모를 단장하고 상류계급의 사람들과 뒤섞여 지내는 것이 필수인 것처럼.

하지만 어쩌다 찾아오는 사랑은 위로가 되고 마음을 달래주어 참 좋았다. 그는 이에 감사하는 것을 잊지 않았다. 그와 반대로 자연스럽게 베푸는 친절한 사랑에 대해선 가슴 짠하도록 뜨겁게 고마워했다. 거의 눈물을 흘릴 정도였다. 해쓱하고 고정되고 환멸을 느낀 그의 얼굴 아래로 어린애의 영혼은 그 여자에게 고마워하며 흐느껴 울면서 다시 그녀에게 가길 갈망했다. 하지만 그의 추방된 영혼은 그가 그녀를 정말로 멀리해야 한다는 것을 잘 알고 있었다.

그들이 넓은 홀에서 초에 불을 붙이고 있을 때 그가 그녀에게 말할 기회를 얻었다.

"당신에게 가도 될까요?"

"내가 당신에게 갈게요." 그녀가 말했다.

"아, 좋아요!"

그가 아주 오랫동안 그녀를 기다리긴 했지만—마침내 그녀가 나타났다. 그는 몸을 떨며 흥분하는 유형의 연인으로 금방 절정에 이르렀고, 일을 끝냈다. 그의 맨몸엔 신기하게 어린애 같고 무방비적인 어떤 면이 있었다. 어린애의 발가벗은 몸처럼. 그의 방어책들은 기지와 교활함, 교활한 본능 자체에 있었다. 그리고 이것들이 정지할 때, 그는 이중으로 발가벗겨진 것 같았고, 미숙하고 부드러운 살의 어린애처럼, 어떻게든, 무기력하게 바둥거렸다.

그는 여인에게 강렬한 연민과 사모의 정과 미칠 듯이 강렬한 욕정을 불러일으켰다. 그녀의 욕정을 그는 만족하게 해주지 못했다. 그가 항상 너무나도 빨리 절정에 이르고 끝을 낸 후 그녀의 가슴팍에 축 늘어져 있다가 좀 뻔뻔스럽게 기운을 다시 차리는 동안, 그녀는 실망하고 어찌할 바를 몰라, 정신이 몽롱한 채 누워 있었다.

그러나 곧 그를 붙잡아두는 법을, 그의 절정이 지났을 때 그를 그녀 몸속에 그대로 붙잡아두는 법을 배웠다. 그러면 그는 거기서 너그러워지면서 묘하게 정력이 다시 세졌다. 그가 단단

한 몸으로 그녀 몸속에 버티고 있는 동안 그녀가 활발하게 움직여서, 미친 듯이 격정적으로 움직여서, 절정에 이르렀다. 그리고 그의 딱딱하며 꼿꼿한 수동적인 몸으로 인해 그녀가 발광하며 만족스러운 오르가슴에 이르는 것을 보면서 그는 묘한 자부심과 만족감을 느꼈다.

"아, 너무 좋았어요!" 그녀가 후들후들 떨며 속삭였다. 그에게 매달리며 아주 조용해졌다. 그도 자신만의 고립 속에 누워있으면서도 왠지 자부심을 느꼈다.

그는 당시 단지 사흘만 묵었는데 클리퍼드에게 첫날 저녁과 똑같은 태도로 대했고, 코니에게도 마찬가지였다. 그의 외적인 태도는 와해하는 법이 없었다.

그는 코니에게 전과 똑같이 투정 섞인 우울한 투의 편지를 썼다. 때로 기지가 있고, 묘하게 성적인 뉘앙스 없이 애정이 담긴 편지를 보냈다. 그는 그녀에게 가망 없는 애정을 느끼는 것 같았고, 근본적인 거리감은 여전했다. 그는 핵심 자체에서 가망 없음을 느꼈고 그것이 그가 원하는 바였다. 그는 희망 자체를 혐오했다. '하나의 거대한 희망이 땅 위를 스쳐 지나갔다(Une immense espérance a traversé la terre)'란 말을 그가 어디선가 읽었고 그가 거기에 논평을 가했다. '—그리고 그것이 가질만한 것은 죄다 휩쓸어갔지.'

코니는 통 그를 이해할 수가 없었다. 그러나 그녀 식으로 그를 사랑했다. 그러는 동안 내내 그의 절망감이 그녀에게 투영되는 것을 느꼈다. 그런 절망감에서 그녀는 제대로 사랑할 수가 없었다. 그도 절망적인 상태에서는, 사랑을 제대로 전혀 할 수 없었다.

그렇게 그들은 편지를 주고받으며 때론 런던에서 만나며 얼마 동안 관계를 지속했다. 그의 짧은 오르가슴이 끝난 후, 그녀는 아직도 그녀 자신이 능동적으로 움직여 그에게서 육체적이고 성적인 쾌감을 원했다. 그 역시 그런 쾌감을 그녀에게 주길 원했다. 그것이 그들의 관계를 지속시키기에 충분했다.

그리고 그건 그녀에게 맹목적이며 좀 오만하고 묘한 자신감을 주기에 충분했다. 그것은 그녀 자신의 용맹함에 대한 거의 기계적인 자신감이었고, 굉장한 쾌활함을 동반하였다.

그녀는 라그비 저택에서 엄청 쾌활하게 움직였다. 일깨워진 모든 쾌활함과 만족감을 클리퍼드를 격려하는 데 사용하여서 클리퍼드는 이 시기에 최상의 작품을 집필했다. 그는 묘하고 맹목적인 방식으로, 거의 행복했다. 마이클리스가 코니의 몸 안에서 꼿꼿이 남성의 수동성을 지켜준 덕분에 코니가 얻은 관능적인 만족감의 열매를 클리퍼드가 실제로 거둔 것이다. 그러나 물론 그는 그 사실을 전혀 몰랐다. 만약에 알았다 해도 고맙다는 말은 하지 않으려 했을 것이다!

그러나 대단히 기쁨이 넘치던 그녀의 쾌활성과 신나던 흥분의 날들이 완전히 자취를 감추었고, 그녀의 기분이 저조하고 초조해지자, 클리퍼드는 그녀의 명랑했던 날들이 다시 오기를 얼마나 갈망했던가! 아마 그 원인을 알았다면 아내와 마이클리스가 다시 어울리길 원했을지도 모른다.

제4장

코니는 믹―사람들이 그를 그렇게 부르는데―과의 연애는 희망이 없다는 것을 늘 예감했다. 그런데도 그 이외의 다른 남자들은 그녀에게 전혀 흥미가 없었다. 그녀는 클리퍼드에게 애착을 느꼈다. 그는 그녀 삶의 많은 부분을 원했고 그녀는 그걸 그에게 주었다. 그러나 그녀는 남성의 삶에서 많은 부분을 원했지만, 이것을 클리퍼드가 그녀에게 주지 못했다. 아니 줄 수가 없었다. 마이클리스와 가끔 발작적인 접촉이 있었다. 그러나 그녀가 예감으로 감지했듯이 그 관계는 끝날 수밖에 없었다. 믹은 무엇이든 도저히 지속시킬 수가 없었다. 어떤 관계든 끊어서 자유롭게 풀려나 홀로 떨어져서 완전한 외톨이가 다시 되는 것이 그의 존재 자체의 일부분이었다. 그것이 그의 주된 필수 조건이었다. 비록 그가 입버릇처럼 "그녀가 날 버렸어!"라고 말을 했지만.

세상은 가능성으로 가득 찬 것으로 여기지만, 그것들은 대부분의 사적인 체험에서는 아주 적은 몇 가지로 좁아 진다. 바다에는 좋은 물고기들이 많다―아마 그럴 거다! 그러나 엄청난 다수는 고등어나 청어인 것 같다. 만약 당신 자신이 고등어나 청어가 아니면, 바다에서 좋은 물고기를 보기란 쉽지 않을 것이다.

클리퍼드는 명성의 세계로 성큼 들어섰고 돈까지도 횡재하게 되었다. 사람들이 그를 만나려고 몰려들었다. 코니는 거의 매일 라그비 저택에서 손님을 맞이하였다. 그러나 그들은 고등어가 아니면 청어였고, 어쩌다가 메기나 붕장어가 나타났다.

주기적으로 항상 초대받는 몇몇 남성들이 있었는데, 그들은 클리퍼드와 케임브리지 대학을 함께 다닌 친구들이었다. 이 중엔 군대에 계속 남아 있어서 지금은 여단장이 된 토미 듀크스가 있었다. "군대는 나에게 생각할 시간을 주고 삶의 전쟁과 부닥치지 않게 해준다네."라고 그는 말을 했다. 찰스 메이란 아일랜드인이 있었는데 그는 별에 관해 과학적인 글을 썼다. 또 다른 작가인 해먼드가 있었다. 모두가 클리퍼드와 동년배였고 당대의 젊은 지성인들이었다. 그들 모두가 정신적인 생활과 정신을 고결하게 유지하는 것을 신봉하고 있었다. 그것과 동떨어진 삶은 순전히 사적인 일이고, 별로 중요하지 않았다. 아무도 다른 사람에게 몇 시에 화장실에 가느냐고 물을 생각을 하지 않는다. 그건 당사자 외엔 전혀 관심 있는 일이 아니니까.

일상생활 대부분의 일이 그러하다―돈을 어떻게 버는지, 아내를 사랑하는지, '바람을 피우는지'. 이 모든 문제는, 화장실에 가는 것처럼, 당사자에게만 관계되는 것이고 당사자 외엔 아무도 관심이 없다.

"성적인 문제에서 핵심은 말이야," 아내와 두 아이가 있지만 한 여자 타이피스트와 훨씬 더 가까운 관계를 맺고 있는 키가 휜칠하고 마른 해먼드가 말을 했다. "전혀 중요하지 않다는 거지. 엄밀히 말해서 문제랄 게 없어. 우린 화장실에 가는 친구를 따라가지 않아. 마찬가지로 왜 여자와 침실로 들어가는 자의 뒤를 따라가야 하나? 그렇게 따라가는 것이 문제지. 우리가 전자나 후자에 신경을 쓰지 않으면 문제 될 게 없어. 호기심을 잘못 발동하는 것은 전적으로 어리석고 무의미한 거야."

"맞아, 해먼드. 정확히 맞는 말이야! 그렇지만 누가 줄리아와 성관계를 맺는다면 자넨 부글부글 끓기 시작할 거고, 그자가 계속한다면 자넨 비등점까지 끓어오를 거야."—줄리아는 해먼드의 아내였다.

"아, 맞는 말이야! 그자가 우리 집 응접실의 구석에다 오줌을 깔기기 시작하면 난 응당 그래야지. 이러한 것들에 맞는 장소가 있는 법이니까."

"만약에 그자가 줄리아와 은밀한 구석에서 성관계를 맺는다면 자넨 개의치 않는다는 말이야?"

찰리 메이가 약간 비아냥거렸다. 왜냐하면, 그는 줄리아와 아주 잠깐 바람피운 적이 있었는데 해먼드가 아주 거칠게 소란을 피운 적이 있었기 때문이다.

"물론 기분 나쁘지. 섹스는 나와 줄리아 사이의 사적인 일이니까. 그 사이에 누가 끼어든다면 물론 신경을 써야지."

"사실은 말이야," 야위고 주근깨가 낀 토미 듀크스가 말을 시작했다. 그는 창백하고 살이 찐 메이보다 더 아일랜드 사람 같아 보였다. "해먼드, 사실은 말이야, 자넨 소유 본능과 자기주장이 강하면서 성공하길 바라지. 내가 군에 계속 있으면서, 확실히 세상사와는 거리를 두고 살아왔기 때문에, 남자들에게서 자기주장과 성공에 대한 열망이 얼마나 눈에 띄게 강한지 알 수 있네. 열망이 지나치다 싶게 엄청 발달하였어. 우리의 모든 개성이 그쪽으로 쏠려있지. 물론 자네 같은 사람은 부인의 뒷받침이 있어 더욱 잘 나가리라 생각하지. 그래서 자넨 시샘이 많은 거야. 그게 섹스가 자네한테 의미하는 바야—자네와 줄리아 사이에서, 성공을 가져올 작은 활력 발전기라고 할까. 만약에 자네가 실패를 시작한다면 자넨 바람을 피우기 시작할 거야—성공하지 못한 찰리처럼. 자네와 줄리아처럼 결혼한 사람은 여행자의 가방처럼 이름표가 붙어 있지. 줄리아에겐 **아널드 B 해먼드 부인**이란 이름표가 붙어 있어—기차에 실린 어떤 사람 소유의 여행 가방과 똑같지. 자네에게겐 **아놀드 B 해먼드 씨 댁내 아널드 B 해먼드** 이름표가 붙어 있고.—아, 자네 말이 맞아. 정확히 맞아! 정신생활은 편안한 집과 맛있는 요리가 필요하지. 자네 말이 맞지. 자손들까지 필요하지. 그렇지만 이것은 모두 성공을 향한 본능에 전적으로 달려 있다네. 그게 모든 것이 돌아가는 중심축이라네."

해먼드는 좀 기분이 언짢아 보였다. 그는 자기 정신의 고결함과 단연코 기회주의자가 **아님**을 무척 자랑스러워했다. 그런데도 단연 성공을 원했다.

"맞는 소리야. 현금 없이는 살 수 없어." 메이가 말했다. 사람이 생존하고 살아가려면―심지어 자유롭게 **생각하기** 위해서도, 어느 **정도**의 돈을 가져야 한다고, 그렇지 않으면 굶주린 배가 가만 안 둘 거라는 강박관념에서 벗어나기 위해서도 말이야.―그렇지만 섹스에선 누구 소유란 이름표를 떼버리는 것이 좋을 것 같아. 우린 누구하고도 자유롭게 이야길 하지. 그러니 왜 우리가 끌리는 여자와 자유로이 성교하면 안 되지?"

"호색적인 켈트 양반[12]의 말씀이시군!" 클리퍼드가 말했다.

"호색적이라! 왜 그러면 안 되지? 난 여자와 함께 자는 것이 함께 춤을 추는 것이나 심지어 여자와 날씨 이야기하는 것 이상으로 여자를 해친다고 생각지 않는데. 그건 생각 대신에 감각을 교환하는 것인데―왜 안 된다는 거지?"

"토끼들처럼 난잡하게 놀아나시겠다!" 해먼드가 말했다.

"왜 안 되지? 토끼가 뭐가 나쁘다는 거야? 신경질적인 증오에 가득 차서 신경과민의 혁명이나 꾀하는 인간들보다 뭐가 못하단 말인가?"

"그렇다 해도 우린 토끼가 아니지." 해먼드가 말했다.

"바로 그거야! 나에겐 정신이 있어. 죽고 사는 것보다 더 관심이 있는 천문학적인 문제에는 계산할 것들이 있어. 때론 소화 불량 때문에 방해받아, 배가 고프면 일이 끔찍하게 방해를 받아. 이와 똑같이 성에 굶주리면 일이 방해를 받게 돼. 그러면 어

---

12 아일랜드의 토착 민족.―역주

떻게 하지?"

"내 생각에 과음(過淫)으로 인한 성적 소화불량이 자네를 더 심각하게 방해하는 것 같아." 해먼드가 비꼬았다.

"그게 아니야! 난 절대로 과식하지 않고 성교도 과도하게 하지 않아. 과식하거나 않을지는 개인의 선택이야. 그렇지만 자네 식으로 나가면 난 완전히 굶겠는데."

"천만에! 결혼하면 되지."

"내가 결혼하면 된다고 자네가 어떻게 장담하나? 결혼은 내 정신에 맞지 않을 거야. 결혼은 말이야—어쩌면—나의 지적 작용을 망칠지도 몰라. 난 응당 그런 것을 중심축으로 삼지 않거든.—그렇다고 수도승처럼 굴속에 갇혀 살아야 하나?—이봐, 다 썩어빠진 허튼소리야. 난 반드시 살면서 천문학적인 문제를 계산할 거야. 때때로 여자가 필요해. 그렇다고 굉장한 관계 맺는 건 거절이야. 남에게서 도덕적인 비난이나 금지령 듣는 건 딱 질색이고. 옷 가방의 이름표처럼 여자가 내 이름을 붙이고, 주소지와 역 주변을 얼쩡거린다면 난 정말 부끄러워 얼굴을 못 들 거야—"

이 두 남자는 줄리아와 바람피운 일에 대해 서로를 용서하지 못하고 있었다.

"찰리, 참 재미있는 생각인데," 듀크스가 말을 시작했다. "섹스가 다른 형태의 대화라는 것 말이야. 말로 하는 대화 대신에 몸으로 하는 대화란 생각 말이야.—그건 정말 옳다고 생각해. 우리가 여자하고 날씨나 뭐 그런 것에 대해 의견을 나누는 것 같이 얼마든지 감각과 감정을 나눌 수 있다고 생각해. 섹스는 남자와 여자 사이에서 일어나는 정상적인 육체적 대화라 할 수 있지. 공통적인 생각이 없으면 여자와 대화가 안 되지. 말하자면 공통의 관심사가 없으면 대화를 할 수 없어. 이와 똑같이 여자와 감정이나 공감을 공유하지 않으면, 여자와 못 자게 될 거야. 그렇지만 자네가 나눈다면—"

"만약에 자네가 적절한 종류의 감정이나 공감을 여자와 나눈다면, 마땅히 여자와 자도 된다, 이 말이지." 메이가 끼어들어 말했다. "그럴 땐 여자와 잠자리를 함께 하는 것이 적절한 일이다, 이거지. 누구와 얘기하는 게 재미있다면 끝까지 얘길 털어놓는 것처럼 말이야. 얌전한 척 혀를 양 이빨로 깨물지 않는다는 거지. 말하고 싶은 것은 끝까지 다 털어놓아야지.—다른 것도 이와 마찬가지야."

"아니지." 해먼드가 대꾸했다. "그건 틀린 생각이야. 예를 들어서 메이 자네는 여자와 놀아나느라 정력의 절반은 낭비하고 있어. 자넨 머린 좋지만, 자네가 마땅히 해야 할 일을 성취하지 못할 거야. 너무나 많은 정력이 다른 길로 새고 있어."

"그런지도 모르지—그런데 해먼드 자네는 결혼했든 안 했든 너무도 적은 정력이 그쪽으로 흘러. 자넨 정신의 순수성과 고결성을 지킬지는 모르지만 처참하게 말라비틀어질 걸. 내가 보건대, 자네의 순수한 정신은 바이올린 활처럼 깡그리 말라버릴 거야. 단순히 너의 정신을 소금에 재어놓는 거야."

토미 듀크스가 웃음보를 터트렸다.

"잘해 봐. 너희 정신의 대가들!" 그가 말했다. "날 보게나— 난 고결하거나 순수한 지적 작업은 하지 않아. 그저 몇 가지 생각을 적어나갈 뿐이야. 난 결혼은 안 했지만 그렇다고 여자들 꽁무니를 따라다니지도 않아. 난 찰리가 옳다고 봐. 여자 꽁무니를 따라 다닐 때는 따라 다니지만 그렇다고 너무 빨리나 너무 자주 따라 다니지 않을 자유가 있는 거야. 그렇다고 그가 따라 다니는 걸 막을 생각은 없어. 해먼드로 말하면, 워낙 소유본능이 있으니까 똑바른 길과 좁은 문이 그에게 어울려. 그는 죽기 전에 머리끝부터 발끝까지 모범적인 영국의 대저술가가 될 거야. 그다음엔 내가 있는데, 나야 별 볼 일 없어. 폭죽 같은 존재지. 그런데 클리퍼드, 자네 생각은 어떤가? 자넨 섹스가 남자를 출세시키는 데 도움이 되는 발전기라고 생각하나?"

클리퍼드는 이런 때엔 좀처럼 입을 떼지 않았다. 그는 절대로 자기 생각을 내놓지 않았다. 그럴 만큼 그의 생각은 활발하게 돌아가지 않았다. 그는 너무 얼떨떨하고 감정적이었다. 지금 그는 얼굴을 붉히며, 심기가 불편해 보였다.

"글쎄!" 그가 입을 열었다. "난 **전투력을 상실한(hors de combat)** 상태라 그런 주제에 대해선 할 말이 없네."

"전혀 그렇지가 않지." 듀크스가 말했다. "자네의 상반신은 **전투력을 상실**하지 않았네. 자넨 건강하고 온전한 정신생활을 하고 있어. 그러니 자네 생각을 좀 듣고 싶네."

"글쎄," 클리퍼드가 말을 더듬었다. "그렇다 하더라도 내겐 생각이 별로 없네—결혼하면 그것으로 그 문제는 끝이라는 게 내 생각이야. 물론 서로를 위하는 남녀 사이에서 섹스는 대단한 것이지."

"대단하다니, 어떤 면에서?" 토미가 물었다.

"아—성은 친밀감을 더 돈독하게 하지." 클리퍼드는 그와 같은 대화에 여자처럼 불편해하며 대답했다.

"음, 찰리와 나는 섹스가 언어같이 일종의 의사소통이라고 믿어. 어떤 여자건 나하고 섹스의 대화를 시작한다면 그 대화를 완성하기 위해 적절한 때에 그녀와 잠자리를 같이 하는 건 자연스러운 일이지.—불행히도 나하고 대화를 하려는 여자가 없어서 난 혼자서 잠자리에 들지. 그렇다고 기분이 몹시 나쁜 건 아니야—하여간에 그렇게 되길 바라지만 언제 그렇게 될지 내가 어떻게 알겠나? 하여간에 나에겐 개입할 천체에 대한 계산이나 써야 할 불멸의 저서도 없어. 그저 군대에 숨어있는 놈에 불과하니까—"

침묵이 흘렀다. 네 남자가 담배를 피웠다. 코니는 그곳에 앉아서 바느질감에 바늘 한 뜸을 뜨고 있었다—그렇다, 그녀가 거기에 앉아있었다! 그녀는 대화에 끼어들지 않아야 했다. 그녀는 이 고도로 지적인 신사 양반들의 엄청 중요한 사색에 끼어들지 않고 생쥐처럼 숨죽이고 앉아있어야 했다. 그렇지만 거기에 있어야 했다. 그녀가 없으면 이들의 대화가 잘 이어지지 않았다. 그들의 생각이 그토록 자유롭게 흐르질 못했다. 코니가 없으면 클리퍼드는 훨씬 더 초조하고 불안해지며 겁도 더 빨리 먹어 말이 나오질 않았다. 토미 듀크스가 제일 말을 잘했다. 그녀가 있으면 좀 신이 나 했다. 코니는 해먼드를 별로 좋아하지 않았다. 그는 사고방식이 너무나 이기적으로 보였다. 찰스 메이는 천문학자이고 어떤 면은 마음에 들었지만, 왠지 좀 몰취미하고 혼란스러워 보였다.

얼마나 숱한 저녁에 코니가 거기에 앉아서 이들 네 남자의 속내를 들어야 했던가! 이들과 한두 사람이 더 있었다. 그들의 대화가 어떤 결론에 이르지 못해도 코니는 별로 신경을 쓰지 않았다. 그녀는 그들이 하는 말을 듣는 것이 좋았고 특히 토미가 있을 때 그러했다. 그건 참 재미있었다. 그들이 몸으로 키스하고 접촉을 하는 대신에 그들의 속내를 그녀에게 드러내었다. 대단히 재미났다! 그러나 정신들은 얼마나 냉랭한가!

그리고 한편으론 심기가 좀 불편하기도 했다. 그녀는 이들보다 마이클리스가 훨씬 더 낫다고 생각했다. 그에게 이들은 물불을 가리지 않고 출세하기로 작심한 작은 똥개 같은 **출세 지상주의자(arriviste)**라느니 최악의 무식한 벼락부자라느니 하며 온갖 경멸의 말을 퍼부었다. 똥개이건 무식한 벼락부자이건 간에 그는 자기의 목표에 당도하지 않았나. 그들처럼 지적 생활을 내보이려고 수없이 말을 지껄이며 결론의 주변을 마냥 어슬렁대지는 않았다.

코니는 정신생활을 아주 좋아했고 거기에 많이 감동하였다. 그러나 그건 좀 도가 지나치다고 생각했다. 그녀는 거기에 있기를, 그녀가 속으로 혼자 명명한 그 짝패들의 유명한 저녁 모임에서 담배 연기를 들이키며 앉아있기를 좋아했다. 그녀가 말없이 참석하지 않으면 그들이 제대로 대화를 이어가지 못한다는 것에 그녀는 무척이나 기뻐하며 자부심까지 느꼈다. 그녀는 사상에 대해 지대한 존경심을 품고 있었다―그리고 이 남성들은 적어도 정직하게 생각하려 했다. 그러나 그들의 대화엔 무언가가 있긴 한데 결론에 이르질 못했다. 그들은 모두 똑같이 어떤 것을 꺼렸다. 무언가가 있는데, 그녀는 그것이 도대체 무엇인지 감을 잡을 수가 없었다. 그건 믹도 명확히 밝혀주지 못하는 점이었다.

그러나 믹은 무엇을 하려고 노력하는 대신 막 바로 삶을 헤쳐 나갔고 다른 사람들이 그를 속이려 하는 만큼 그도 그들을 속이려 했다. 그는 정말로 반사회적이었다. 그래서 클리퍼드와 그의 친구들이 그를 싫어했다. 클리퍼드와 친구들은 반사회적이 아니었다. 그들은 아무리 과소평가해도 인류를 구원하고 가르치는 데 어느 정도 열심이었다.

일요일 저녁에 찬란하게 이야기꽃을 피웠는데, 그때에는 이야기가 다시 사랑의 문제로 흘러들었다.

"우리의 마음을 서로 맞는 무엇인가로 묶어주는 끈에 축복이 있을지어다."[13] 토미 듀크스가 이 시를 읊으며 말했다. "이런 끈이 무엇인지 알고 싶어! 바로 지금 **우리를** 하나로 묶어주는 끈은 서로에게 비벼대는 정신적인 마찰이야. 그 밖에는 우리 사이의 끈은 거의 없을걸. 우린 헤어지면 서로 등에 대고 악담을 해

---

13 존 포세트의 시구.―역주

대는데, 세상의 다른 우라질 지식인들도 마찬가지야. 이런 일로 말하면 모두가 다 우라질 놈들이야. 모두가 그렇게 행동하니까. 아니면 우린 서로 떨어져서 속으로 느끼는 악의를 달콤한 사탕발림의 거짓 이야기로 바꾸지. 정신적 생활이란 게 바로 악의에, 즉 말로 다 할 수 없고 깊이를 알 수 없는 악의에 뿌리를 내리고 번창하는 것 같으니 참 신기한 일이야. 인류 역사상 언제나 그래 왔지! 플라톤이 그린 소크라테스를 봐. 그리고 그 주위의 무리를 좀 봐! 누군가를 산산이 찢어발길 때 느끼는 순수한 즐거움, 바로 그것의 순수한 악의—프로타고라스나 그 누구이건 간에 그랬지! 그리고 알키비아데스[14]와 모든 개 같은 하찮은 제자들도 그런 소동에 가담했거든! 그래서 보리수 아래에 조용히 앉아있는 부처나 어떤 정신적인 불꽃을 날리지 않고 제자들에게 평화롭게 안식일 이야기를 들려주는 예수를 사람들이 더 좋아하게 된다고 말할 수 있어. 아니, 정신적인 생활에는 근본적으로 무언가 잘못된 게 있어. 그건 악의와 질시, 질시와 악의에 뿌리를 내리고 있어. 열매를 보면 나무를 알 수 있는 거지."

"우리가 모두 그렇게 악의에 차 있다고 생각지는 않아." 클리퍼드가 항의했다.

"이봐, 클리퍼드. 서로에 대해서 어떤 식으로 말하는지를 좀 **생각해봐—우리 모두.** 나 자신이 그 누구보다 가장 고약하지만. 나는 조작한 사탕발림 이야기보다 자연스레 흘러나오는 악의를

---

14 기원전 5세기에 소크라테스가 좋아했던 아테네의 장군.—역주

무한히 좋아하니까. 사탕발림엔 분명 독소가 있어. 내가 클리퍼드는 참 좋은 친구야 등등의 이야기를 시작하면, 불쌍한 클리퍼드를 동정하지. 제발, 자네들 모두 나에 대해 악의적인 이야기를 하라고. 그러면 내가 자네들에게 꽤 중요한 인물이란 걸 내가 알게 될 테니. 나에게 사탕발림 얘긴 하지 말게. 그러면 난 아주 끝장이니까."

"아, 그렇지만 우린 진정으로 서로를 좋아한다고 진짜 **생각하는데.**" 해먼드가 이의를 제기했다.

"마땅히 그래야지! 우린 등만 돌리면 서로를 헐뜯는 이야길 하지 않나! 하긴 내가 제일 고약하지."

"자넨 정신적인 생활을 비판적인 활동과 혼동하고 있어. 소크라테스가 비판적인 활동을 거창하게 시작했다는 자네의 말에 동의하지만, 그는 그 이상의 업적을 남겼어." 찰리 메이가 좀 위엄 있게 말했다. 이들 짝패들은 겸손한 척하면서도 속으로는 교묘한 오만함을 지니고 있었다. 모두가 매우 권위적(ex cathedra)이었으나 겉으로는 겸손한 허울을 썼다.

듀크스는 소크라테스에 대한 의견에 끌려들어 가길 거부했다.

"그건 정확히 맞는 말이야. 비판과 지식은 같은 게 아니지." 해먼드가 말했다.

"물론 같은 게 아니지요." 베리가 맞장구를 쳤다. 그는 갈색 피부의 수줍음을 타는 젊은이로 듀크스를 만나러 왔다가 그 날 밤 묵고 있었다.

그러자 마치 나귀가 말을 한 듯 모두가 그를 쳐다보았다.

"난 지식에 관해 얘길 한 게 아니야—정신생활에 대해 말을 한 거지." 듀크스가 웃으며 말했다. "진정한 지식은 의식의 몸 전체에서 나오는 거야. 두뇌와 정신에서 나오는 것만큼 내장과 남근에서 나와. 정신은 분석하고 합리화할 수 있을 따름이지.— 정신과 이성이 나머지를 지배하게 놔두면 그들이 할 수 있는 일이란 비판을 해서 죽음의 상태로 만드는 거지. 그게 그들이 할 수 있는 **전부**야. 이건 지대하게 중요한 거야. 정말이지, 오늘날의 세상은 비판이 필요해—죽음에 이르는 비판 말이야. 그러니 정신적인 생활을 하며 악의를 뿜내고 썩어빠진 오래된 허울을 벗겨 버리자고.—그러나 명심할 게 있어. 바로 이 점이야. 자네들이 삶을 **사는** 동안에 어떤 식으로든 자네들은 모든 생명과 관계하는 하나의 유기체야. **하지만** 일단 정신생활을 시작하면 곧 사과를 따버리는 행위로 들어서는 거야. 즉 사과와 나무 사이의 연관을 단절시키는 거지. 유기적인 연관을 말이야. 그러니 자네의 생활에서 정신생활 외에 다른 것이 없다면 자네 자신은 나무에서 따버린 사과에 불과해. 자네가 나무에서 떨어져 나온 거지. 그러면 나무에서 떨어진 사과가 결국은 저절로 썩는 것처럼 자네가 악의적으로 되는 것은 논리적인 필연이야."

클리퍼드가 눈을 크게 떴다. 그건 죄다 잡동사니 얘기에 불과했다. 코니는 내심으로 웃었다.

"그렇다면 우린 모두 나무에서 떨어진 사과네." 해먼드가 토라져서 좀 신랄하게 말했다.

"그러니 우리 자신으로 사과즙을 만들자." 찰리가 말했다.

"그렇지만 볼셰비키주의에 대해선 어떻게 생각하세요?" 피부가 갈색인 베리가 지금까지의 논의의 결론이 바로 거기에 들어 있듯이 물었다.

"부라보!" 찰리가 큰소리로 외쳤다. "자네들 볼셰비키주의를 어떻게 생각하나?"

"자, 자! 볼셰비키주의를 까뭉개 보자고—." 듀크스가 말했다.

"볼셰비키주의는 너무도 큰 골치거리야." 해먼드가 심각하게 고개를 저으며 말했다.

"볼셰비키주의는 내가 보기엔" 찰리가 말했다. "그들이 말하는 부르주아에 대한 최고의 증오일 뿐이야. 그런데 부르주아가 무엇인지 명확히 정의가 내려지지 않았어. 그건 무엇보다도 자본주의야. 느낌과 정서도 아주 명백하게 부르주아적인 것이라 하면서 그런 것이 없는 인간을 만들어내야 한다고 주장하지. 그러면 개인, 특히 **인격적인 객체**는 부르주아이고 그러니 그 개체는 억압을 받아야 한다는 거지. 개인은 소비에트 사회주의라는 훨씬 거대한 것에 자신을 함몰시켜야 한다는 거야. 심지어 유기체도 부르주아야, 그래서 이상적인 것은 기계적인 것이 되지. 각기 다르면서도 유일하게 똑같이 본질적인 많은 부분으로 구성된 비유기적인 단위가 기계야. 각 사람은 기계의 한 부분, 기계를 돌리는 힘은 증오. 바로 부르주아에 대한 증오심! 내 생각에 그게 볼셰비키주의야."

"전적으로 맞는 소리야!" 토미가 말했다. "그러나 또한, 그건 나에게 산업의 이상(理想) 전체에 대한 완벽한 기술 같은데. 그건 간결하게 말해서 공장 소유자의 이상이지. 단 동력이 증오라는 것을 그가 부인하는 것을 제외하고. 그건 분명 증오심이야. 생명 자체에 대한 증오. 이곳 중부지방 상황을 한번 봐, 그것이 이곳에 명백히 드러나 있는지를.—그렇지만 이건 죄다 정신생활의 부분이지—바로 논리적인 전개야."

"난 볼셰비키주의가 논리적이란 말엔 반대야. 그건 대전제의 주요 부분을 거부하지." 해먼드가 말했다.

"이봐, 그건 물질적인 전제를 허용하지. 순수한 마음도 그래—전적으로."

"적어도 볼셰비키주의는 맨 밑바닥까지 내려가 있어." 찰리가 말했다.

"밑바닥이라! 밑창이 없는 밑바닥! 볼셰비키주의자들은 얼마 안 있어 세상에서 가장 훌륭한 군대를 갖게 될 거야. 최고의 기계적인 장비를 갖춘 군대를."

"그렇지만 그런 것은 지속할 수가 없어—이런 증오라는 일은. 거기엔 반드시 반발이 생길 거야—" 해먼드가 말했다.

"글쎄—우린 십 년이나 기다려 왔는데—더 기다려보자고. 증오는 다른 모든 것처럼 점증하는 속성이 있어. 삶에다 사상을 강요하고, 또 가장 깊은 본능을 다그치다 보면 필연적으로 증오심이 생기게 마련이야. 어떤 특정한 사상에 맞춰서 우리의 가장 깊은 본능, 가장 깊은 느낌을 몰아세우면 결과적으로 증오심이 생기게 마련이지. 기계처럼 한 가지 공식에 따라 우리 자신을 몰아가면 말이야. 논리적인 정신이 대중을 완전히 장악한 척하지만, 그 대중은 순수한 증오심으로 바뀌지. 우린 모두 볼셰비키주의자들이고, 단지 아닌 척 위선을 떨 뿐이지. 러시아인들은 위선 없는 솔직한 볼셰비키주의자들이고."

"그렇지만 소비에트 식 말고 많은 다른 방식이 있어." 해먼드가 말했다. "볼셰비키주의자들은 정말로 지적이진 못해."

"물론 그래. 그렇지만 좀 멍청하게 구는 것이 지적일 때가 있어. 목적을 달성하고자 할 때는 말이야. 나 개인적으로는 볼셰비키주의는 좀 멍청하다고 생각해. 그렇지만 우리 서구인의 사회생활도 멍청하다고 봐. 우리의 널리 알려진 정신적인 생활까지도 멍청하다고 생각해. 우리 모두는 크레틴병 환자[15]와 같이 냉랭하고 백치처럼 열정이 없어.—우리 모두 볼셰비키주의자야—단지 다른 이름으로 부를 따름이지. 우리는 우리가 신이라고 생각해—신과 같은 인간! 그건 볼셰비키주의와 똑같은 거야. 인간이 신이나 볼셰비키주의자가 되는 것을 면하려면 우선 인간다워야 해, 뜨거운 심장과 남근을 가져야 해—왜냐하면 신과 볼셰비키주의자는 똑같은 것이고, 너무나 좋아 진짜가 될 수 없기 때문이야."

이 말에 찬동하지 않는 침묵이 흐르는 가운데 베리가 근심스레 질문을 던졌다.

---

15 갑상샘 기능 저하로 생기는 백치병 환자.—역주

"그러면, 토미, 사랑은 분명 믿으시지요?"

"사랑스러운 젊은이구먼!" 토미가 말을 했다. "아니, 이 귀여둥이 천사여. 십중팔구는 아니야! 오늘날 사랑은 그 어리석은 연기들의 또 다른 연기라네. 사내들이 허리를 흔들어대며, 칼라 단추 두 개처럼 작은 사내아이의 엉덩이를 지닌 쪼끄만 재즈풍의 여자애들과 섹스를 하는 것인가? 그런 유의 사랑을 말하는 건가? 아니면 공동재산이니 성공적 삶이니, 아니면 내 남편 내아내 같은 유의 사랑을 말하는 건가? 아니지, 이 착한 친구야. 난 그런 건 전혀 믿지 않네!"

"그렇지만 당신은 무언가를 확신하지요."

"내가! 아, 지적으로는, 따스한 심장과 팔팔한 남근, 발랄한 지성, 숙녀 앞에서 '제기랄!'하고 내뱉을 용기를 확신하지."

"저, 선배님은 그런 걸 다 갖고 계세요." 베리가 대꾸했다.

토미 듀크스가 한바탕 큰 소리로 웃어 젖혔다.

"자넨 천사야! 내가 그런 걸 다 가졌다면! 내가 그런 걸 다 가졌다면 얼마나 좋겠나! 아니야, 내 심장은 감자처럼 둔감하고, 내 남근은 축 처져서 머릴 들어본 적이 없어. 내 어머니나 고모 앞에서 '제기랄!' 하고 소리치느니 차라리 남근을 싹둑 잘라버릴 거야—이들이 **진짜** 숙녀라는 걸 알아둬. 난 진짜 지성인이 못 되고, 정신적 생활인에 불과해. 지성인이라면 멋지겠지. 그러면 입에 담거나 담을 수 없는 신체의 모든 부분이 팔팔하게 살아 움직이겠지. 남근이 고개를 들고 진짜 지성인에게 '안녕하세요?'라고 인사를 할 수 있겠지. 르누아르는 남근으로 그림을 그린다고 했지[16]—그는 정말 아름다운 그림들을 그렸어! 나도 남근으로 무언가를 했으면 해. 맙소사! 그런데 입만 나불거리고 있으니! 지옥의 고통에 또 다른 고통이 보태진 거지! 그런데 소크라테스가 이런 걸 시작했다고."

"세상엔 멋진 여자가 많아요." 코니가 고갤 들고 마침내 말을 내뱉었다.

남자들이 불쾌하게 여겼다. 그녀는 아무 소리도 못들은 양 가만히 있어야 했다. 그들은 그녀가 그들의 대화를 시시콜콜 듣고 있었다는 걸 드러내는 것이 몹시 그슬렸다.

"'세상에! 여자들이 나에게 잘해주지 않으면

그들이 멋지건 말건 무슨 상관이랴![17]'

아니, 가망 없어! 난 여자와 결합해도 전혀 감동이 안 돼. 여자와 딱 마주쳐 보면 내가 진짜로 원하는 여자가 없어. 그렇다고 나 자신을 억지로 강요할 생각은 없어—하나님 맙소사. 현상태로 그냥 있으면서 정신생활을 영위할 거야. 그게 내가 할 수 있는 유일하게 정직한 일이거든. 여자와 **대화하는** 것으로도 아주 행복해질 수 있어. 나는 여자를 좋아해. 그렇지만 그건 죄다 순수해. 가망 없이 순수해. 정말 가망 없게 순수하다니까!—그래, 내 애송이 친구 힐데브란트[18], 자네 생각은 어떤가?"

---

16 그의 아들에 따르면 그가 류머티즘으로 손을 못 쓰게 되었을 때 이런 말을 했다고 한다.—역주

17 조지 위더(1588-1667)의 시 '연인의 결심'의 일부.—역주

18 교황 그레고리 7세(1021-85)로 그는 사제들의 독신을 지지했고 원래는 힐데브

"순수하게 지내신다면 복잡한 일이 훨씬 줄겠지요." 베리가
말했다.

"그래. 인생은 죄다 너무나도 단순하니까!"

란트란 이름의 수도사였다.—역주

제5장

해가 살짝 비치는 2월 서리가 내린 아침에 클리퍼드와 코니가 산책 차 대정원을 가로질러 숲으로 들어섰다. 무슨 말인가 하면, 클리퍼드가 모터 달린 휠체어를 타고 덜덜 소리를 내며 앞으로 나아갔고 코니는 그 옆에서 걸어갔다.

쌀쌀한 대기에선 여전히 유황 냄새가 났지만 두 사람은 이에 익숙해져 있었다. 가까운 지평선 주변에는 안개와 석탄 연기가 자욱이 끼어 희뿌옇고, 그 위에 푸른 하늘이 조금 모습을 드러냈다. 그래서 울타리 안에 들어가 있는 기분이었다. 항상 안에 있는 느낌이었다. 삶은 울타리 안에 든 꿈, 아니면 광란이었다.

양들이 정원의 거칠고 메마른 풀밭에서 기침했고, 그 풀밭의 움푹 파인 곳에는 서리가 푸르스름한 빛을 띠웠다. 오솔길이 정원 한가운데를 가로질러 나무 출입문에 이르렀는데, 가는 분홍빛 리본 같았다. 클리퍼드가 탄갱에서 추려낸 자갈을 그 위에 새로 깔게 했다. 땅속에서 캐낸 바위와 찌꺼기들이 타면서 유황 성분을 다 내뿜으면 밝은 분홍빛을 냈다. 건조한 날엔 새우색을 내고 축축한 날엔 더 짙은 게색을 냈다. 지금은 연한 새우 색깔을 띠웠고 그 위에 푸르스름한 서리가 허옇게 내려앉았다. 코니는 채로 걸러낸 밝은 분홍빛의 자갈을 발밑에서 느끼며 걸으면 항상 기분이 좋았다.—모든 이에게 도움이 안 되는 것은 그곳의 나쁜 바람이다.

클리퍼드가 현관에서 나와 전동 휠체어를 조심스레 운전하며 둔덕의 내리막길을 내려갔고, 코니는 그 휠체어를 잡고 내려갔다. 앞에 숲이 펼쳐졌다. 가장 가까이엔 개암나무 숲이 있고 그 너머엔 떡갈나무가 보랏빛을 띠고 빽빽이 자라고 있었다. 숲의 가장자리에서는 토끼들이 깡충깡충 뛰어다니며 풀을 뜯어 먹고 있었다. 까마귀 떼가 갑자기 까맣게 줄지어 위로 날아오르더니 작은 하늘 위로 아스라이 자취를 감추었다.

코니가 숲의 출입문을 열었고 클리퍼드가 천천히 전동 휠체어를 조정하여 문을 통과한 후에, 깨끗이 손질된 개암나무 덤불 사이에 난 비탈로 올라가는 넓은 승마용 길로 들어섰다. 숲은 로빈 후드[19]가 한때 사냥하던 거대한 삼림의 자투리였고 이 승마 도로는 이 지역을 가로지르는 아주 오래된 신작로였다. 그러나 지금은 물론 사유지에 난 승마 도로에 불과했다. 이 도로는 맨스필드에서 북쪽으로 굽이쳐 올라갔다.

숲 속에선 모든 것이 정지하였다. 바닥의 오래된 잎들 밑에는 서리를 머금고 있었다. 어치가 요란하게 지저귀었고, 작은 새들이 여기저기서 날개를 쳤다. 그러나 사냥감이 없었다—꿩

---

19 12세기경 영국의 전설적인 의적.—역주

은 한 마리도 없었다. 전쟁 통에 전부 씨를 말렸고 숲은 그냥 내버려 두었었다가 클리퍼드가 얼마 전에 사냥터지기를 다시 고용한 참이었다.

클리퍼드는 이 숲을 사랑했다. 오래된 떡갈나무들을 애지중지했다. 그것들이 수 세기 동안 자라온 자신의 나무라고 느꼈다. 나무들을 보호하고 싶었다. 이곳을 외부와 차단해 아무도 손을 못 대게 하고 싶었다.

전동 휠체어는 덜커덕 소리를 내며 천천히 언덕을 올라가다가, 꽁꽁 언 흙덩이들 위에서 심하게 흔들렸다. 갑자기 왼편에 공터가 나타났고, 거기엔 죽은 고사리 덤불이 널려 있고, 가늘고 길쭉한 어린나무들이 여기저기에 비스듬히 서 있고, 톱으로 잘린 커다란 그루터기들의 윗부분과 죽은 채 땅 위로 나온 뿌리들이 보였다. 그리고 나무꾼들이 잔 나뭇가지와 쓰레기를 태웠던 시커먼 자국들이 여기저기에 보였다.

이곳이 제프리 경이 전시에 참호 버팀목용으로 쓸 나무를 잘라냈던 곳 중의 한 곳이었다. 승마 도로 오른편에 둔덕 전체가 헐벗어서 이상하게 황량해 보였다. 한때 떡갈나무들이 촘촘히 들어섰던 둔덕 꼭대기는 이제 앙상한 벌거숭이가 되었고, 그곳에 서면 나무들 너머로 탄광의 철로와 새로 들어선 스택스 게이트의 공장들이 보였다. 코니는 전에도 그곳에 서서 내려다본 적이 있었다. 그곳은 숲에 생긴 완전히 격리된 틈바구니였다. 그곳으로 바깥세상이 머리를 디밀고 있었다. 그러나 코니는 클리퍼드에게 이런 말을 하지 않았다.

클리퍼드가 이 벌거숭이 언덕을 볼 때마다 이상하게 분노를 터뜨렸다. 그는 전쟁을 겪었고 전쟁의 의미가 어떠한가를 분명히 알고 있었다. 그러나 그가 정말로 화를 낸 것은 이 벌거벗은 언덕을 보고 나서였다. 그가 이곳에 나무를 다시 심게 했다. 그러나 이 일로 그는 아버지 제프리 경을 증오하였다.

클리퍼드는 전동 휠체어가 천천히 언덕을 올라가는 동안, 굳은 얼굴로 앉아 있었다. 그들이 언덕 꼭대기에 올라갔을 때 그가 휠체어를 세웠다. 덜커덕거리는 긴 내리막길을 내려갈 자신이 없었다. 그는 앉아서 푸르스름한 내리막 승마 도로를, 고사리 덤불과 떡갈나무 사이로 뚜렷하게 난 길을 내려다보고 있었다. 그 길은 언덕 아래에서 휘돌아 구부러지더니 자취를 감추었다. 그 길은 너무나도 멋지게 완만한 곡선을 그려서 예전엔 말을 탄 기사들과 귀부인들에게 딱 어울렸을 곳이었다.

"난 이곳이 진짜 영국의 심장부라 생각해요." 클리퍼드가 흐릿한 2월의 햇살 속에 앉아서 코니에게 말했다.

"그렇군요!" 하늘색 니트를 입은 그녀가 길가 나무 그루터기 위에 앉으며 말했다.

"그렇소! 이곳이 그 옛날의 영국이고, 바로 그 심장부요. 난 이곳을 잘 보존할 생각이오."

"아, 그러셔야죠!" 코니가 대답했다. 그러나 그녀가 이 말을 하면서, 멀리 스택스 게이트 탄광에서 울려오는 11시를 알리는 기적 소리를 들었다. 클리퍼드는 이 소리에 너무도 익숙해져서 알아채질 못했다.

"나는 이 숲을 완벽하게 만들고 싶소—아무도 손대지 못하게. **아무도** 이 숲에 침범하지 못하게 하겠소." 클리퍼드가 말했다.

그 말에 어떤 비통함이 스며있었다. 그 숲에는 아직도 거친 옛 영국의 신비가 어느 정도 있었다. 그러나 전쟁 중에 제프리 경의 벌채로 이 숲은 크나큰 손상을 입었다. 나무들은 얼마나 묵묵히 서 있나, 수많은 나뭇가지는 꾸불꾸불 하늘로 뻗어 나가고, 잿빛의 고색창연하고 완강한 몸통들은 갈색의 고사리 덤불 위로 솟아있었다. 새들은 얼마나 안전하게 나무들 사이로 훨훨 날아다녔는가! 한때는 사슴들이 뛰어놀았고 궁수들도 있었지, 그리고 수도승들이 나귀를 타고 이 길을 터벅터벅 지나다녔겠지. 숲은 기억했고. 아직도 기억했다.

클리퍼드는 희뿌연 햇빛 속에서 그의 매끈한 금발에 빛을 받으며 앉아 있었는데, 불그스레한 둥근 얼굴은 야릇한 표정을 짓고 있었다.

"난 여기 오면 그 어느 때보다 아들이 없는 것이 마음에 걸려요." 그가 말했다.

"그렇지만 이 숲은 당신네 집안보다도 더 오래된 걸요." 코니가 부드럽게 말했다.

"그래요!" 클리퍼드가 대답했다. "그렇지만 우리 집안이 이 숲을 지켜왔소. 우리가 아니라면, 이 숲은 사라질 거요. 이 숲의 다른 부분처럼 이미 사라졌을 거요. 옛 영국의 모습을 **반드시** 보전해야만 해요!"

"그래야만 하나요?" 코니가 물었다. "만약에 이 숲을 보전하려고, 새로운 영국의 물결을 막아가면서까지 해야 하나요? 그건 참 슬프네요. 내 느낌으론."

"옛 영국이 어느 정도 보전되지 않으면 영국다운 영국은 싹 사라지는 거요." 클리퍼드가 말했다. "이런 종류의 토지를 가지고 있고 애착을 느끼는 우리가 반드시 이 숲을 지켜야 해요."

슬픈 침묵이 흘렀다.

"예, 얼마간은요." 코니가 말했다.

"얼마간이라니! 우리가 할 수 있는 전 기간이지. 우린 우리가 할 수 있는 몫만 하는 거요. 우리가 이 사유지를 가진 이래로 우리 집안의 모든 가족은 각기 자기 몫을 해왔다고 생각해요. 관습은 집어 던질 수도 있지만, 전통은 지켜야만 하오."

또다시 침묵이 흘렀다.

"무슨 전통이오?" 코니가 물었다.

"영국의 전통이지! 바로 이곳의!"

"그래요!" 코니가 천천히 대답했다.

"그래서 아들이 필요한 거요. 자식은 연쇄 사슬의 연결고리 역할을 하거든." 그가 말했다.

코니는 사슬 같은 것엔 별 관심이 없었으나, 아무 말도 하지 않았다. 그녀는 아들을 원하는 그의 태도의 묘한 비인격성에 주목하고 있었다.

"우리가 아들을 낳을 수 없어 참 안됐어요." 그녀가 말했다.

그가 연푸른 큰 눈으로 그녀를 계속 쳐다보고 있었다.

"당신이 다른 남자의 아이를 가질 수 있다면 괜찮을 것 같소." 그가 말했다. "우리가 그애를 라그비 저택에서 키우면 그 애는 우리에 속하고 이 숲에 속하겠지. 누가 아버지인지는 별로 신경을 쓰지 않겠소. 우리가 키울 아이만 있다면 그 애는 우리의 아이가 될 거고, 그 애가 대를 이어갈 거요. 한번 생각해 봄직하지 않소?"

코니가 이윽고 그를 쳐다보았다. 아기가, 그녀의 아기가 그에겐 그저 '그애'에 불과하다니. 그애―그애―그애라니!

"그렇지만 그 다른 남자는 어떻게 되는 거죠?" 그녀가 물었다.

"그게 뭐 문제가 **되겠소**? 이런 문제가 우리에게 무슨 영향을 크게 주겠소?―당신은 한때 독일에서 애인이 있었지―그게 지금 무슨 상관이오? 아무것도 아니잖소! 우리의 생활에서 아주 중요한 것은 이런 자잘한 행동이나 인간관계가 아니라고 봐요. 이런 것들은 사라지기 마련이오. 지금 그런 것들이 어디에 남아 있소? 어디에 작년의 눈이 남아 있소?―중요한 것은 삶 속에서 영속되는 것이오, 그게 중요하오. 내 삶이 오래가고 발전하니까 내게 중요한 거요. 그러나 어쩌다 맺은 인간관계가 무슨 의미가 있겠소? 특히 어쩌다 맺은 성적 관계야! 사람들이 그걸 우스꽝스럽게 과장해서 떠들지 않으면, 그저 새들의 짝짓기처럼 그냥 사라지는 거요. 그래야만 마땅한 거고. 그게 뭐 그리 대단하오! 중요한 건 평생 지켜온 반려자와의 관계이지. 한두 번 잠자리를 같이한 게 아니라 매일매일 함께 살아가는 것이 중요한 거요. 우리에게 무슨 일이 일어나든 당신과 난 결혼한 사이오. 우린 서로의 몸에 배어있지. 익숙하게 몸에 밴 것이 어쩌다 갖는 성적 흥분보다 훨씬 중요하다고 생각해요. 느리면서 오래 영속적인 것—우리가 바로 그것으로 살아가는 것이지—어쩌다 갖는 충동 때문은 아니지 않소. 두 사람은 함께 생활하면서 조금씩 조금씩 일종의 합일에 도달하고, 서로에게 아주 섬세하게 떨림을 일으키지. 그게 결혼의 진짜 비밀이지, 섹스는 아니오. 적어도 단순한 섹스의 기능은 아니오. 당신과 나는 결혼으로 엮여 있소. 만약에 우리가 그것에 충실하면 치과에 가서 처리하는 것처럼 이 섹스문제도 처리할 수 있다고 봐요. 운명이 우리에게 육체적으로 좌절을 안겨 주었으니."

코니가 앉아서 이 말을 듣는데 경이롭기도 하고 두렵기도 했다. 그의 말이 옳은지 그른지 알 수 없었다. 그녀는 분명 마이클리스를 사랑하고 있었다. 그렇게 속으로 말을 하고 있었다. 그러나 그 사랑은 단지 클리퍼드와의 결혼에서 가끔 밖으로 나가는 소풍이었다. 수년에 걸친 고통과 인내로 생긴 길고도 느린 친밀의 습관에서 벗어나는 소풍이었다. 어쩌면 인간 영혼은 가끔 소풍이 필요한 것이고 이 사실을 부인해서는 안 된다. 그러나 소풍의 문제점은 언제나 집으로 다시 돌아와야 한다는 것이었다.

"그래, 어떤 남자의 아이라도 괜찮겠어요?" 코니가 물었다.

"아, 여보. 난 당신의 타고난 품위와 선택의 본능을 신뢰해요. 그릇된 인간이 당신과 관계해서는 안 되지."

그녀에게 마이클리스가 떠올랐다! 그는 분명 클리퍼드가 말하는 그릇된 인간이었다.

"그렇지만 남자와 여자는 그릇된 인간에 대한 느낌이 다를 수 있어요." 그녀가 말했다.

"아니지." 그가 대답했다. "당신은 나를 귀중히 여겼어. 그러니 나와 정서가 정반대인 사람은 절대로 선택하지 않겠지. 당신의 리듬은 절대로 그렇게 하지 못할 거요."

그녀는 잠자코 있었다. 그건 완전히 틀린 말이었기 때문에 논리로 대응할 것이 못 되었다.

"당신은 누군지를 당신에게 말하길 기대해요?" 그녀가 남편을 거의 슬쩍 보면서 물었다.

"전혀 아니요. 모르는 게 나을 거요.—그렇지만 오랫동안 함께 살아온 생활에 비하면 어쩌다 맺는 섹스 관계는 아무것도 아니라는 내 말에 동의하지요? 섹스는 필수적인 인생의 긴 여로에서 종속적인 것으로 생각지 않소? 우리는 그렇게 할 수밖에 없으니까, 단지 그것을 이용해요. 따지고 보면 이런 일시적인 흥분이 뭐 그리 대단하겠소? 삶에서 총체적으로 중요한 것은 수년에 걸쳐서, 통합된 삶을 살면서, 통합된 인격체를 서서히 쌓아 올리는 것이 아니겠소? 분열된 인생은 아무 의미가 없소. 행여 섹스의 결핍으로 인해 당신이 허물어진다면 그렇다면 나가서 정사를 나눠요. 만약에 어린애가 없어서 당신이 허물어진다면, 할 수 있다면 아기를 가져요. 그러나 당신이 통합된 삶을 살기 위해서 이런 것을 행하는 것이오. 그건 오래가고 조화로운 것이니까. 당신과 내가 함께 이 일을 할 수 있다고—생각하지 않소?—만약 우리가 우리를 필연성에 적응시키고, 동시에 꾸준히 살아온 우리의 삶에 이 적응을 엮어 넣어 하나가 된다면. 그렇게 생각하지 않소?"

코니는 그의 말에 조금 압도되었다. 그의 말이 이론적으로 옳다는 것을 알았다. 그렇지만 그와 함께 꾸준히 살아온 생활을 실제로 생각해보니 그녀는—망설였다. 그녀가 정말로 운명적으로 남은 생애 동안 그녀 자신을 그의 인생과 계속 엮어가야 하나? 그밖에 딴 길은 없나?

그 길밖에 없나? 그녀가 어쩌다 사랑의 꽃무늬 하나 새긴 양단으로 장식하며, 그와 함께 오직 한 가지의 피륙만을 계속 짜는 일에 만족해야 한단 말인가.—그렇지만 내년에 가서 그녀의 감정이 어떻게 될지 누가 알 수 있담? 도대체 어찌 알 수 있단 말인가? 어떻게 "네"라고 대답할 수 있지? 앞으로 수년에 걸칠 일에 대해서? 단숨에 실려 사라지는, "네"란 짧은 한마디! 그 나비와도 같은 짧은 한마디 때문에 인생이 구속되어야 하나? 물론 그것은 팔락거리며 날아가 사라져야만 한다. 그다음엔 다른 수많은 "네"와 "아니요"가 뒤따라야 한다! 흩날리는 나비들처럼.

"클리퍼드, 당신 말이 맞아요. 제가 이해하는 한 동의해요. 단 인생이 온통 새롭게 바뀔 수도 있어요."

"그러나 인생이 온통 바뀌기 전까지, 당신 동의하죠?"

"물론 그래요! 그렇다고 생각해요—정말로."

그녀는 갈색 스패니얼 개가 샛길에서 갑자기 뛰쳐나와 그들

쪽으로 코를 쳐들고 킁킁거리는 걸 쳐다보고 있었다. 사냥총을 멘 한 남자가 개를 쫓아 빠른 걸음으로 사뿐사뿐 걸어오다가, 마치 그들을 공격할 듯 그들과 마주쳤다. 그러더니 걸음을 곧 멈추고 경례를 올리더니 언덕 아래로 내려가고 있었다. 단지 새로 온 사냥터지기였다. 그러나 그는 코니를 흠칫 놀라게 했다. 그가 너무나 민첩하게 걸어 나와 위협하려 든다는 느낌을 주었다. 전에도 그가 난데없이 불쑥 나타나 협박하는 것 같은 인상을 받은 적이 있었다.

그는 짙은 초록색의 벨벳 옷과 각반—구식 차림—을 한 사내였다. 얼굴과 콧수염은 붉었고 시선은 멀리 가 있었다. 그는 언덕을 빠른 걸음으로 내려가고 있었다.

"멜러즈!" 클리퍼드가 불렀다.

그 사내는 가볍게 돌아서더니 빠르고도 짧게 경례 동작을 붙였다. 영락없는 군인이었다!

"이 의자를 돌려놓고 발동을 걸어주겠나? 그러면 더 쉽게 내려가겠어." 클리퍼드가 말했다.

그 남자가 즉시 사냥총을 어깨에 걸치더니, 계속 눈에 뜨이지 않는 듯이, 똑같이 묘하게 잽싸고 부드러운 동작으로 앞으로 걸어왔다. 키는 보통이고 말랐으며 말이 없었다. 코니에겐 전혀 눈길을 주지 않고 의자만 쳐다보았다.

"코니, 이 사람은 새로 온 사냥터지기, 멜러즈야. 자넨 마님께 아직 인사를 드리지 않았지?"

"네, 나리!" 그가 무덤덤한 어조로 얼른 대답했다.

그 남자가 서서 모자를 들고 인사를 하니, 숱이 많고 거의 금 발인 그의 머리칼이 드러났다. 모자를 벗은 모습이 더 잘생겼다. 그가 코니의 눈을 똑바로 바라보았는데, 완벽하고 겁이 없고 냉담한 시선이어서 마치 코니가 어떤 여자인지 가늠하는 듯했다. 코니가 부끄럼을 탔다. 그녀는 수줍어하며 그에게 고개를 약간 숙여 인사했고, 그가 모자를 왼손으로 옮겨 쥐곤 신사처럼 허리를 약간 굽히며 인사했다. 그러나 그는 말을 전혀 하지 않았다. 그가 모자를 손에 쥔 채 잠깐 부동의 자세로 있었다.

"여기에 온 지는 좀 되었지요?" 코니가 그에게 물었다.

"팔 개월 됐습니다. 부인—마님!" 그가 침착하게 호칭을 바꿔 불렀다.

"이곳이 마음에 들어요?"

그녀가 그의 눈을 쳐다보았다. 그가 빈정거리는 듯, 어쩜 무례한 듯 눈을 가늘게 떴다.

"아, 네. 덕분에요. 마님! 전 이곳에서 자랐습니다—"

그가 또 한 번 가볍게 인사한 후, 몸을 돌려 모자를 쓰고는 의자를 잡으러 성큼성큼 걸어갔다. 그가 마지막 몇 마디를 말할 때는 무겁고도 길게 끄는 이 고장 사투리의 억양으로 바뀌었다—그것은 어쩜 조롱조 같기도 했다. 왜냐하면, 처음엔 전혀 사투리 억양이 없었기 때문이었다. 그는 거의 신사로 보였다. 하여간에 그는 묘하고 민첩하며 동떨어진 인물로 외롭게 보였지만 자신감이 있었다.

클리퍼드가 작은 엔진에 시동을 걸자, 그 사내가 조심스레

의자의 방향을 틀어 짙은 개암나무 숲 쪽으로 완만하게 경사가 진 비탈길을 향하게 했다.

"이제 다 됐습니까? 클리퍼드 경?" 그 사내가 물었다.

"아니! 의자가 도중에 길에 빠질 수 있으니 같이 가는 게 좋겠어. 엔진이 비탈길을 다닐 정도로 세지는 못하거든."

그 사내는 자기 개가 어디 있는지 돌아보았다—빠르면서도 사려가 깃든 시선이었다. 개는 그를 쳐다보더니 꼬리를 살살 흔들었다. 그녀를 조롱하는 건지 놀리는 건지 하여간에 양순한 미소의 빛이 살짝 그의 눈에 잠시 나타났다가 사라지고 그의 얼굴은 무표정해졌다. 그들은 상당히 빨리 언덕을 내려갔다. 사냥터지기는 바퀴 의자의 버팀대를 붙잡고 균형을 잡았다. 그는 하인이라기보다는 자유로운 군인 같았다. 그리고 그의 어딘가가 코니로 하여금 토미 듀크스를 떠올리게 했다.

그들이 개암나무 숲에 이르렀을 때 코니가 갑자기 앞으로 달려가 대정원으로 통하는 출입문을 열었다. 그녀가 문을 잡고 서 있을 때 두 남자는 그녀를 쳐다보며 지나갔는데, 클리퍼드는 나무라는 시선이었고 사냥터지기는 호기심과 경이를 담은 침착한 시선이었다. 인간적인 감정 없이 그녀가 어떤 여자인가를 알고자 하는 시선이었다. 그런데 코니는 그의 인간적인 감정이 없는 푸른 눈 속에서 괴로움과 고립을, 그러면서도 어떤 온기의 표정을 읽어냈다. 저 사람은 왜 다른 사람들과 거리를 두고 동떨어져 있을까?

일단 문을 통과하자 클리퍼드가 바퀴 의자를 세웠고 그 사내는 공손하게 재빨리 문을 닫으러 갔다.

"왜 당신이 뛰어가서 문을 열었소?" 클리퍼드가 불쾌함을 드러내는 목소리로 침착하게 물었다. "멜러즈가 열었을 텐데."

"곧장 앞으로 가실 줄 알았지요." 코니가 대답했다.

"당신이 쫓아오도록 그냥 놔두고 말이오?" 클리퍼드가 말했다.

"뭐, 전 가끔 뛰어다니는 걸 좋아하거든요!"

멜러즈가 다시 의자를 붙잡았고, 완전히 모르는 척하는 표정이었다. 하지만 코니는 그가 모든 걸 본다고 느꼈다. 그가 대정원에 있는 둔덕의 가파른 오르막으로 의자를 밀고 올라갈 때, 입을 벌리고 가쁘게 숨을 쉬었다. 잘 보니 그는 허약해 보였다. 이상하게 활력에 넘쳤지만 좀 허약하고 억눌려 있었다. 코니는 여자의 본능으로 그걸 알아차렸다.

코니는 뒤에 처져서 모터 의자가 계속 먼저 가게 했다. 낮은 온통 잿빛이었다. 안개의 둥근 주변에 낮게 머물던 푸른 하늘은 뚜껑이 덮인 듯 다시 닫히고 으스스한 냉기가 감돌았다. 눈이 올 것 같았다. 모든 게 잿빛, 잿빛뿐! 세상이 지친 듯했다.

휠체어는 분홍색 오솔길 꼭대기에서 기다리고 있었다. 클리퍼드가 몸을 돌려 코니를 쳐다보았다.

"피곤한 거요?" 그가 물었다.

"아, 아니에요!" 그녀가 대답했다.

그렇지만 사실은 피곤했다. 이상하게 노곤해 오는 기운이, 불만이 그녀 속에서 일기 시작했다. 클리퍼드는 이를 눈치채지 못했다. 이런 것은 그가 의식할 것이 못 되었다. 그러나 그 낯선 사내는 알아챘다. 코니 생각에, 자신의 세계와 삶의 모든 것이 지친 듯했고, 자신의 불만은 언덕들보다 더 오래 묵은 듯했다.

그들이 저택에 도착하자 계단이 없는 집 뒤편으로 돌아갔다. 클리퍼드가 자기 힘으로 자신의 상체를 획 돌려 낮은 실내용 휠체어로 옮겨갔다. 그의 팔은 기운이 아주 세고 민첩하게 움직였다. 그러자 코니가 그의 짐짝 같은 죽은 다리를 들어서 휠체어에 옮겨놓았다.

사냥터지기는 차렷 자세로 가도 좋다는 말을 기다리면서 이 모든 것을 하나도 놓치지 않고 보았다. 코니가 남편의 마비된 다리를 팔에 안아 다른 의자로 옮기고, 이에 맞춰 클리퍼드가 자기 상체를 돌리는 것을 보고, 그는 겁을 먹고 낯빛이 파랗게 질렸다. 그는 깜짝 놀랐다.

"멜러즈, 도와줘서 고마웠네." 클리퍼드가 하인들 숙소와 이어진 복도로 바퀴를 굴려가면서 지나가듯 말했다.

"그 밖에 시키실 일은 없나요?" 꿈을 꾸는 사람처럼 무덤덤한 목소리로 그가 물었다.

"없네. 잘 가게나!"

"안녕히 계십시오. 나리."

"잘 가요! 언덕 위로 휠체어를 밀어 올려줘서 고마웠어요— 너무 무거웠는지 모르겠어요." 코니가 문밖의 사냥터지기를 돌아보며 말했다.

마치 잠에서 깨어난 듯한 그의 시선이 그녀의 시선과 잠깐 마주쳤다. 그는 그녀의 처지를 이해했다.

"아, 아니요. 무섭지 않았습니다!" 그가 빠르게 말했다. 그다음엔 그의 목소리가 이 고장의 심한 사투리조로 다시 바뀌었다. "마님, 안녕히 계세유!"

"사냥터지기는 어떤 사람이에요?" 코니가 점심때 물었다.

"멜러즈! 당신이 보지 않았소." 클리퍼드가 말했다.

"네! 그렇지만 어디 출신이에요?"

"어디랄 게 없지! 테버셜 출신이야—아마 광부의 아들이지."

"그러면 그 사람도 광부였어요?"

"탄광 갱구에서 대장장이 일을 했지, 아마. 대장장이 일을 총괄했을 거야. 그렇지만 전쟁이 터지기 전엔 2년 동안 이 숲의 사냥터지기로 있었어—그러다가 군에 입대했고. 나의 부친께서 늘 그 사람을 칭찬하셨지. 그래서 그가 군에서 돌아와 대장장이 일을 하려고 탄광에 왔을 때 내가 사냥터지기로 다시 채용한 거고. 그 사람을 다시 부른 것은 아주 잘한 거야—사냥터지기를 할 만한 사람을 이 고장에서 찾기란 아주 힘들거든—이곳 사람들을 잘 아는 사람이어야 하고."

"그래, 결혼은 했나요?"

"했었지. 그렇지만 아내가 누구와 도망을 쳤다나—이런저런 사내들과—마지막엔 스택스 게이트의 광부와 놀아났다지. 아직도 거기서 살고 있을 거야."

"그래서 이 사람은 혼자 사나요?"

"그렇다고 봐야지! 마을에 어머니가 있고—아이와 함께 산다지, 아마."

클리퍼드가 좀 튀어난 허연 눈으로 코니를 쳐다보았는데, 눈에는 멍한 표정이 나타났다. 그는 전면에서는 민첩해 보였지만 후면은 중부지방의 대기처럼 흐릿하고 연기 자욱한 안개 같았다. 그리고 그 안개가 전면으로 슬슬 스며 나오는 것 같았다. 그래서 그가 사냥터지기에 대해 정확한 사실을 알려주면서 그녀를 뚫어지게 쳐다볼 때, 코니는 그의 마음의 후면 전체가 안개로, 허무로 가득 차오르는 것을 느꼈다. 그걸 보니 그녀의 온몸이 오싹해왔다. 그가 인간적인 개성을 상실한 채 백치처럼 되어가는 듯했다.

그녀는 인간 영혼의 대원칙 중 하나를 어렴풋이 깨달았다. 즉, 정서적인 영혼이 육체가 죽지 않을 정도의 충격을 크게 받았을 때, 육체가 회복하면서 영혼도 회복하는 듯이 보인다는 것이다. 그러나 이것은 겉으로만 그렇다. 그것은 진짜로, 기계적인 습관을 다시 찾는 것에 불과하다. 서서히 아주 서서히 영혼의 상처가 타박상처럼 그 모습을 드러내고 서서히 그 무시무시한 아픔을 심화시켜나가다가 마침내 그것이 정신 전체를 먹어치운다는 점이다. 그리고 상처에서 다 회복되어 그 모든 것을 잊었다고 우리가 생각할 때, 바로 그때 무시무시한 후유증이 최악의 상태로 드러난다는 사실이다.

클리퍼드의 경우가 바로 그러했다. 일단 그가 '건강을 되찾고', 일단 라그비 저택으로 돌아와 소설을 쓰며 인생에 자신감을 가졌을 때, 그 모든 충격에도 불구하고 그가 모든 것을 잊고 그의 모든 마음의 평정을 되찾은 듯했다. 그러나 지금, 코니는 여러 해가 지나가면서, 서서히, 아주 서서히 남편의 내면에서 공포와 경악의 타박상이 겉으로 슬슬 모습을 드러내더니 그의 영혼에 가득 차오름을 느꼈다. 얼마 동안은 그것이 너무 깊이 잠재해 있어서 느낄 수가 없었다. 전혀 존재하지 않는 것 같았다. 이제 서서히 공포감을 확산시키면서 거의 마비에 이르도록 그모습을 확실히 드러내기 시작했다. 지적으로 그는 여전히 민첩했다. 그러나 너무나도 큰 충격의 상처가 마비처럼 그의 정서적인 자아에 점차 퍼져나가고 있었다.

그것이 남편 안에 퍼지자 코니는 자신 안에서도 퍼져나간다고 느꼈다. 내적인 공포가, 공허감이, 모든 것에 대한 무관심이 그녀 영혼 속에서 서서히 퍼져나갔다. 클리퍼드가 기분이 고조되면 아직도 활기차게 이야기할 수 있었다. 말하자면 미래에 대해 구상할 수 있었다. 그가 숲 속에서 그녀가 아이를 가져 그 아이를 라그비 가의 후계자로 삼자는 이야기를 할 때처럼 말이다. 그러나 이튿 날엔 그 활기찼던 모든 말이 죽은 낙엽처럼 말라비틀어지고 가루로 변해 질풍에 무의미하게 날아가 버렸다. 그것들은 나무에서 돋아나 활력으로 팔팔하며, 실질적인 삶으로 이어지는 풍성한 말들이 아니었다. 그것들은 활력 없는 인생의 낙엽 더미에 불과했다.

코니에겐 모든 곳이 그렇게 보였다. 테버셜의 광부들은 다시 파업을 이야기하기 시작했다. 코니에게 그곳도 그렇게 보였다,

그것은 에너지의 표출이 아니었다, 그동안 잠자고 있던 전쟁의 상처가 서서히 겉으로 올라와 불안의 커다란 아픔을, 무감각해진 불만을 불러일으키는 것으로 보였다. 그 상처는 깊고, 깊고, 깊었다—거짓되고 비인간적인 전쟁의 상처. 그들의 영혼과 육체 내부 깊숙이 피멍 든 검은 핏덩이를 녹이기 위해선, 수 세대의 살아있는 젊은 피가 요구될 것이다. 그리고 새로운 희망이 필요할 것이다.

가련한 코니! 해가 거듭됨에 따라 삶의 허무감에 대한 공포가 그녀를 엄습했다. 클리퍼드의 정신적인 생활, 그녀의 정신적인 생활은 점차 무와 같이 느껴지기 시작했다. 그들의 결혼, 그가 말하는 친밀의 습관에 근거한 통합된 삶. 공허하고 완전히 무와 같은 날들로 이어졌다. 그것은 말뿐이고 무수한 말에 지나지 않았다. 유일한 실체는 무(無)였고 그 위에는 말로 지은 위선만 자리할 뿐이었다.

클리퍼드의 성공, 그 암캐 여신이 존재했다! 그건 사실이었다. 그는 거의 유명해졌고 그의 최근 저서로 일천 파운드의 돈을 벌어들였다. 그의 사진은 사방에 게재되었다. 한 미술관엔 그의 흉상이 있었고 두 군데의 미술관엔 그의 초상화가 걸려 있었다. 그는 현대적인 작가 중에서도 가장 현대적인 목소리로 평가되었다. 평판을 바라는 비뚤어지고 용의주도한 본능으로 인해 그는 4, 5년 만에 가장 유명한 젊은 '지성인' 중 한 사람이 되었다. 어디에 지성이 깃들어 있는지 코니는 도대체 알 수가 없었다. 클리퍼드는 인물과 행동의 동기를 좀 해학적으로 분석하고 종국에는 모든 것을 낱낱이 까발리는 데에 정말로 명수였다. 그러나 그것은 마치 강아지가 소파의 쿠션을 발기발기 뜯어놓는 것과 같았다. 단 그것은 어리고 장난기 어린 행동이 아니라 이상하게 늙고 고집스러운 자만심에서 나온 행위였다. 기괴하고, 아무것도 아니었다. 이것이 코니의 영혼 저 밑바닥에서 메아리치고 또 메아리치는 느낌이었다. 그건 죄다 아무것도 아니었다. 속이 텅 빈 것의 야단스런 전시였다. 동시에 과시였다. 하나의 과시! 과시! 과시!

마이클리스가 한 편의 희곡에 클리퍼드를 중심인물로 점을 찍어놓았다. 이미 플롯에 대강 묘사해놓고, 1막을 집필한 상태였다. 마이클리스는 무를 전면에 과시하는 데엔 클리퍼드보다 훨씬 한 수 위였다. 그것은 이런 유의 사람들에게 남아있는 열정의 마지막 조각이었다. 겉으로 드러내 보이려는 열정 말이다. 섹스에선 그들은 열정이 없고 죽은 거나 진배없었다. 이제 마이클리스가 추구하는 것은 돈이 아니었다. 클리퍼드 역시 단 한 번도 돈을 주목적으로 추구한 적은 없었다. 비록 벌 수 있을 때는 돈을 벌었지만. 왜냐하면, 돈은 성공의 봉인이며 도장이었기 때문이다. 성공이 바로 그들이 원하는 것이었다. 그들은, 그들 두 사람은 진짜로 과시를 하고 싶었다―**자신들의** 과시―바로 자신을 과시함으로써 엄청난 대중을 한동안 사로잡고 싶었다.

그건 참 야릇했다―암캐 여신과의 매춘. 코니는 이런 것과는 진짜 동떨어져 있고 그런 짜릿한 감동엔 무감각해졌기에, 그것 또한 허무로 보였다. 암캐 여신과의 매춘조차 허무로 보였다, 비록 이 남자들은 수없이 자신을 팔았지만. 그것조차도 허무 그 자체였다.

마이클리스가 클리퍼드에게 편지를 써서 그 희곡의 구상에 대해 알렸다. 코니는 물론 그것에 대해 오래전에 알고 있었다. 클리퍼드는 또다시 전율하며 흥분하였다. 이번에 그가 다시 전면에 드러나 보일 것이었다. 이번에 굉장한 작가가 그를 전면에, 그것도 유리하게, 드러낼 것이었다. 그가 마이클리스에게 그 희곡의 1막을 들고 라그비 저택으로 오라고 초청했다.

마이클리스가 왔다. 여름날에 엷은 색의 정장을 입고 흰 양가죽 장갑을 끼고 코니를 위해선 너무나도 아름다운 연한 자줏빛 난초를 그리고 희곡의 제1막을 들고 왔다. 제1막을 읽어보니 대성공이었다. 코니까지도 감동했다―그녀에게 남아있는 적은 양의 골수까지 짜릿하게 만드는 흥분을 안겨주었다. 그리고 마이클리스는 감동시킬 수 있는 자신의 힘에 감동되었다―그 모습이 코니의 눈에는 정말로 경이롭고 꽤 아름다웠다. 그녀는 그에게서 더 이상 환멸을 모르는 고대 종족의 부동성과 극도로 불순해서 순수하다고까지 할 면을 보았다. 암캐 여신에게 자신을 여지없이 파는 마이클리스의 행동에는 불순을 순수로 꿈꾸게 하는 아프리카 상아 마스크와 같은 순수성이 어려 있었다. 굴곡과 평면을 상아로 만든 마스크처럼 말이다.

그가 채털리 부부와 함께 순수한 스릴을 느낀 순간은, 다시 말해 그가 코니와 클리퍼드의 넋을 잃게 한 때는 마이클리스의 생애에서 절정의 순간 중의 하나였다. 그가 진짜로 성공을 한 것이었다. 그들의 넋을 빼놓았으니. 클리퍼드조차 잠시였지만 그를 정말로 좋아했다—그렇게밖에 표현할 길이 없다면 말이다.

그래서 이튿날엔 믹이 그 어느 때보다 더 불안해졌다. 바지주머니에 양손을 쑤셔 넣은 채 안절부절못하고 정신이 나간 듯했다. 코니가 밤에 그를 찾지 않았다—그런 데다 그는 그녀의 방이 어디인지를 알지 못했다. 이렇게 농락하다니!—그가 성공을 거둔 이 순간에.

그가 아침에 그녀의 거실로 올라갔다. 그녀는 그가 오리란 걸 알고 있었다. 그의 불안한 모습이 눈에 확연했다. 그가 자기의 희곡에 대해서 그녀의 생각을 물었다. 잘 된 작품이라고 생각하는지? 자기의 희곡에 대해 칭찬의 말을 꼭 들어야 했다. 그녀의 칭찬은 성적 오르가슴을 초월하는 열정의 스릴을 안겨주었다. 그녀는 열광적으로 칭찬해 주었다. 그러나 그러는 내내 그녀의 영혼 저 밑바닥에서는 그것이 무(無)—암캐 여신—이란 걸 알았다!

"이봐요!" 그가 마침내 갑작스레 말을 꺼냈다. "왜 당신과 나는 우리의 관계를 깨끗하게 처리 못 하지요? 왜 우리가 결혼을 못 하는 거요?"

"그렇지만 난 결혼한 몸이에요!" 그녀가 깜짝 놀라 그렇지만 전혀 느낌 없이 대답했다.

"아 그것 때문에!—남편이 선선히 이혼해 줄 텐데요.—왜 당신과 내가 결혼을 못 하죠? 난 결혼을 꼭 하고 싶소. 결혼해서 규칙적인 생활을 하는 것이—나에게 최선의 길이란 걸 알아요. 난 자신을 망치며 개떡같이 살고 있어요. 이봐요. 당신과 나는 궁합이 딱 맞는 사람이오—손에 낀 장갑처럼요. 왜 우리가 결혼을 안 하고 있지요? 해서는 안 될 이유라도 있소?"

코니는 놀라서 그를 쳐다보았지만 느낌은 전혀 없었다. 이 사내들이란 모두가 똑같아. 중요한 걸 죄다 무시해버려. 사내들은 폭죽처럼 자신들의 머리 꼭대기에서 단지 발사되면서, 그들의 작대기같이 가는 다리 사이에 여자를 끼우고 천국으로 데려간다고 생각해.

"그렇지만 난 이미 결혼한 몸이에요." 그녀가 말했다. "클리퍼드를 두고 떠날 순 없어요."

"왜 못 떠나요? 왜 못 떠난다는 거요?" 그가 소리쳤다. "여섯 달만 지나면 그자는 당신이 떠났다는 걸 거의 알지 못할 거요. 그는 자신 말고는 다른 사람이 있다는 걸 의식하지 못해요. 내가 아는 한 이 사람은 당신한테 아무런 도움이 안 돼요. 그는 완전히 자신에 몰두해 있어요."

코니는 이 말에 진실이 들어 있다고 느꼈다. 그러나 믹의 이런 열변이 전적으로 사심 없는 것은 아니란 걸 또한 느꼈다.

"남자는 모두 자신에 몰두해 있지 않나요?" 그녀가 물었다.

"아, 어느 정도는 그렇다고 인정해요. 남자가 세상을 헤쳐나가려면 그럴 수밖에 없어요. 하지만 그게 중요한 건 아니지요. 중요한 것은 남자가 여자에게 어떤 종류의 시간을 제공할 수 있느냐이지요. 여자에게 기막히게 즐거운 시간을 체험케 하느냐?

못하느냐? 만약에 못한다면 여자를 차지할 자격이 없는 거지요—"그가 말을 멈추고 커다란 암갈색의 눈으로 그녀에게 최면을 거는 듯 계속 쳐다보았다. "지금 내 생각에," 그가 말을 이어갔다. "난 여자가 요구하는 기막히게 즐거운 시간을 최고로 제공할 수 있어요. 보장을 할 수 있어요."

"어떤 종류의 즐거운 시간인데요?" 코니가 여전히 감동한 듯 놀라워하는 표정으로 그를 계속 쳐다보며 물었다. 그러나 마음속으로는 전혀 아무런 느낌이 오지 않았다.

"온갖 종류 말이오, 젠장, 온갖 종류 말이오! 드레스며 수준 높은 보석이며 좋아하는 나이트클럽이며 만나고 싶은 사람은 누구든 만날 것이고 최고급으로 격에 맞게 살아가며—여행을 하고 어딜 가든 대단한 인물로 대접받고—젠장, **온갖** 종류의 즐거운 시간 말이오!"

그는 의기양양해서 신바람이 나서 말을 늘어놓았고 코니는 현혹된 양 그를 쳐다보았지만, 전혀 아무런 감흥이 오지 않았다. 그가 늘어놓는 찬란한 미래의 구상이 그녀 마음의 표면조차 간질이지 못했다. 다른 때 같으면 짜릿함을 느끼며 흥분했을 텐데 오늘은 그녀 자아의 가장 외적인 부분조차 거의 반응을 보이지 않았다. 그의 말에 전혀 감흥을 느끼지 못했기에 감정을 '확 터트릴' 수가 없었다. 그녀는 그저 앉아서 응시해 현혹된 양 보였지만 전혀 느낌이 없었다. 단지 어딘가에서 암캐 여신이 풍기는 유별나게 불쾌한 냄새가 풍겨왔다.

믹은 직물을 씌운 의자에 앉아서, 몸을 앞으로 내밀고 거의 신경질적으로 그녀를 쏘아보았다. 그녀가 "그래요!"라고 대답할 것이란 자만심에서 더 조바심이 난 건지 아니면 그녀가 응당 "그래요!"라고 대답할까 봐 겁을 먹고 더 공황상태에 빠진 것인지! 과연 누가 알 수 있겠는가?

"생각 좀 해봐야겠어요." 그녀가 말했다. "지금은 대답할 수가 없어요. 당신한테는 클리퍼드가 별문제 될 것 같지 않지만─그렇지 않아요. 그의 몸이 얼마나 불구인가를 생각하면─"

"아, 그런 말일랑 집어치워요! 만약에 한 작자가 불구의 몸을 내세워 흥정하려 든다면!─내가 지금 얼마나 외로우며 지금까지 얼마나 외로웠는가부터 시작해서 눈물을 질질 짜던 객쩍은 얘길 늘어놓아야겠군! 제기랄. 어떤 치가 기껏 불구의 몸을 내세운다면─"

그는 양쪽 바지 주머니에 넣은 손을 격렬하게 움직이며 몸을 옆으로 돌렸다.

그 날 저녁에 그는 코니에게 말했다.

"오늘 밤 나에게 오실 거지요? 당신 방이 어디인지 난 통 몰라요."

"그럴게요!" 그녀가 대답했다.

그는 그날 밤 어느 때보다 더 흥분한 연인이었다. 그의 낯선, 작은 소년의 흥분과 작은 소년의 나약한 알몸으로 말이다. 코니는 그의 절정이 완전히 끝나기 전에 자신이 절정에 이르는 것은 도저히 안 된다는 것을 발견했다. 그의 부드러운 소년 같은 알몸이 그녀에게 어느 정도의 성적인 격정을 일으켰다. 그녀는 그가 끝낸 후에 야성적인 격정 속에서 허리를 들어 올리며 계속 움직여야만 했고 그러는 동안 그는 영웅적으로 자신을 긴장시켜 그녀 안에 머물렀다. 그는 모든 의지를 발동해서 자신을 바쳤고 마침내 그녀가 성적 절정에 도달하면서 괴상한 소리를 작게 질러댔다.

마침내 그가 자신의 몸을 그녀에게서 뺐을 때 그가 씁쓸하면서도 거의 야유하는 듯 작은 목소리로 말했다.

"그래, 당신은 남자와 같은 시간에 절정에 이르질 못해요? 동시에 절정에 이르도록 해야지! 당신이 혼자 해낸다. 이 말이군!"

순간적으로 짧은 이 말이 그녀에게 크나큰 충격을 주었다. 왜냐하면, 그가 수동적으로 자신을 내어주는 것이 그의 성적 관계의 유일한 방법임이 분명해졌기 때문이다.

"무슨 뜻이지요?" 그녀가 물었다.

"알잖소. 내가 끝난 후에도 당신은 몇 시간이고 계속하고 있고—그러면 난 당신이 스스로 애를 써서 절정에 이르기까지 이를 악물고 계속 버텨야 하고."

그녀가 말로 형용할 수 없는 쾌감에 몸이 달아오르고 그에 대해 애정을 느끼는 순간 그가 이런 잔인한 말을 예기치 않게 하자 어리둥절해졌다. 결국은 현대의 수많은 사내처럼 그도 시작도 거의 하기 전에 끝내버렸기 때문이다. 그래서 여자가 스스로 절정에 이르도록 능동적으로 움직였다.

"그렇지만 내가 만족을 얻기까지 계속하길 **바라지 않나요?**"

그가 잔인하게 웃어댔다.

"내가 원하고말고요!" 그가 말했다. "좋지요! 당신이 절정에 닿으려고 버둥대는 동안 내가 이를 악물고 버티는 게 좋고말고요!"

"그렇지 않나요?" 그녀가 재차 물었다.

그가 대답을 회피했다.

"모든 개떡 같은 여자들이 다 그렇다고요." 그가 말했다. "그곳이 마비되었는지 전혀 오르가슴을 못 느끼거나—아니면 사내가 완전히 끝날 때까지 기다렸다가 절정에 이르려고 혼자서 시작을 하면 사내는 그동안 계속 버텨야 해요. 지금까지 나하고 같은 순간에 오르가슴에 이른 여자를 만난 적이 없어요."

코니는 이러한 남성에 관한 새로운 정보를 그냥 건성으로 들었다. 그가 그녀에 대해 그런 반감—전혀 이해 못 할 잔인한 태도를 보이는 것에 어안이 벙벙할 따름이었다. 그녀는 자신이 너무나도 순진하다는 생각이 들었다.

"그렇지만 나도 만족하는 것을 원치 않나요?" 그녀가 거듭 물었다.

"아, 좋아요! 물론 그렇지요. 그렇지만 여자가 쾌감을 얻을 때까지 버텨야 하는 것이 사내의 일이라면 그건 참 못할 짓이오—"

이 말은 코니의 생애에서 치명적인 충격 중의 하나였다. 그녀 속에서 일고 있는 무언가를 죽여 버렸다. 그녀가 마이클리스에게 굉장히 열을 쏟은 것은 아니었다. 그가 먼저 시작하고서야 그를 원하게 된 것이었다. 그녀 쪽에서 먼저 달려들면서 그를 원했던 것은 결코 아니었다. 그러나 그가 일단 관계를 시작한 다음에야 그녀가 그와 오르가슴을 느끼고자 한 것은 매우 당연지사였다. 그것 때문에 그를 사랑하다시피 했다—그 날 밤엔 그를 거의 사랑했기에 그와 결혼할 마음이었다.

어쩌면 그가 이 사실을 본능적으로 직감했기에 이 관계를 완전히 깨부수려 했던 것 같다. 카드로 지은 엉성한 집처럼 일격에 부수어 버렸다. 그에 대한 그리고 남성에 대한 그녀의 모든 성적 느낌은 그 날 밤에 폭삭 주저앉았다. 그가 전혀 존재하지 않았던 것처럼 그와의 관계는 그녀 삶에서 완전히 떨어져 나갔다.

그 이후 그녀는 쓸쓸하고 지겨운 나날을 보냈다. 클리퍼드가 완전한 삶이라고 부르는 공허한 쳇바퀴 같은 삶만이 있었다. 두 사람이 한집에서 함께 사는 것이 습관처럼 되어버린 두 사람의 오랜 생활뿐이었다.

공허뿐이었다! 삶의 커다란 공허를 받아들이는 것이 삶의 목적인 듯했다. 공허라는 거대한 총체를 이루는 갖가지 부산하고 중요하고 자잘한 것들만이 존재할 뿐이었다!

제6장

"왜 요즈음에는 남자와 여자가 서로를 진정으로 좋아하지 않나요?" 코니가 토미 듀크스에게 물었다. 그는 그녀에게 일종의 예언자 같은 존재였다.

"아니, 좋아합니다! 인류가 생긴 이래로 오늘날처럼 남녀가 서로 좋아한 적은 없다고 생각합니다. 진짜로 좋아하지요! 내 경우를 봐요—난 정말 남자보다 여자를 더 **좋아합니다**—여자들은 더 용감합니다—여자들과 있으면 더 솔직해질 수 있어요."

코니가 이 말을 곰곰이 생각해 보았다.

"네, 그래요. 그렇지만 여자들과 진짜 관계를 맺어본 적은 전혀 없잖아요!" 그녀가 말했다.

"내가요? 지금 이 순간 한 여자와 완전히 진지하게 얘길 하고 있지 않나요?"

"네—얘기나 하는 것은—"

"당신이 남자라면 여자와 완전히 진지하게 말하는 것 말고 도대체 뭘 할 수 있소?"

"뭐 별거 없겠지요—그렇지만 여자 쪽에선—"

"여자는 남자가 자기를 좋아해서 말을 걸고―동시에 여자를 사랑하고, 여자를 욕구하기를 바라지요―그렇지만 이 두 가지는 서로 배타적이라 생각합니다."

"그렇게 되면 안 되지요!"

"물은 너무 축축하게 적셔서는 안 됩니다. 물이 너무 과하게 적시게 되는 거지요. 바로 그겁니다!―난 여자들을 좋아해서 말을 겁니다. 그러므로 여자를 사랑하고 여자를 욕구하지 않습니다. 이 두 가지가 나에겐 동시에 일어나지 않아요."

"동시에 일어나야 한다고 보는데요."

"좋을 대로 생각하시죠.―사물이 현재 모습이 아닌 딴 것이 되어야 한다는 것은 나의 관심사가 아닙니다."

코니가 이 점을 잠시 생각했다.

"그건 옳지 않아요. 남자들은 여자들을 사랑할 수 있고 말도 걸 수 있어야 해요. 대화하지 않고 친밀하지 않으면서 어떻게 사랑할 수 있는지 모르겠네요. 어떻게 그럴 수 있지요?"

"저," 그가 입을 열었다. "모르겠네요. 나의 경우를 일반화하는 게 무슨 소용이 있겠소? 난 내 경우만 알 뿐이오. 난 여자들을 좋아해요―그렇지만, 정욕은 느끼지 않소. 난 여자들과 말하는 게 좋아요―그들과 말을 나누면 어느 면에선 친밀해져도, 키스와 관련되는 한 난 그들에서 멀리 세상 끝까지 가버리지요.―사실이 그렇다고요! 그렇지만 나의 경우를 일반적인 것으로 생각하진 말아요―아마도 난 좀 유별난 놈일 거요. 만약에 여자들이 나에게 사랑하는 척하라거나―사랑에 사로잡힌 표정을 지으라고 강요한다면—여자들을 좋아하나 사랑하지 않는—심지어 여자들을 미워할 남자 중 한 사람이오—"

"그러니까 슬프지 않아요?"

"왜 그래야 하지요? 전혀! 나는 찰리 메이를 봅니다—그리고 그 밖에 혼외정사를 하는 다른 남자들을요—전혀, 조금만치도 부러운 생각이 나지 않소. 만약에 운명이 내가 원하는 여자를 보내준다면, 그건 참 좋은 일이겠지요. 그런데 내가 원하는 여자가 어떤 여잔지 잘 모르거니와 한 번도 만난 적이 없어요—뭐, 내가 냉담한 것 같기도 해요. 그런데 내가 정말로 **좋아하는** 여자가 몇 명 있기는 해요—"

"날 좋아하세요?"

"아주 좋아하지요! 그렇지만 알다시피 우리 사이에 키스라는 게 문제 된 적이 있나요?"

"전혀 없었지요!" 코니가 대답했다. "그렇지만 문제가 되어야 하는 게 아닌가요?"

"세상에, **왜요**? 내가 클리퍼드를 좋아한다고 그에게 가서 키스한다면 당신이 뭐라 하겠어요?"

"그렇지만 경우가 다르지 않나요?"

"우리에 관한 한 무슨 차이가 있겠어요? 우린 모두 지성적인 인간이에요. 남자니 여자니 하는 문제는 일시적으로 중단해요. 바로 중단해요. 이 순간에 내가 유럽의 사내처럼 섹스 문제를 들먹이며 겉으로 드러낸다면 당신은 어떻게 생각하겠소?"

"난 싫어할 거예요."

"아, 그렇다면!—말하지요. 내가 조금이라도 사내다운 남자라면 내 마음에 딱 드는 여자를 아직까진 만나지 못했어요. 그리고 그런 여자를 애타게 그리워하진 않아요. 그저 여자들을 **좋아할** 따름이지요—어느 여자가 나를 억지로 여자와 사랑에 **빠**지게, 사랑하는 척하게 혹은 섹스 놀이하도록 강요하겠어요?"

"아니요. 난 그러지 않을 거예요. 그렇지만 무언가 잘못된 거 아니에요?"

"당신은 그렇게 느낄 수 있겠지요—난 그렇지 않습니다."

"그래요—내 느낌에 남자와 여자 사이에 무언가가 잘못되어 있어요. 여자에겐 남자를 끌 만한 매력이 이제는 없어요."

"그럼, 남자에게 여자를 끌 만한 매력이 있나요?"

이런 반대의 관점을 코니가 곰곰이 생각해 보았다.

"별로요." 그녀는 진심을 드러냈다.

"그렇다면 이 문제는 이쯤 해서 끝내고 서로 예절 바른 인간으로 점잖고 단순하게 지냅시다. 빌어먹을 인위적인 성적 강요—전 그런 건 딱 질색입니다."

코니는 그의 말이 정말로 옳다는 것을 알았다. 그러나 이 말에 그녀의 느낌은 너무나도 쓸쓸해졌다. 너무나도 쓸쓸한 나머지 마음의 갈피를 잡을 수 없었다. 자신이 황량한 연못 위에 떠 있는 나무 조각 같다고 느꼈다. 무슨 의미가 있을까. 그녀에게나 그 밖의 다른 것에게.

반발하는 것은 그녀의 젊음이었다. 이 사내들은 너무나도 늙어 빠지고 차갑게 보였다. 모든 것이 늙어빠지고 차갑게 보였다. 그리고 마이클리스는 그녀를 너무나도 낙심시켰다. 그는 아무짝에도 쓸모가 없었다. 남자들은 여자를 원치 않았다. 그들은 정말로 여자를 원치 않았다—마이클리스까지도 그랬다. 그리고 여자를 원하는 척하면서 성적 유희를 시작하는 버릇없는 사내들은 더더욱 나빴다.

참 암담했다. 그렇지만 그걸 참고 견디어야 했다. 남자에게 여자들이 끌릴만한 매력이 없다는 것은 꽤 사실이었다. 그녀가 마이클리스에게 매력이 있다고 바보같이 생각했던 것같이 여자들이 남자에게 매력이 있다고 바보처럼 착각하는 것이 고작이었다. 그러면서 여자는 그저 살아가고 거기엔 이렇다 할 의미가 없었다. 왜 사람들이 칵테일파티를 열고 지쳐서 쓰러질 때까지 재즈 춤을 추고 폭스트롯 춤을 추는지 코니는 그 이유를 충분히 이해할 수 있었다. 어떤 식으로든 발산해야 했다—젊음을—아니면 젊음이 당신을 먹어치울 테니까. 그러나 이 청춘이란 얼마나 무시무시한 것인가! 느낌으론 꼭 므두셀라[20]만큼 늙었는데, 청춘이 부글부글 끓어올라 당신을 편안하게 두질 않는다. 참으로 지랄 같은 인생이다!—밝은 전망도 없다! 그녀는 차라리 마이클리스와 줄행랑을 쳐서 저녁마다 칵테일파티에 나가 재즈춤이나 추는 긴 인생을 누리는 것이 나을 거라는 생각도 했다. 하여간에 일생을 멍하니 지내다 무덤 속으로 기어들어 가느니

---

20 노아의 홍수 이전의 유대인 족장 중에서 969세까지 살았다는 최장수자.—역주

그것이 더 나을 것이란 생각이 들었다.

기분이 매우 울적한 어느 날 그녀는 무겁고 답답한 마음으로 홀로 숲 속을 걸었다. 아무것에도 주의를 기울이지 않고 자기가 지금 어디 있는지조차 몰랐다. 멀지 않은 곳에서 총소리가 나자 이에 그녀는 놀라고 화가 치밀었다.

그리고 계속 걸어가는데 사람들의 목소리가 들렸다. 그녀는 몸을 움츠렸다. 사람들이라니! 그녀는 사람들과 맞닥뜨리는 게 싫었다. 그러나 그녀의 밝은 귀에 다른 소리가 들려 관심이 쏠렸다. 어린애의 흐느껴 우는 소리였다. 그녀는 곧 주의를 기울였다. 누군가가 어린애를 학대하고 있는 것이었다.

그녀는 화가 치밀어서 축축한 길을 급히 내려갔다. 한바탕 야단이라도 칠 태세였다.

모퉁이를 돌자 코니는 건너편 길에서 두 사람을 보았다. 사냥터지기와 보라색 웃옷과 두더지 가죽 모자를 쓰고 울고 있는 작은 여자애였다.

"어, 입 닥쳐! 이 못된 계집애!" 사내의 성난 목소리가 들리고 어린애는 더 크게 흐느꼈다.

콘스턴스의 눈에서 불이 번쩍이고 더 성큼성큼 가까이 걸어갔다. 그 사내는 몸을 돌려 코니를 보고는 냉랭하게 인사를 했지만, 얼굴은 화가 나서 새하얬다.

"무슨 일이에요? 이 애가 왜 울지요?" 콘스턴스가 위압적으로 그러나 숨이 좀 가빠하며 물었다.

냉소 같은 희미한 미소가 그 남자의 얼굴에 나타났다.

"저, 저 애한테 물어보셔유." 그가 심한 사투리로 냉담하게 말했다.

코니는 얼굴을 한 대 맞은 느낌이었고, 안색이 변했다. 그런 다음 그녀는 도전할 기세로 그를 쳐다보았고, 그녀의 검푸른 눈이 이글이글 타올랐으나 다소 모호했다.

"내가 **당신한테** 물었어요!" 그녀가 숨이 가빠하며 말했다.

그가 야릇하게 허리를 약간 굽히며 모자를 살짝 들어 예를 표했다.

"그러셨지요. 마님—" 말하더니 다음엔 다시 사투리로 돌아갔다. "그렇지만 말씀드릴 수가 없구만유."

그가 속을 알 수 없는 군인 같은 태도를 짓고 난처해하며 낯빛이 창백해졌다.

코니는 여자애에게로 향했다—얼굴이 불그스레한 검은 머리의 아홉 살이나 열 살쯤 된 여자애였다.

"애야, 뭐지? 왜 우는지 말해보렴!" 코니는 이런 때에 으레 어울리는 다정한 어투로 물었다.

여자애는 더 격하게 울어댔다—의식을 한 것이다!

코니는 한층 더 다정한 어조로 말했다.

"자, 자, 울지 마! 사람들이 너한테 어떻게 했는지 말해보렴!"—코니는 굉장히 다정한 어투로 말했다. 동시에 털실로 짠 윗도리의 호주머니를 더듬다가 운 좋게도 육 펜스짜리 동전을 발견했다.

"자, 울지 마라!" 그녀가 어린애 앞에서 허리를 굽히며 말했다. "이것 봐! 너에게 주려는 이것이 뭔지 보렴!"

여자애는 울다가 콧물을 훌쩍이더니 엉엉 울어서 퉁퉁 부은 얼굴에서 주먹을 떼고 날카로운 검은 눈으로 육 펜스 동전을 흘끗 보았다. 그리곤 더 흐느꼈으나 서서히 잦아들었다.

"자, 무슨 일인지 나한테 말해 봐! 말을 해!" 코니가 아이의 토실토실한 손안에 동전을 놓으며 말하자 그 애가 얼른 손을 오므렸다.

"그건 저—그건 저—고양이 때문이에요!"

한참 운 다음이라 흐느낌이 뒤따랐다.

"애야, 무슨 고양이?"

잠시 조용히 있더니 육 펜스를 움켜쥔 손으로 주뼛주뼛하며 들장미 덤불 속을 가리켰다.

"저기요!"

코니가 쳐다보았다. 정말 거기엔 커다란 검은 고양이가 기분 나쁘게 몸을 쭉 뻗고 널브러졌는데 몸엔 피가 좀 묻어 있었다.

"어 윽!" 그녀가 질겁해 소리쳤다.

"도둑고양입니다. 마님." 그가 빈정대는 투로 말했다.

그녀가 화가 나서 그를 힐끗 보았다.

"그러니까 애가 울지요." 그녀가 말했다. "애가 있는 데서 고양이를 쏘다니. 우는 건 당연하지요!"

그는 감정을 감추지 않고 간결하게 의사를 전하고, 경멸하는 눈초리로 코니의 눈을 들여다보았다. 코니는 다시 낯을 붉혔다. 공연히 소동을 부려서 그가 그녀를 얕잡아본다고 느꼈다.

"네 이름이 뭐지?" 그녀가 여자애에게 장난치듯 물었다. "말해 주지 않을래?"

훌쩍, 훌쩍! 그러더니 아주 지어먹은 태도로 피리처럼 날카로운 목소리로 대답했다.

"코니 멜러즈예요!"

"코니 멜러즈! 거, 멋진 이름인데!—그래, 아빠하고 같이 왔는데 아빠가 고양이를 총으로 쏜 거지? 근데, 이 고양인 못된 고양이야!"

그 애는 시커먼 눈으로 코니를 대담하게 샅샅이 살피며 그녀의 됨됨이와 위로의 말을 가늠하면서 받아들였다.

"난 할머니와 같이 있고 싶었어요." 그 작은 여자애가 말했다.

"그랬구나! 그런데 할머닌 어디 계시니?"

그 애는 팔을 쳐들어 큰길 아래를 가리켰다.

"저기 오두막에."

"오두막이라고! 그래, 할머니에게 돌아가고 싶니?"

흐느껴 울던 뒤끝이라 갑자기 애의 몸이 부르르 떨렸다.

"그래요!"

"그럼, 가자! 데려다줄까? 할머니에게 데려다줄까? 그러면 아빠는 할 일을 할 수 있으니까."—코니가 사냥터지기를 향했다. "이 애가 당신 딸 맞지요?"

그가 답례하며 그렇다는 뜻으로 고개를 약간 까딱했다.

"애를 저쪽 집으로 데려다줄까요?" 코니가 물었다.

"마님께서 원하시면요."

그리고는 그가 조용히 무엇을 찾는 듯이 초연한 시선으로 그
녀의 눈을 들여다보았다. 아주 홀로 떨어져 있으며 자신만을 의
지하는 사내의 표정이었다.

"얘야, 할머니가 계시는 오두막으로 같이 갈까?"

애는 다시 살짝 올려다보았다.

"네!" 애가 선웃음을 쳤다.

코니는 그 애가 영 싫었다―버릇없고 약아빠진 계집애였다.
그런데도 코니는 애의 얼굴을 닦아주고 손을 잡았다. 사냥터지
기가 말없이 허리를 굽혀 인사했다.

"그러면 안녕히!" 코니가 말했다.

오두막까지는 거의 일 마일이나 되었다. 사냥터지기의 그림
같은 작은 집이 시야에 들어올 때쯤에는 어른 코니는 꼬마 코니
에게 영 학을 떼고 있었다. 계집애는 새끼 원숭이처럼 잔꾀가
넘쳤으며 아주 자신만만해 했다.

오두막의 문은 열려 있었고 안에서 덜거덕거리는 소리가 났
다. 코니가 머뭇거렸고 애는 손에서 빠져나가 냅다 안으로 뛰어
들어갔다.

"할머니! 할머니!―"

"아니, 벌써 돌아왔니?"

할머니는 난로에 흑연을 바르고 있었다―토요일 오전이었
다. 할머니가 자루 같은 앞치마를 두르고 문가로 나왔는데 손엔
흑연을 바르는 솔을 들었고 코엔 검댕이 묻어 있었다. 몸집이

자그마하고 정이 없는 여자였다.

"아니, 이런!" 그녀는 코니가 문밖에 서 있는 걸 보자 얼굴을 팔로 닦으며 허겁지겁 나오면서 말했다.

"안녕하세요?" 코니가 입을 열었다. "애가 울고 있기에, 그냥 집으로 데리고 왔어요."

할머니가 얼른 손녀를 돌아다보았다.

"아니, 네 아비는 어디 있는 기어?"

그 여자애는 할머니의 치맛자락에 매달리며 생글생글 웃었다.

"애 아빠도 거기 있었어요!" 코니가 말했다. "하지만 그가 도둑고양이를 총으로 쏘는 바람에 이 애가 놀랐어요."

"아, 이렇게 번거롭게 해드리지 않았어야 하는데유. 채털리 마님! 정말이지, 너무나 친절하셔유. 이렇게 번거롭게 오시다니유. 이런 건 아시지도 못했을 텐데유!" 그리고 노파가 아이를 보고 말했다. "채털리 마님께서 여기까지루 널 데리고 오시다니! 이렇게 폐를 끼쳐 드리다니 이를 어쩌냐!"

"폐랄 게 없어요—그냥 좀 걸었는데요." 코니가 미소를 지으며 말했다.

"정말이지, 너무나 친절하셔유! 그래 저 애가 울고 있었다고유! 둘이 멀리 못 가 무슨 일이 터질 줄 알았시유. 애가 애비를 무서워 해유. 그래 일이 난 거유. 애빈 애한테 생판 남처럼 굴어유. 완전 남남 같아유. 쉽게 사이가 좋아질 것 같지 않아유. 애비가 좀 별나지유."

코니는 무슨 말을 해야 할지 몰랐다.

"할머니, 이것 봐!" 애가 해쭉 웃었다.

노파가 손녀의 손바닥에 놓인 육 펜스짜리 동전을 내려다보았다.

"아니, 육 펜스까지! 마님, 그러시면 안 되는데유. 아니, 이를 어찌해유! 채틀리 마님께서 너에게 정말 **고맙게** 해 주셨구먼! 너 오늘 아침 엄청 수지맞은 거여!"

노파는 이 고장 사람들이 그러듯 코니의 이름을 채틀리라고 불렀다!—"채들리 마님께서 정말루 너에게 **잘** 해주셨어!"—코니의 시선이 저절로 노파의 코에 있는 검댕이로 갔다. 이에 노파는 팔뚝 뒤로 얼굴을 다시 훔쳤는데 검댕을 살짝 비껴갔다.

코니가 자리를 뜨고 있었다.

"저, 채틀리 마님, 이거 **정말루** 고마워유. 채틀리 마님께 고**맙습니다,** 말씀드려야지."—마지막 말은 아이에게 한 말이었다.

"고맙습니다!" 아이가 피리처럼 높은 목소리로 말했다.

"귀엽기도 해라!" 코니가 웃었다. 그리고 "안녕"이라 인사를 하며 이들에게서 떠나게 된 것에 마음이 홀가분해 발길을 돌렸다.—참 묘하기도 하지! 그녀가 생각했다.—그 마르고 자존심 강한 남자의 어머니가 저렇게 작고 약아빠진 여자라니!—

그리고 코니가 자리를 뜨자마자 그 노파는 식기장에 있는 거울 조각으로 달려가서 자기 얼굴을 쳐다보았다. 거울에 비친 얼굴을 보자 그녀는 참을 수 없어 발을 동동 굴렀다. "하필이면 이후줄근한 앞치마를 입은 데다 얼굴에 검댕 칠을 한 내 꼴을 보이다니! 내 망신살이 뻗쳤구먼!"

코니는 천천히 라그비 저택을 향해 걸었다. "집이라!" 그것은 그 커다랗고 황량하며 토끼장처럼 빼곡 들어선 건물을 부르는 데 쓰기엔 너무도 따뜻한 낱말이었다. 그렇지만 그 말이 한창 어울리던 때도 있었지. 그런데 어쩌다 그 말의 참 의미가 이젠 사라졌어. 훌륭한 말들이 죄다 그녀의 세대에선 의미가 사라진 것으로 보였다. 사랑, 기쁨, 행복, 가정, 어머니, 아버지, 남편, 이 모든 훌륭하고 역동적인 말들이 이제 절반쯤 죽어 있었고 나날이 죽어가고 있었다. 가정이란 사는 곳을 말하며 사랑이란 자신을 어리석게 바쳐서는 안 되는 것이고 기쁨이란 멋진 찰스톤 춤을 출 때 쓰는 말이며 행복은 다른 사람들에게 허세를 부리기 위해 쓰는 위선의 낱말이고 아버진 자기 자신의 존재만을 즐기는 개인이고, 남편은 정신적으로, 함께 살면서, 함께 지속해 나가는 사람이다. 훌륭한 낱말 중의 마지막 것인 섹스로 말하면, 그것은 잠시 기분을 신나게 했다가 전보다 더 처참한 기분으로 떨구는 흥분을 위한 칵테일 용어에 불과했다. 닳아 해어지는 것! 이건 마치 사람의 몸을 이룬 모든 물질이 값싼 것들이어서 점점 닳아 해어져 없어지는 것과 같다.

남아있는 것이란 기껏 고집스러운 스토아주의뿐인데 거기에도 얼마간의 쾌락은 있다. 삶의 허무를 체험하는 그 자체에도 양상마다, 단계 단계마다 어느 정도의 오싹하는 만족감은 있는 것이다. 그래, 그것으로 끝! ―언제든 이 말을 마지막으로 뱉어내게 된다. 가정, 사랑, 결혼, 마이클리스도 그것으로 끝! ―사람이 죽을 때 인생에 마지막으로 남기는 말은 바로 "그래, 그것으로 끝"—이라는 말일 것이다.

돈? 돈에 대해선 똑같은 말을 할 수 없을걸. 돈은 사람이 언제나 원하는 것이지. 돈과 성공—그리고 헨리 제임스[21]식으로 토미 듀크스가 항상 불렀던 암캐 여신—그것은 영원토록 필요한 거야. 마지막 동전 한 닢을 다 쓰고 나서 이렇게 말할 수 없을걸. "결국, 그것으로 끝!"— 아니지, 10분을 더 산다 해도 반드시 무엇인가에 쓸 단돈 몇 푼이라도 있어야 하니까. 일이 기계적으로 돌아가기 위해서라도 돈은 꼭 필요하니까. 돈은 꼭 갖고 있어야 해. 돈은 절대로 있어야지. 그 외에는 사실 필요한 것이 없지. 그래, 그것으로 끝!—

물론 살아있는 게 당신 잘못은 아니지. 그렇지만 일단 살면 돈은 필수품이야—유일하게 절대적인 필수품이지. 위기에 처했을 때 다른 모든 것은 없어도 지낼 수 있지. 그렇지만 돈은 안 그래. 단연코, 그것으로 끝!—

코니는 마이클리스를 떠올리고 또 그와 함께 떠났다면 소유했을 돈이 생각났다. 그런데 그녀는 그런 상당한 액수의 돈조차 원하지 않았다. 액수는 적어도 그녀가 클리퍼드를 도와 그가 창작해서 번 돈이 더 소중하다고 생각했다. 그건 그녀가 실제로 도와서 번 돈이었다. "클리퍼드와 내가 함께, 집필하여 우리가 일 년에 1,200파운드 벌지"—속으로 되뇌었다. 돈을 벌어라!

---

21 미국 출신의 소설가.—역주

그걸 벌라고! 어딘지 모르는 곳에서! 희박한 공기에서 돈을 짜내라고! 인간적으로 자랑스러워할 마지막 묘기이지! 그 밖에 나머진 모두 쓸데없는 짓거리야.

코니는 그런 생각에 잠겨 클리퍼드가 있는 집으로 터벅터벅 걸어갔다. 그와 힘을 합하여 무(無)에서 또 다른 이야길 짜내려고. 한 편의 이야긴 돈을 의미했다. 클리퍼드는 자기의 이야기가 일급 문학으로 간주되느냐 아니냐에 훨씬 더 관심을 두는 듯했다. 엄밀히 말해서 그녀는 그런 것에 관심이 없었다. 그 안엔 아무것도 없어! 그녀의 아버지가 말했다. 작년의 수입이 1,200 파운드였어요! 그녀의 간단명료한 대꾸였다.

당신이 젊다면 이를 악물고 돈이 보이지 않는 곳에서 철철 흘러들어올 때까지 계속 물고 늘어져야 한다. 그것은 힘의 문제였다. 의지의 문제였다. 당신에게서 나오는 섬세하고 미묘하며 강력한 의지의 발현이 종이쪽지에 낱말을 쓰게 하여 당신에게 돈이라는 신비로운 무를 가져다준다. 그건 일종의 마술이고 분명 승리였다. 암캐 여신이라! 만약에 자신의 몸을 팔아야 한다면 암캐 같은 성공의 여신에게 팔아야지! 암캐 여신에게 몸을 팔면서도 그 여신을 항상 경멸할 수 있으니 그건 참 괜찮은 거야.

클리퍼드는 물론, 유치한 금기와 미신적인 것을 아직 많이 갖고 있었다. 그는 '진짜로 훌륭하다고' 생각되기를 원했다. 그런데 그건 모두 잰체하는 헛된 바램이었다. 진짜로 훌륭한 것은 저절로 인기를 끌게 마련이다. 진짜로 훌륭하면서 뒤로 처지는 것은 아무 소용이 없다. '진짜로 훌륭한' 사람 중 대부분은 버스를 놓친 것처럼 보인다. 결국, 인생은 일회적인데 버스를 놓치면 길바닥에 남겨져서 다른 실패자들과 함께 있게 된다.

코니는 다가오는 겨울을 클리퍼드와 함께 런던에서 보낼 생각을 하고 있었다. 그녀와 클리퍼드는 버스를 제대로 탔으니 꼭 대기 자리에 올라가서 좀 뽐낼 수 있으리라.

그런데 참 안된 것은 클리퍼드의 정신이 흐려지고 멍해지다가 발작적으로 허망한 우울증에 빠지는 것이었다. 그것은 그의 영혼이 받은 상처가 겉으로 드러나는 것이었다. 이걸 보며 코니는 비명이라도 지르고 싶었다. 아이고, 하나님, 만일 의식이라는 기계적 기능 자체가 잘못되는 경우엔 무얼 어떻게 해야 하나요? 에이, 망할 것. 할 만한 일은 다 했는데! 인간이 이처럼 **철저하게 짓밟혀야 합니까?**

코니는 이따금 쓰디쓴 눈물을 흘리며 울었다. 하지만 울면서도 혼자 중얼거렸다. 어리석은 바보야, 손수건이나 적시고! 울면 무슨 뾰족한 수라도 생기냐!

마이클리스와의 사건 이후로 코니는 아무것도 바라지 않기로 다짐을 했다. 그것이 도저히 해결 안 될 문제에 대한 가장 간단한 해결책 같았다. 그녀는 자기가 지닌 것 이상의 것은 아무것도 바라지 않았다. 단지 수중에 있는 것을 붙잡고 앞으로 나아가기로 했다. 클리퍼드, 그의 소설들, 라그비 저택, 채털리 부인이란 지위, 돈과 명성, 이런 정도지만—이런 것들과 함께 앞으로 나아가길 원했다. 사랑, 섹스, 그런 유의 모든 것은 얼음과

자에 불과한 거야! 살살 빨아먹고 그냥 잊어버려. 네가 마음으로 그런 것에 매달리지만 않는다면 그건 아무것도 아니야. 섹스가 특히—아무것도 아니야. 그렇게 마음을 먹어. 그러면 그 문제는 해결되는 거지. 섹스—칵테일—이 둘은 지속 기간이 거의 같고, 같은 효과를 내고, 결국 같은 처지에 이르게 되지.

그렇지만 어린애—아기! 그건 아직도 감흥을 일으키는 것 중 하나였다. 그녀는 아기 가질 시도를 아주 조심스레 한 번 해보리라. 그런데 남자를 고려해야 하는데 그의 아기를 갖고 싶은 남자가 세상에 한 사람도 없다는 것이 신기했다. 믹의 아이들! 역겨워! 차라리 토끼의 아기를 갖는 것이 낫지. 토미 듀크스는—사람은 좋지만, 왠지 다음 세대인 아기와 연관해서 그를 생각할 수가 없었다. 그는 자기 안에서 끝나는 사람이지. 클리퍼드 주변의 상당히 많은 지인 중에서 그의 아기를 가진다고 생각했을 때 경멸감을 일으키지 않는 남자는 하나도 없었다. 애인으로 삼을만한 남자들은 여럿 있었고 믹도 그중의 한 사람이었다. 그러나 그들의 아기를 밴다는 건! 어 윽! 굴욕과 혐오감뿐.

그러니 그것으로 끝!

그런데도 코니는 마음 뒤편에 아기 생각은 담고 있었다. 기다려! 기다리라고! 수 세대에 걸친 남자들을 그녀의 체로 걸러서 적절한 사람이 있나 찾아볼 참이었다.—'너는 예루살렘의 거리와 뒷골목으로 들어가 사내를 찾을 수 있나 보라.'—예언자가 말하는 예루살렘엔 수천, 수만의 많은 사내가 있었지만 사내다운 남자를 찾기는 불가능했다. 사내다운 남자라! 그건 또 다른 문제였다! (C'est une autre chose!)

그 남자는 외국인이어야 한다고 생각하고 있었다. 영국인은 아니고 아일랜드인은 한층 더 아니었다. 진짜 외국인.

그렇지만 기다리라고! 기다려! 다가오는 겨울에 그녀는 클리퍼드를 런던에 데려갈 것이었다. 그다음 겨울엔 그와 함께 프랑스 남부와 이탈리아 등지로 여행을 갈 참이었다—. 기다려! 아기 문제에선 서두르지 않았다. 그것은 그녀 자신의 사적인 문제였고 그녀 나름대로 야릇하고 여성적인 방식으로 영혼 깊숙이에서 진지하게 생각하고 있는 문제였다. 어쩌다 만난 남자와는 함부로 관계를 맺지 않으리라. 절대로! 애인이라면 언제이곤 사귈 수 있지. 그러나 아기를 갖게 할 남자!—기다려라! 기다려라! 그건 아주 다른 문제니까.—'넌 예루살렘의 거리와 뒷골목으로 들어가—'—그건 사랑의 문제가 아니고 **사내다운 남자**를 만나는 문제였다. 개인적으로는 그를 어느 정도 미워할 수도 있을 것이다. 그렇지만 그가 바로 그런 남자라면, 사적인 증오심이 무슨 상관인가? 이 일은 자신의 다른 부분과 관련되는 문제이지.

늘 그러듯 비가 이미 내렸기에 숲길은 클리퍼드의 휠체어가 다니기엔 너무 질퍽거렸지만 코니는 혼자서 산책하러 나갈 참이었다. 요즈음엔 거의 매일 혼자서 숲 속으로 나갔다. 그곳에선 정말로 홀로 있을 수 있었다. 거기엔 아무도 얼씬거리지 않았다—

그러나 그 날 클리퍼드는 사냥터지기에게 전달할 말이 있었고 오늘따라 심부름하는 애가 독감에 걸려 누워 있었다―라그비 저택에선 언제나 누군가가 독감에 걸려 있는 듯싶었다―코니가 오두막에 직접 들리겠다고 말했다.

대기는 부드럽고 생기가 없어 마치 세상 전체가 서서히 죽어가고 있는 듯했다. 대기는 잿빛을 내며 끈적거렸고 탄광의 시끄러운 소리마저 사라져 조용했다. 탄광은 시간을 단축해서 작업했고 오늘은 아예 작업을 완전히 그만두었기 때문이다. 모든 것의 종지부였다!

숲 속에선 모든 것이 완전히 활기를 잃고 꼼짝하지 않았다. 단지 앙상한 가지에서 큰 물방울이 지면으로 떨어지면서 공허하게 부딪치는 소리를 낼 따름이었다. 그 외에는 잿빛의 가망 없는 무기력과 침묵과 공허의 깊은 적막만이 있을 뿐이었다.

코니는 의식이 아련한 채 계속 걸었다. 오래된 숲에서 태곳적 우수가 흘러나와 그녀의 마음을 달래주었으며 그것은 바깥 세상의 거친 무감각보다 훨씬 좋았다. 남아있는 숲의 **내면성**이 좋았고, 고목들의 말 없는 과묵함이 좋았다. 그들은 침묵 자체의 힘이면서도 또한 활기찬 존재 같았다. 그들 또한 기다리고 있었다. 고집스레, 스토아주의적으로 기다리면서 침묵의 강력한 힘을 발산하고 있었다. 어쩌면 종말의 날만을 기다리고 있는 듯―베어나가고 깨끗이 치워져서 숲이 끝나는 날을, 그들에겐 모든 것의 종말을 고하는 날을. 그러나 어쩌면 그들의 강력하고 귀족적인 침묵은, 강력한 수목들의 침묵은 그것 말고 다른 것을 의미하는 듯했다.

그녀가 숲의 북쪽 끝을 벗어나자 사냥터지기의 오두막이 보였다. 좀 어두운 갈색 돌집으로 박공과 어울리는 굴뚝이 달렸는데 집에 아무도 없는 듯했다. 너무나도 조용하고 호젓했다. 그러나 가는 연기가 굴뚝에서 피어올랐다—집 앞의 울타리가 처진 작은 마당은 흙을 잘 골라 깨끗하게 정리되어 있었다. 문은 닫혀 있었다.

여기까지 오게 되자 코니는 갑자기 시선을 멀리 보내는 그 남자가 생각나면서 좀 부끄럽다는 느낌이 들었다. 그에게 명령을 전하고 싶지 않아 돌아갈까 하는 마음이 들었다. 가볍게 문을 두드렸으나 아무도 나타나지 않았다. 그녀는 문을 가만히 두드렸다. 아무 응답이 없었다. 창문으로 안을 들여다보니 컴컴한 작은 방이 보였다. 그 누구의 침입도 원치 않는 거의 악의적인 은밀함이 깃든 방이었다.

그녀가 서서 귀를 기울였다. 오두막 뒤쪽에서 무슨 소리가 나는 듯했다. 자기의 소리를 상대방이 듣지 못하자 그녀는 오기가 발동해서 물러서지 않겠다는 마음이 생겼다.

그래서 집 옆구리로 돌아갔다. 오두막 뒤쪽은 땅이 가파르게 비탈을 이루고 있어서, 뒤뜰은 움푹 들어가 있고 둘레는 돌담으로 나지막이 둘러쳐져 있었다. 그녀는 집 모퉁이를 돌아가서 걸음을 멈추었다. 그녀에게서 두어 걸음 떨어진 작은 마당에서 그 남자가 전혀 의식을 못 한 채 몸을 씻고 있었다. 벨벳 바지가 그의 가는 허리에서 미끄러져 내려가 그의 몸은 엉덩이까지 맨살이 그대로 드러났다. 그는 하얗고 호리호리한 등을 구부리고 머리를 큰 대야에 든 비눗물에 담그고는 묘하게 빠른 동작으로 머리를 흔들고 있었다. 그리고는 가는 하얀 두 팔을 들어서 귀에서부터 비눗물을 쓸어내리고 있었다. 마치 물장난을 치고 있는 족제비같이 섬세하고 빠르게 움직였지만, 또 완전히 외로워 보였다.

코니는 집의 모퉁이를 다시 돌아가 숲 쪽으로 발걸음을 재촉했다. 그녀는 자기도 모르게 충격을 받았다. 따지고 보면 그저 한 남자가 몸을 씻고 있었는데! 그저 보통 볼 수 있는 일인데. 그런데 왜 참.

그렇지만 그건 참 묘하게도 현현의 체험이었다. 그것은 그녀의 몸 가운데를 내리친 듯했다. 그녀는 모양새 없는 바지가 그의 깨끗하고 섬세하며 하얀 허리춤 위로 미끄러져 내려가 있고 등뼈가 좀 드러난 것을 보았을 때 그가 완전히 홀로 서 있다는 고독감을 뼛속으로 느낄 수 있었다. 외롭게 동떨어져 살며 내면적으로 고독한 한 인간의 완전하고 새하얀 고독한 알몸. 그것을 넘어서서 순수한 한 인간의 어떤 아름다움. 아름다운 물건도 아니고 더더욱 아름다운 몸도 아니었다. 그건 아른거리는 빛이오, 손으로 만질 수 있는 굴곡에 드러나는 한 생명의 따스하고도 하얀 불꽃, 하나의 몸뚱이였다!

코니는 자궁 속으로 그 비전의 충격을 받아들였고 이를 깨달았다. 그 충격은 그녀 몸 안에 들어 있었다. 하지만 마음으로는 참 웃기는 일이라고 웃어넘기려 했다. 한 남자가 뒤뜰에서 몸을 씻고 있을 뿐이었는데! 틀림없이 냄새가 고약한 싯누런 비누를

썼을 테지!—그녀는 좀 골이 났다. 왜 남의 천박한 사적인 일에 이렇게 신경을 쓰며 걸려 넘어지려 하나!

그래서 그녀는 이런 자신을 외면하고 멀리 걸어갔다. 하지만 얼마 후, 나무 그루터기 위에 걸터앉았다. 그녀는 너무 혼란스러워 생각을 제대로 할 수 없었다. 혼란한 마음이 가라앉자 그녀는 그자에게 메시지를 전달하기로 마음을 굳혔다. 맡은 책임을 회피하지는 않을 것이었다. 그가 옷을 입을 시간은 주되 외출할 시간을 줘서는 안 되었다. 어딘가로 외출할 준비를 하는 것 같았다.

그래서 그녀는 귀를 기울이며 오던 길을 천천히 되돌아갔다. 가까이 와서 보니 오두막은 아까와 똑같았다. 개가 짖었다—그녀가 문을 두드렸고, 자신도 모르게 가슴이 두근거렸다.

남자가 가벼운 발걸음으로 아래층으로 내려오는 소리를 들었다. 그가 이상하게 급히 문을 열어서 그녀가 깜짝 놀랐다. 그가 좀 불안해 보였으나 금세 얼굴에 웃음을 지었다.

"채털리 부인이시군요!" 그가 말했다. "들어오시겠습니까?"

그의 태도가 너무나도 편안하고 상냥해서 그녀는 문지방을 넘어 좀 썰렁한 작은 방으로 들어갔다.

"클리퍼드 경의 전달사항이 있어 들렀을 뿐이에요." 그녀는 좀 숨이 가빠하며 부드럽게 말했다.

그 남자가 푸른 눈으로 모든 것을 꿰뚫어 보듯 그녀를 보고 있었기에 코니는 얼굴을 약간 옆으로 돌려야 했다. 그는 코니가 수줍음을 타는 모습이 매력적이면서 거의 아름답다고 생각했다. 그는 곧 상황에 맞게 처신을 했다.

"저, 좀 앉으시겠습니까?" 그는 그녀가 앉지 않으리라 예견하면서 물었다. 문은 열린 채 있었다.

"아니요. 괜찮아요! 클리퍼드 경께서 생각하시길 댁이——" 그리고는 코니가 메시지를 전하면서 무의식적으로 그의 눈을 다시 들여다보았다.

이제 그의 눈은 따스하고 친절한 표정을 띠었고 특히 여자에게는 놀랍도록 따스하고 친절하며 편안한 시선이었다.

"알겠습니다. 마님! 곧 그 일을 처리하겠습니다."

지시사항을 들을 때 그의 몸과 표정이 전체적으로 확 바뀌어서 마치 굳어짐과 거리감의 유리막이 그에게 들씌워진 것 같았다.

코니는 주춤거리고 있었다. 자리를 떠야 했다. 하지만 그녀는 좀 당황해하면서 깨끗이 정돈된 좀 쓸쓸해 보이는 작은 거실을 둘러보았다.

"여기에서 혼자만 사세요?" 그녀가 물었다.

"네. 마님."

"그러면 어머니께서는—?"

"마을에 있는 어머니의 집에서 사십니다."

"아이하고요?" 코니가 물었다.

"네, 그 아이하고요!"

그리고는 평범하고 좀 지쳐 보이는 그의 얼굴은 통 이해할 수 없는 조소의 빛을 띠었다. 그의 얼굴은 계속 표정이 바뀌어서 상대방을 당혹스럽게 했다.

코니가 당황하며 서 있는 것을 보고는 그가 "아니요. 어머닌 토요일마다 여기 오셔서 청소를 해주시지요. 그 나머지 일은 제가 알아서 해결합니다."라고 말했다.

코니는 다시 그를 쳐다보았다. 그의 눈은 약간 조롱하듯 웃고 있었지만 따스한 푸른빛을 띠고 있어 왠지 친절해 보였다. 그녀는 그런 그에게 경이로운 호기심을 갖게 되었다. 그는 바지와 플란넬 셔츠를 입고 회색 타이를 매고 있었는데 머리칼은 부드럽고 촉촉했으며 얼굴은 좀 창백하고 지쳐 보였다. 눈에서 웃음기가 사라지자 상당히 시련을 겪으면서도 따스함을 잊지 않은 표정이 그의 눈에 어려 있었다. 그러나 고독의 해쓱한 표정이 그에게 몰려왔다—그에게 그녀는 거기에 없는 거나 마찬가지였다. 그녀는 그에게서 묘한 색다른 점을 느꼈다. 어떤 생기랄까. 하지만 그것은 죽음 자체와 거리가 멀지 않았다.

그녀는 너무나도 하고 싶은 말이 많았지만 아무 말도 하지 않았다. 단지 그를 다시 쳐다보고는 말했다.

"방해가 되지 않았기를 바랍니다!"

그가 조소하듯 엷은 미소를 짓자 눈이 가늘게 떠졌다.

"단지 머리를 빗고 있었는데요, 뭐. 겉저고리를 입지 않아 죄송합니다! 그렇지만 누가 문을 두드리는지 알 수 없었어요. 여기선 문을 두드리는 사람이 없거든요. 예기치 않은 소리는 불길하거든요."

그가 앞장서서 마당을 걸어나가 대문을 열었다. 모양새 없는 벨벳 코트는 벗고 셔츠만 입고 있었기에 그녀는 그가 호리호리하게 말랐으며 등이 약간 굽었다는 것을 알 수 있었다. 그렇지만 그녀가 그의 곁을 지나갈 때 그의 금발 머리와 빠르게 돌아가는 시선에는 젊고 빛나는 무언가가 있었다. 그는 서른일곱 아니면 서른여덟 살로 보였다.

그녀는 그가 뒤에서 자기를 보고 있다는 걸 의식하면서 터벅터벅 걸어 숲 속으로 들어섰다. 그녀 자신도 모르는 사이에 그는 그녀의 마음을 너무나도 크게 뒤흔들어 놓았다.

그리고 그는 집 안으로 들어가면서 혼자 생각했다. "좋은 여자야. 진짜 여자야! 그녀 자신이 아는 것 이상으로 좋은 여자야."

그녀는 그에 대해 굉장히 궁금한 점이 많았다. 그는 보통의 사냥터지기와는 너무나 달라 보였다. 하여간에 보통 노동자와는 너무나도 달랐다. 이 고장 사람들과 공통된 면을 좀 지니고 있었지만, 또한 아주 범상치 않은 면도 갖고 있었다.

"멜러즈란 사냥터지기는 묘한 사람이에요." 그녀가 클리퍼드에게 말했다. "신사로도 손색이 없을 것 같아요."

"그렇다고?" 클리퍼드가 말했다. "그런 점은 못 보았는데."

"그렇지만 그에겐 무언가 특별한 점이 있지 않나요?" 코니가 다그쳤다.

"내 생각에 괜찮은 사람이야. 그러나 그에 대해 별로 아는 게 없어. 작년에 군에서 제대했지─일 년도 채 안 되었어. 아마 인도에서 지냈을 거야. 거기서 몇몇 가지 신사인 척하는 요령을 주워들었겠지—아마도 장교의 수발을 들면서 진급이 된 것 같아. 그런 사람 중 몇몇은 그렇다고. 그렇지만 그건 아무 소용이 없어—고향으로 돌아오면 옛날 위치로 다시 떨어지게 되는걸."

코니가 클리퍼드를 물끄러미 쳐다보며 생각에 잠겼다. 그에게서 그보다 낮은 계급의 사람이 정말 계급 상승을 하려고 애쓰는 걸 보면 유별나게 냉랭하게 퇴짜를 놓는 속성을 보았다. 그런 것이 그와 같은 부류의 사람들의 특징임을 그녀는 알고 있었다.

"그렇지만 그에겐 무언가 특별난 점이 있다고 생각지 않으세요?" 그녀가 물었다.

"솔직히 말해서 전혀 아니요! 그런 건 본 적이 없어요."

그가 묘한 시선으로 코니를 쳐다보았다—불안해하며 좀 의심쩍어하는 태도였다. 그리고 코니 쪽에서는 그가 **진짜의** 사실을 털어놓지 않는다고 느꼈다—자신에게조차 진실을 말하지 않는 자, 그런 사람이지. 그는 누구에 대해서건 정말로 예외적인 사람이라고 넌지시 알리는 말을 아주 싫어했다. 사람들은 으레 그와 같은 수준이던가—아니면 좀 아래에 속해야 했다.

코니는 그녀 세대의 남자들이 **빡빡**하고 옹졸하다는 것을 다시금 절감했다. 그들은 너무나도 **빡빡**하게 굴고 삶에 너무나도 겁을 먹고 있었다!

제7장

코니가 침실에 올라갔을 때 오랫동안 하지 않던 행동을 했다. 옷을 죄다 벗고 커다란 거울에 자기의 알몸을 비춰 본 것이다. 그녀는 자기가 무얼 찾고 있는지, 무얼 보고 있는지를 아주 확실히 알지 못했지만, 램프 불을 이리저리 옮기며 자기 몸 전체를 비춰 보았다.

그녀는 전에 종종 생각했던 것같이 인간의 벗은 몸은 얼마나 연약하고 다치기 쉽고 애처로운가를 다시 생각하게 되었다. 왠지 좀 끝마무리가 안 되고 완성이 덜 된 것 아닌가!

전엔 그녀의 몸매가 아주 멋지다고 생각했었는데 지금 보니 영 흐트러져 있었다. 약간은 너무 여성적이라 사춘기의 소년처럼 충분히 피어있지 않았다. 그녀는 키가 그리 크지 않았다—약간은 스코틀랜드인 티가 나고 작은 편이었다. 그러나 그녀의 몸은 윤기가 흐르고 아래로 미끄러지는 우아함이 있어 아름답다고 할 수 있었다. 그녀의 피부는 약간 황갈색이 돌았고 팔다리엔 어떤 정적이 깃들어 있었다. 몸은 풍만하게 아래로 미끄러지는 풍요로움이 있어야 했는데 지금은 무언가가 없었다.

그녀의 몸은 탄탄하고 아래로 미끄러지는 풍만한 굴곡을 이루는 대신 밋밋하고 좀 거칠어 보였다. 마치 햇빛과 온기를 충분히 받지 못한 듯이 보였다. 좀 잿빛이 돌면서 까칠해 보였다. 진짜 여자다운 매력은 잃어버렸고 그렇다고 팔팔한 소년 같지도 않았으며 하늘하늘하며 투명해 보이지도 않았다. 대신에 광택이 없이 탁해 보였다.

그녀의 젖가슴은 좀 작았고 서양 배(梨) 모양으로 축 처져 있었다. 그러나 제대로 익지 못한 배라 좀 씁쓸한 맛이 나서 거기에 달려 있을 자격이 없었다. 그녀의 복부는, 독일 청년이 그녀를 육체적으로 그토록 탐닉했던 젊은 시절의 신선하고 풍성한 광채를 잃어버렸다. 그때에는 몸이 젊었고 진짜 아리따운 모습으로 기대에 차 있었다. 이제 몸뚱이는 축 처지고 좀 밋밋해진 데다 야위고—홀쭉해져 있었다. 그녀의 허벅지 역시 한때는 아주 팔팔하고 여자답게 둥글며 윤기가 났었는데 지금은 밋밋하고 늘어진 데다 영 활력이 없어 보였다.

그녀의 육체는 무의미하고 생기가 없으며 우중충하고, 너무나도 하잘것없는 몸뚱이가 되어 버렸다. 그로 인해 그녀는 희망이 없고 무척이나 우울하였다. 거기에 무슨 희망이 있단 말인가? 그녀는 고작 스물일곱 살에 늙고 또 늙어버려 살갗에서 윤기나 불꽃 같은 것이 사라졌다. 몸을 돌보지 않고 거부했기 때문에 늙어버린 것이다. 그렇다. 거부했기 때문이다. 유행에 민감한 여자들은 외부의 관심을 받으면서 그들의 몸을 정교한 도자기처럼 광택이 나게 유지했다. 그 도자기 안엔 아무것도 든 것이 없었다.─그러나 그녀의 몸은 그 정도로도 윤택이 나지 않았다. 정신적인 생활 때문이야! 갑자기 부아가 치밀면서 그런 생활을 증오했다. 기만이야!

그녀는 다른 쪽 거울에 비친 자신의 등과 허리와 음부를 보았다. 그녀는 점점 더 말라 날씬해가고 있었지만, 그녀의 눈에 그건 어울리지 않았다. 그녀가 등을 보려고 허리를 구부렸을 때 등에 진 주름은 좀 처져 있었다. 그전엔 아주 활력에 차 보였는데. 그녀의 엉덩이와 궁둥이의 긴 곡선은 광택과 풍만함을 잃어버렸다. 사라진 것이다! 독일의 그 청년만이 그것을 즐겼다. 그리고 그가 죽은 지도 거의 십 년이 되었다. 얼마나 시간이 빠른가! 죽은 지 십 년이 되었다니. 그녀는 이제 스물일곱밖에 되지 않았는데. 좀 서툴지만 신선한 관능성의 그 건장한 청년! 좀 서툴다고 그녀가 퍽 깔보았지. 그런 것을 이제 어디서 찾을 수 있단 말인가? 그런 것은 이제 남자들에서 사라져버렸다. 남자들은 마이클리스처럼 애처롭게 기껏 이 초 정도 경련을 일으킬 뿐, 피를 뜨겁게 하고 몸 전체에 생기를 불어넣는 인간다운 건강한 관능은 없었다.

그런데도 그녀는 자기의 몸 중에서 가장 아름다운 부분이 등의 움푹 파인 곳부터 엉덩이로 길게 미끄러져 내려가는 곳과 잠든 듯한 둥글게 정적이 깃든 궁둥이라고 생각했다. 아랍인들이 말하는 모래언덕같이 부드럽게 밑으로 미끄러져 내려가는 긴 비탈 같은 곳이다. 여기에는 생기가 아직도 희망을 품고 머뭇거리고 있었다.─그러나 이곳 또한 훨씬 여위었고 익질 못해서 시

큼털털한 맛이 났다.

하지만 그녀 몸의 앞부분이 그녀를 처절하게 만들었다. 그곳은 이미 축 늘어지기 시작했고 야위어서 홀쭉 늘어져 제대로 살아보지도 못한 채 늙어가고 있었다. 그녀는 어쩌면 앞으로 가지게 될지도 모를 아기 생각을 떠올렸다. 여하간 자신이 아기를 가질 수 있는 몸은 되는지?

그녀는 잠옷을 입고 침대로 들어가서 비통에 사무쳐 눈물을 펑펑 쏟으며 흐느껴 울었다. 비통한 가운데엔 클리퍼드와 그의 저서들과 말에 반항하는 차가운 분노가 불타고 있었다. 그것은 한 여자의 몸까지 기만한 그이와 같은 부류의 남자들에 반항하는 분노였다. 부당해! 부당하단 말이야! 몸이 부당하게 취급받았다는 깊은 의식이 그녀의 영혼 중심까지 훨훨 타들어 갔다.

하지만 아침이 되자 모든 것은 똑같았다. 그녀는 일곱 시에 일어나 클리퍼드가 있는 아래층으로 내려갔다. 그녀는 클리퍼드의 모든 사사로운 일을 시시콜콜히 도와줘야 했다. 왜냐하면, 남자 하인이 없는 데다 그가 여자 하인 두기를 거부했기 때문이다. 소년 시절부터 그를 잘 알아온 가정부의 남편이 그를 도왔고 무거운 물건 드는 일을 했다. 그러나 코니는 그의 사사로운 일들을 도왔으며 기꺼이 그런 일들을 했다. 그건 그녀에게 요구된 것이었지만 그녀가 할 수 있는 일들은 기꺼운 마음으로 했다.

그래서 그녀는 라그비 저택을 멀리 떠나본 적이 거의 없었다. 기껏 하루나 이틀 정도 외엔 없었다. 그럴 때는 가정부인 베츠 부인이 클리퍼드를 보살폈다. 시간이 흘러감에 따라 그는 이런 모든 시중을 당연한 것으로 받아들였다. 그가 그렇게 생각한 것은 퍽 자연스러웠다.

하지만 코니의 마음속 깊은 곳에서는 부당하다는 느낌이, 기만당하고 있다는 느낌이 타오르기 시작했다. 육체적으로 부당하게 취급받는다는 느낌은 일단 일기 시작하면 위험한 느낌이된다. 그것은 밖으로 내뿜을 출구가 있어야 하고 없는 경우엔 그러한 것에 눈을 뜬 사람을 야금야금 먹어치운다.

가련한 클리퍼드, 그가 비난받을 것은 아니었다. 그가 훨씬 큰 불운에 처해있는 것이다. 그건 모두 총체적인 참사의 일부였다.

그렇지만 그가 전혀 비난받을 게 없단 말인가? 이런 온기의 결핍, 단순하며 따스한 육체적 접촉의 결핍.—이런 면에서 그가 완전히 책임을 면할 수 있나? 그는 사실 한 번도 그녀를 따뜻하게 대한 적이 없었다. 전혀 없었다. 좋은 가정교육을 받았기에 친절하고 생각해 주고 사려가 깊을 뿐, 냉랭하였다! 그는 남자가 여자에게 따스하게 대하는 식으로 단 한 번도 그녀를 대하지 않았거니와 하다못해 코니의 아버지가 딸을 대하는 식의 따스함도 보이지 않았다. 코니 아버지의 따스함은 이 세상에서 잘살았고 앞으로도 잘 살 의향이 있는 한 사내가 남자다운 열정으로 여성을 위로해줄 수 있는 그런 따스함이었다.

그러나 클리퍼드는 그렇지 않았다. 그와 같은 부류의 인간들은 모두가 그렇지 않았다. 그들은 모두 내면적으로 냉혹하고 서로 고립되어 있고 따스함은 그저 저질 취향일 뿐이었다. 그들은 온정 없이 지내야 했고 자신의 감정을 억제해야 했다. 이런 태도는 같은 계층과 같은 부류의 사람들 사이에서는 아주 괜찮았다. 자신을 냉정하게 지키면 아주 존경을 받을 수 있으니까. 그러니 품위를 지키면서 만족감까지 누릴 수 있다. 하지만 당신이 다른 계층과 다른 부류의 사람이라면 이런 삶은 만족스럽지 못할 것이다. 자신의 품위만을 지키며 지배계층에 속한다는 느낌만으론 아무런 재미를 느끼지 못할 테니까. 가장 멋진 귀족이라 해도 진정으로 지켜야 할 그들의 것이 아무것도 없고 그들의 지배가 전혀 지배가 아니고 한낱 웃음거리에 지나지 않는다면 무슨 의미가 있겠는가! 도대체 무슨 의미가 있단 말인가? 그것은 모두 차가운 헛소리일 뿐이었다.

코니의 마음속에서 반발심이 부글부글 끓어올랐다. 도대체 그런 것 모두가 무슨 소용이 있단 말인가! 그녀의 삶을 송두리째 클리퍼드에게 바치고 희생하는 것이 무슨 소용이 있단 말인가? 도대체 그녀는 누구에게 봉사하는 건가? 따뜻한 인간적인 접촉은 없고 비천한 태생의 유대인만큼이나 타락하여 성공이란 암캐 여신에 자신을 팔아넘기려고 안달하는 허영심에 찬 냉랭한 인간이었다. 클리퍼드는 자신이 지배계층에 속한다는 확신을 냉랭하고 독단적으로 가졌음에도 불구하고 성공이란 암캐 여신의 뒤를 할딱거리며 따라갈 때는 혀를 축 늘어뜨릴 수밖에 없었다. 따지고 보면 마이클리스가 이 문제에선 정말로 더 위엄이 있고 그보다 훨씬 더 성공적이었다. 정말로 클리퍼드가 성공이란 암캐 여신을 할딱거리며 따라가는 걸 자세히 보면 그야말로 어릿광대였다. 어릿광대가 버릇없는 놈보다 훨씬 더 굴욕적이지.

이 두 남자 중에서 선택한다면 클리퍼드보다 마이클리스가 코니를 훨씬 더 필요로 하고 있었다. 마이클리스에게 코니가 한층 더 필요했다. 유능한 간호사면 누구나 불구자를 돌볼 수 있지 않나! 그리고 영웅적인 노력이란 측면에서 보면 마이클리스가 한 마리의 영웅적인 쥐새끼라 할 수 있는 반면에 클리퍼드는 자기의 모양새를 뽐내는 한 마리의 복슬개에 훨씬 더 가까웠다.

라그비 저택에 몇 명의 손님들이 묵고 있었는데 그중에 클리퍼드의 에바 숙모인 베널리 귀부인이 있었다. 그녀는 예순 살의 미망인으로 몸은 깡마르고 코가 빨갰지만, 아직도 **지체 높은 귀부인(grande dame)**의 품위를 지니고 있었다. 그녀는 최고의 가문 출신으로 그에 따른 인품을 지녔다. 코니는 그녀를 좋아했다. 그녀는 일단 솔직하려고 마음을 먹으면 완전히 단순하고 솔직했으며 겉으로 친절함을 내보였다. 내면적으로 자신을 완벽하게 지키면서 다른 사람들을 좀 얕잡아보았다. 그렇다고 난체하는 속물 인간은 아니었다―그러기에는 자신감이 너무 차 있었다. 그녀는 자신을 냉정하게 지키며 다른 사람들이 그녀를 존경하도록 하는 사교적인 놀이에 능수능란한 부인이었다.

그녀는 코니에게 친절했으며 송곳같이 날카로운 타고난 관찰력으로 코니의 여성적인 영혼의 내면까지 파고들려고 했다.

"내 보기에 넌 참 놀라워." 그녀가 코니에게 말했다. "넌 클리퍼드를 위해 놀라운 일들을 해왔어. 난 클리퍼드에게서 천재적인 싹을 본 적이 없는데 저렇게 유명해졌으니."—에바 숙모는 클리퍼드의 성공에 대만족하며 자랑스러워했다. 가문의 자랑거리가 하나 더 늘지 않았나! 그러나 그가 쓴 책에 대해선 조금만치도 관심이 없었다. 하지만 왜 꼭 관심을 가져야 하나?

"아니에요. 그건 제가 한 것이 아니에요." 코니가 대답했다.

"분명히 네가 한 일이야! 너 말고 아무도 할 수 없지. 그런데 내 보기엔 네가 충분한 보상을 받고 있지 못해."

"어떻게요?"

"네가 여기에 갇혀있는 것도 그렇지. 내가 클리퍼드에게 이렇게 말했단다. 저 애가 반항을 하는 날에야 네가 고마워하는 마음을 품게 되겠구나—."

"그렇지만 제가 무슨 일을 하더라도 클리퍼드가 반대한 적이 없어요." 코니가 말했다.

"이것 봐. 얘야—" 베널리 부인이 자기의 야윈 손을 코니의 팔에 얹으며 말했다—"여자는 자기의 삶을 살아야 한단다. 아니면 그렇게 살지 못한 것을 후회하며 살게 될 거야. 내 말을 믿어라!"—그리곤 부인이 브랜디를 한 모금 더 마셨는데 그건 어쩌면 자기 삶을 후회하는 행동 같아 보였다.

"그렇지만 전 제 삶을 살고 있지 않나요?"

"내 생각엔 아니다! 클리퍼드가 널 런던에 데리고 가서 네가 이곳저곳으로 다니게 해야지. 그 애의 친구들은 그 애에게는 좋겠지—그러나 너에겐 무슨 소용이 있겠니? 만약에 내가 너라면 난 그것으로 충분치 않다고 생각할 거야. 네가 청춘을 그냥 흘려보내면 나중에 노년에 가서— 아니, 중년부터—후회할 거다."

부인은 브랜디 기운에 위로를 받았는지 생각에 잠겨 입을 다물고 있었다.

하지만 코니는 런던에 가서 베널리 부인에 의해 사교계에 끌려 다닐 마음이 별로 없었다. 그녀는 사교계가 멋지다고 느끼지 않았고 거기에 흥미도 없었다. 그녀는 사교계 밑에서 야릇하게 시들어가는 싸늘한 기운을 느낄 수 있었다. 마치 래브라도[22]의 토양같이 표면에는 자잘한 예쁜 꽃들이 피어있지만 바로 한 자 밑은 꽁꽁 얼어붙어 있었다.

토미 듀크스가 라그비에 와 있었다. 또 다른 남자인 해리 윈터슬로우와 잭 스트레인지웨이즈와 그의 아내 올리브가 묵고 있었다. 대화는 클리퍼드의 친구들만 모여 있을 때보다 더 산만했다—모든 사람이 좀 지루하게 느꼈다. 날씨가 좋지 않아서 기껏 당구를 치거나 자동피아노에 맞춰 춤을 추어야 했기 때문이었다.

올리브가 미래에 관한 책을 읽고 있었는데 미래에는 아기들을 병 속에서 키우고 여자들은 '출산의 고통을 면할' 것으로 나왔다.

"정말로 좋겠네요!" 올리브가 말했다. "그러면 여자들은 자기의 삶을 살 수 있겠네요."

22　북미의 허드슨 만과 대서양 사이의 반도.—역주

스트레인지웨이즈는 아기 갖기를 원했지만, 그녀는 원치 않았다.

"출산의 고통을 면하게 되는 걸 어떻게 생각하세요?" 윈터슬로우가 일그러진 미소를 지으며 그녀에게 물었다.

"면하길 바라지요—당연히." 그녀가 대답했다. "어떻든 미래엔 좀 더 많은 분별력이 있고, 여자는 자신의 기능에 끌려 다닐 필요가 없겠지요—"

"어쩌면 여자들은 죄다 우주 공간 속으로 날아오르겠군요." 듀크스가 말했다.

"문명이 충분히 발달하면 육체적인 제약이 많이 제거되리라 생각해요." 클리퍼드가 말했다. "예를 들어, 모든 육체적 사랑 문제는 없어지는 게 좋아요. 우리가 아기들을 병 속에서 키울 수 있다면 그렇게 될 거로 생각해요."

"아니에요!" 올리브가 외쳤다. "즐겁게 보낼 시간이 더 많아지겠지요."

"내 추측엔," 베널리 부인이 생각에 잠겨 말했다. "만약에 육체적 사랑의 문제가 사라지면 무언가가 대신 들어서겠지. 아마도 아편이 말이야. 공기 중에 약간의 아편 냄새가 좍 퍼질 거야. 그러면 모든 사람이 경이롭게 기분이 상쾌해질걸."

"정부가 상쾌한 주말을 보내라고 토요일마다 공기 중에 에테르를 뿌려준다!" 잭이 말했다.—"괜찮은 데요. 그렇지만 수요일쯤엔 어떡하지요?"

"자기의 육체를 잊고 있는 한 인간은 행복한 거요." 베널리 부인이 말했다. "자기 육체를 의식하는 순간부터 인간은 비참해지는 거요. 그러니 문명이 인간에게 도움이 되려면 우리의 육체를 잊게 도와주는 것이오. 그러면 우린 그런 것도 모른 채 시간이 행복하게 흐를 거요."

"우리의 육체를 말짱 없애도록 도우면 좋겠어요." 윈터슬로우가 말했다.—"인간이 자기의 본성을, 특히 육체적인 면을 개선하기 시작할 때가 되었어요."

"우리가 담배 연기처럼 하늘로 떠다니는 걸 상상해 보세요." 코니가 말했다.

"그런 일은 일어나지 않을 거요." 듀크스가 말했다. "우리의 오래된 허세는 뻥 터질 거예요. 우리의 문명은 파멸할 거요. 지금 밑바닥 없는 구렁텅이인 갈라진 틈바구니로 떨어져 내려가고 있어요. 그리고 내 생각엔 이 틈바구니를 가로질러 연결할 다리는 남근밖에 없어요!"

"아, 계속하세요! 도저히 말도 안 될 일을 계속해보세요. 장군님!" 올리브가 소리쳤다.

"난 우리의 문명이 붕괴하리라 믿어." 에바 숙모가 말했다.

"그다음엔 어떤 일이 벌어질까요?" 클리퍼드가 물었다.

"난 통 모르겠어. 그렇지만 무슨 일인가 생기겠지." 나이 지긋한 그 귀부인이 말했다.

"코니는 사람들이 연기처럼 될 것이고, 올리브는 여자들이 출산의 고통을 면하고 아기들은 병 속에서 자랄 것이라 하고, 듀크스는 남근이 미래를 이어줄 다리가 될 거라고 말하는데, 정말 미래는 어찌 될 것인지—"클리퍼드가 말했다.

"아, 신경 쓸 것 없어요! 오늘에 충실 하자고요." 올리브가
말했다.

"단지 아기를 키울 병을 빨리 만들어서 불쌍한 여자들을 해
방합시다."

"다음 단계에선 진정 남자다운 남자가 나타날 거예요." 토미
가 말했다. "진정으로 지성적이고 건전한 남자와 건전한 여자다
운 여자 말이오! 그것이 진정한 변화가 아닐까요? **우리와는** 거
리가 먼 엄청난 변화이지요! **우린** 사내답지 못해요—여자들도
여자답지 못해요. 우리는 두뇌나 굴리는 일시적 방편이고 기계
적이고 지적인 실험에 불과해요. 모두 일곱 살 정도의 지능에다
영리하게 머리만 굴리는 인간들 대신에, 진정한 남녀들의 문명
이 도래할 수도 있어요. 그건 담배 연기 같은 인간이나 병 속에
서 자라는 아이들의 시대보다 훨씬 더 놀라울 겁니다."

"아, 진정한 여자들 이야기를 시작하면 전 포기하겠어요."
올리브가 말했다.

"분명 우리의 영혼만이 지닐만한 가치가 있지." 윈터슬로우
가 말했다.

"독한 술[23]이 있지!" 잭이 위스키소다를 마시며 말했다.

"그렇게 생각하나?—나에겐 육체의 부활을 주게나!" 듀크스

---

23 영혼을 의미하는 spirit의 복수 spirits이 독한 술을 의미하기 때문에 잭이 윈터
    슬로우의 말을 재치있게 받았다.—역주

가 대꾸했다.

"그러나 조만간 그럴 때가 올 거야―우리가 돌대가리와 돈과 그 밖의 것들을 싹 치워버린다면. 그러면 우린 호주머니의 민주주의 대신에 접촉의 민주주의를 누리게 될 거야."

이 말에 코니의 마음속에서 무언가가 메아리쳤다. "나에게 육체의 부활을 주게나! 접촉의 민주주의를!" 그녀는 마지막 말의 뜻을 잘 몰랐지만, 어딘가 위로가 되었다. 별 의미 없는 것들이 위로가 되듯이.

하여간에 하나하나가 끔찍하게 어리석었으며, 코니는 그 모든 것에, 클리퍼드, 에바 숙모, 올리브와 잭 그리고 윈터슬로우. 하물며 듀크스에게조차 화가 치밀 정도로 싫증이 났다. 말, 말, 또 말! 계속 지껄여대는 것이 얼마나 듣기에 지긋지긋한지!

그러다가 사람들이 모두 떠났다. 그렇다고 더 나아진 것은 없었다. 그녀는 계속해서 뚜벅뚜벅 걸어 나갔지만, 분노와 짜증이 몸의 아랫도리를 장악하고 있어 거기서 벗어날 수가 없었다. 하루하루가 이상하게 고통을 주며 마멸되었지만 일어나는 일은 아무것도 없었다. 그녀의 몸이 점점 더 야위어 갈 뿐이었다. 가정부조차 그것을 알아보고는 건강이 괜찮으시냐고 물었다. 토미 듀크스까지 그녀의 건강이 어딘가 좋지 않다고 주장했다. 그래도 코니는 자신의 건강이 괜찮다고 했다. 단지 오싹하게 새하얀 묘비가 무섭기 시작했다. 카라라 대리석으로 만든 야릇하게 혐오스럽고 소름이 끼치는 흰 묘비들이, 테버셜 교회 아래의 언덕에 흉측한 의치처럼, 삐죽이 서 있었는데 정원에 나서면 아주 기분 나쁘게 눈에 빤히 들어왔다. 언덕에 흉측스런 의치처럼 빽빽이 들어선 묘비들은 그녀에게 놀라운 공포를 불러일으켰다. 자기가 죽어서 거기 더러운 중부지방의 묘비와 기념비 아래에 묻혀있는 무리에 끼일 날이 멀지 않았다는 느낌이 들었다.

그녀는 누군가의 도움이 필요했고 그녀가 이 사실을 알았다. 그래 언니 힐더에게 **속마음을 털어놓은(cri de coeur)** 짧은 편지를 썼다. "난 요즈음 몸이 좋지 않은데, 어찌 된 영문인지 잘 모르겠어."

힐더 언니가 기거하던 스코틀랜드에서 급히 달려왔다. 그녀는 날렵한 2인승 자동차를 직접 몰고 삼월에 혼자서 내려왔다. 그녀는 자동차 길을 따라 달린 다음 경적을 울리며 언덕을 올라왔다. 다음엔 두 그루의 거대한 야생 너도밤나무가 서 있는 타원형의 잔디밭을 빙 돌아서 저택의 앞 평지에 차를 세웠다.

코니가 층계 쪽으로 뛰어나갔다. 힐더가 차를 세우고 나와서 동생에게 키스했다.

"이런, 코니야!" 힐더가 소리 질렀다. "도대체 무슨 일이냐!"

"아무것도 아니야!" 코니가 좀 부끄러워하며 말했다.

그렇지만 자신이 언니와 비교하면 얼마나 몰골이 초췌한지를 알고 있었다. 두 자매는 똑같이 다소 광택이 나는 황금빛 피부와 부드러운 갈색 머리칼, 태어날 때부터 튼튼하고 열정적인 체질이었다. 그러나 코니는 지금 깡마른 데다 흙 색깔이 돌았고 점퍼 밖으로 나온 목은 비쩍 말라 싯누렇게 보였다.

"야, 너 몸이 아파 보이는데!" 힐더가 두 자매에게 공통된 좀 숨차하는 목소리로 부드럽게 말했다. 힐더는 완전히는 아니지만 거의 두 살 코니보다 손위였다.

"아니, 아픈 게 아니야. 삶이 좀 따분해." 코니가 좀 애처롭게 말했다.

힐더의 얼굴에 전투적인 빛이 번뜩였다. 그녀는 겉보기로는 부드럽고 조용하지만, 옛날 아마존[24]과 같은 기질을 갖고 있어 남자들에게 순종하는 유형은 아니었다.

"여긴 고약한 데야!" 그녀가 메마르고 오래되고 굼뜬 라그비 저택을 진짜 증오하는 눈빛으로 둘러보며 나직이 말했다. 그녀는 잘 익은 배처럼 부드럽고 따스했지만, 진짜 오래된 아마존 유형의 여장부였다.

그녀가 조용히 클리퍼드에게로 갔다. 그는 그녀가 매우 아름답다고 생각하면서도 그녀에게서 몸을 움츠렸다. 아내의 집안 식구들은 자기와 같은 예절이나 예의를 갖고 있지 않았다. 그래서 그들을 외부인으로 간주했지만 일단 그들이 집으로 찾아오면 시련을 겪으며 감내해야 했다.

그가 의자에 정연하고 단정하게 앉아 있었다. 그의 머리칼은 윤기 나는 황금색이었고 얼굴엔 생동감이 돌고, 푸른 눈은 창백하고 약간 튀어나왔고 표정은 헤아릴 수 없었으나 점잖았다. 힐더는 그의 표정이 시무룩하고 멍청하다고 생각했다. 그가 기다

---

24 그리스 신화의 여장부.—역주

리고 있었다. 그는 침착한 태도를 보였지만 힐더는 그의 태도가 어떠하든 상관하지 않았다. 그녀가 반기를 들 태세였기에 그가 교황이건 황제이건 사태는 똑같을 것이었다.

"코니가 굉장히 아파 보이는데요." 힐더가 부드러운 목소리로 말하면서 아름답고 이글거리는 잿빛 눈으로 그를 응시했다. 그녀는 처녀다운 데가 있어 수줍음을 탔다. 코니도 이 점에선 마찬가지였다. 하지만 그는 그 밑에 깔린 스코틀랜드인의 고집스러운 기질을 잘 알고 있었다.

"몸이 좀 야위었어요." 그가 말했다.

"그래, 아무런 조치도 안 해 보았나요?"

"필요하다고 생각해요?" 그가 부드럽지만 뻣뻣한 잉글랜드식 어조로 물었다. 이 두 가지는 종종 함께 붙어 다니니까.

힐더는 대답을 않고 단지 그를 노려볼 따름이었다. 재치 있게 맞받아치는 것은 그녀의 장기가 아니었고 코니도 그러했다. 그러니 그녀는 노려보기만 했고 그는 그녀가 무슨 말을 했을 때보다 더 불편했다.

"코니를 의사에게 데리고 가겠어요." 힐더가 마침내 입을 열었다. "이 근처에 좋은 의사가 있나요?"

"없는 것 같은데요."

"그렇다면 신뢰할 만한 의사가 있는 런던으로 데리고 가겠어요."

클리퍼드는 화가 나서 속이 부글부글 끓었지만 아무 말도 하지 않았다.

"오늘 밤은 여기서 묵어야겠어요." 힐더가 장갑을 벗으며 말했다. "그리고 내일 내 차로 코닐 런던으로 데려가겠어요."

클리퍼드는 분이 나서 안색이 샛노래졌고 저녁때쯤엔 눈의 흰자위까지 좀 노래졌다. 분노가 간까지 가, 제정신이 아니었다. 그러나 힐더는 여전히 얌전하고 수줍음을 타는 듯 처신했다.

"개인적으로 제부를 돌봐줄 간호사나 누굴 둬야겠어요. 정말 남자 하인이 필요해요." 힐더가 저녁 식사를 마친 뒤 커피를 들면서 침착하게 앉아 말했다. 그녀가 겉보기로는 부드럽고 다소곳이 말했지만, 클리퍼드는 그녀가 곤봉으로 그의 정수리를 내려친다고 느꼈다.

"그렇게 생각해요?" 그가 냉랭하게 물었다.

"물론이지요! 필요하지요. 그렇게 하시던가 아니면 아버지와 내가 몇 달 동안 코니를 멀리 데리고 가야겠어요. 이렇게는 지속할 수 없어요."

"무엇을 지속할 수 없단 말이오?"

"저 아이를 제대로 보기나 해요?" 힐더가 그를 빤히 응시하며 말했다.

그 순간에 그는 커다란 삶은 가재같이 보였다. 아니라면 그녀의 눈에 그렇게 보였던 것이다.

"코니와 내가 한 번 상의해 보지요." 그가 말했다.

"난 벌써 동생과 상의를 했어요." 힐더가 받아쳤다.

클리퍼드는 과거에 너무도 오랫동안 간호사의 손에 맡겨졌었다. 그들은 그의 사적 공간까지 침해했기 때문에 그는 간호사라면 아주 질색했다. 그리고 남자 하인이라니!—그는 남자 하인이 주변에서 어슬렁거리는 걸 참을 수가 없었다. **어찌 됐건 여자가 훨씬 더 낫지.** 그런데 왜 코니는 안 된단 말인가?

두 자매는 아침에 차를 타고 길을 떠났다. 코니는 운전대를 잡은 힐더 옆에 앉았는데 부활절의 양처럼 좀 작아 보였다. 아버지 맬콤 경은 먼 곳으로 가 있었지만 켄징턴 집은 열려 있었다.

의사가 코니를 조심스레 검사하고 그녀의 생활에 대해 꼼꼼히 물었다. "당신과 클리퍼드 경의 사진을 가끔 삽화 신문에서 봐요. 거의 유명인이 되셨어요? 안 그래요? 그게 바로 얌전한 두 소녀가 어떻게 자랐냐를 보여주는 것이죠. 삽화 신문에 널리 알려졌지만, 당신은 역시나 얌전한 어린 소녀티가 나요.—없어요, 없어요! 신체적으론 잘못된 곳이 없어요. 그렇지만 이대로 계속 가면 안 되지요! 이대로는 **안 돼요!** 클리퍼드 경에게 당신을 런던이나 외국으로 데려가서 즐겁게 지내자고 말씀드려요. 당신은 인생을 즐겨야 해요. 그래야 해요! 당신의 기력이 너무 소진되었어요. 남은 기력이 없어요, 전혀 없어요. 심장 주변의 신경이 이미 좀 이상해요. 아, 그래요! 단지 신경쇠약이에요. 나라면 당신을 칸이나 비아리츠에 한 달간 머물게 할 거예요. 이대로 계속되면 안 돼요. 절대로요. 확실히 말하는데 난 그 결과에 대해 책임을 못 집니다. 당신은 기력을 쇄신하지 않으면서 소진하고 있어요. 당신은 적당히, 건강에 좋게 기분전환을 해야 합니다. 기력을 재충전은 않으면서 계속 쓰고 있어요. 아시겠지만 이런 식으로 갈 수 없어요. 우울증이에요! 우울증을 피하세요!"

힐더가 입을 꽉 다물고 있었다. 그건 무언가를 의미했다.

마이클리스가 이들이 런던에 와있다는 소식을 듣고 장미꽃 다발을 들고 달려왔다.

"아니, 도대체 어디가 아파요?" 그가 소리쳤다. "당신은 옛 모습의 허깨비에 불과해요. 아니, 이렇게 변한 건 처음 봐. 도대체 왜 나에게 알리지 않았지요!———나하고 니스로 갑시다! 시칠리아로 내려갑시다! 자, 나하고 시칠리아로 갑시다. 거긴 지금 참 아름다워요. 당신은 햇빛을 쏘여야 해요! 생명력이 필요해요! 아니, 당신은 기력을 소진하고 있어요! 나하고 갑시다! 아프리카로 갑시다! 에이, 몹쓸 클리퍼드! 그자를 내동댕이치고 나하고 갑시다. 그자가 당신에게 이혼을 해주는 그 순간 당신과 결혼할 거요. 자, 함께 가서 새 삶을 살아요! 신이 주신 사랑을요! 라그비란 곳은 누구라도 소진케 해서 죽게 할 거요. 진저리나는 곳이에요! 고약한 곳이지요. 누구든 죽일 수 있어요! 자, 나와 함께 태양이 찬란한 곳으로 갑시다! 물론 당신이 필요한 것은 태양이고, 얼마의 정상적인 생활이지요—"

그러나 코니의 심장은 클리퍼드를 그곳에 그대로 내동댕이 친다는 생각을 하니 멈추는 것 같았다. 그럴 수는 없었다. 안 돼—안 돼! 그녀는 도저히 그럴 수가 없었다. 라그비로 돌아가야 했다.

마이클리스는 이에 낙담했다. 힐더는 마이클리스를 좋아하지 않았지만, 클리퍼드보다 그가 **대체로** 낫다는 생각이 들었다. 자매는 중부지방으로 다시 돌아갔다.

힐더가 클리퍼드에게 자초지종을 알려주었다―그들이 돌아왔을 때 그의 눈은 아직도 샛노랬다. 그도 그 나름대로 지쳐있었다. 그러나 힐더의 말과 의사가 했다는 모든 말에 귀를 기울여야 했다. 물론 마이클리스가 했다는 말은 그냥 지나쳤고 묵묵히 앉아 최후통첩의 말을 들었다.

"여기에 좋다고 하는 남자 하인의 주소가 있어요. 그는 의사의 환자가 지난달 죽을 때까지 돌보아 주었대요. 정말로 좋은 사람인데 부탁하면 분명 올 거래요."

"하지만 난 환자가 아니에요. 더구나 남자 하인은 딱 **질색이**오." 클리퍼드는 투정하듯 대답했다.

"그리고 여기에 두 여자의 주소가 있어요. 한 사람은 내가 만났는데 일을 아주 잘할 거예요. 쉰 살쯤 되었는데 성격이 조용하면서 튼튼한 데다 상냥하고 나름대로 교양도 있고―"

클리퍼드는 부루퉁해 있을 뿐 대답을 하지 않으려 했다.

"좋아요. 제부. 내일까지 어떤 결정을 보지 않으면 난 아버지에게 전보를 치고 코니를 데리고 떠날 거예요."

"코니가 따라간대요?" 클리퍼드가 물었다.

"가고 싶지는 않지만 가야 한다는 걸 알아요. 어머니가 속을 태우시다가 암으로 돌아가셨거든요. 우린 위험한 일을 그대로 내버려 둘 수는 없어요."

그래서 클리퍼드는 이튿날 테버셜 교구의 간호사인 볼턴 부인을 채용하겠다고 말했다. 분명 가정부인 베츠 부인이 그녀를 추천한 듯했다. 볼턴 부인은 막 교구의 간호사직에서 은퇴하고 개인적으로 간호사의 일을 하려던 참이었다. 클리퍼드는 낯선 이에 자신의 몸을 맡기는 것을 별나게 두려워했다. 그러나 볼턴 부인은 과거에 클리퍼드가 성홍열을 앓고 있을 때 간호한 적이 있어서, 그는 이미 그녀를 알고 있었다.

두 자매는 즉시 테버셜에서 꽤 깨끗한 지역의 새집에서 사는 볼턴 부인을 찾아갔다. 그녀는 마흔 살 남짓한 잘 생긴 여자로 흰 옷깃과 앞치마가 달린 간호사의 제복을 입고 가구들이 빼곡히 들어찬 작은 거실에서 차를 막 준비하고 있었다.

볼턴 부인은 대단히 신중하고 공손하며 아주 좋은 사람으로 보였다. 좀 분명치 않게 발음을 연달아 하는 경향이 있었지만 아주 정확한 영어를 쓰고 있었다. 여러 해 동안 병든 광부들을 돌보면서 좋은 평판을 들었고 자신감에 차 있었다. 간단히 말하면 그녀 나름대로 이 마을에서 존경을 받는 지배계층 중 한 사람이었다.

"네, 채털리 부인께서는 건강이 **몹시** 안 좋아 보이시는데요! 전에는 토실토실하셨는데 지금은 안 그러시네요! 겨울을 내내 타시는 가 봐요! 아, 이곳 겨울은 지독해요. 불쌍한 클리퍼드 경! 에이, 그놈의 전쟁 때문이지요."

그리고 의사 샤들로의 허락이 떨어지는 대로 즉시 볼턴 부인이 라그비 저택으로 오기로 했다. 제대로 따지면 그녀는 교구의 간호 일을 보름 동안 더 해야 했다. "하지만 대치할 사람을 쉽게 구할 수 있을 거예요." 볼턴 부인이 말했다.

힐더는 급히 샤들로 박사를 만나러 갔다. 볼턴 부인이 그다음 일요일에 두 개의 트렁크를 가지고 리버의 마차를 타고 라그비 저택으로 왔다. 힐더가 그녀와 이런저런 이야길 나누었다. 볼턴 부인은 언제건 이야기를 나눌 준비가 되어 있었다. 그녀는 아주 젊어 보였다! 흥분의 열기가 그녀의 파리한 뺨에 흘러내려 홍조를 띠면 그랬다. 그녀는 마흔일곱 살이었다.

그녀의 남편인 테드 볼턴은 이십이 년 전에 탄갱에서 죽었다. 지난 성탄절로 만 22년 전이었다. 바로 성탄절에 그녀에게 두 아이를 남기고 세상을 떴는데 그중 한 아이는 갓난아기였다.— 아, 그때 아기였던 에디스가 지금은 셰필드에 있는 부츠 캐시 약국에서 일하는 청년과 결혼을 했다. 다른 딸은 체스터필드에서 교사로 있고 외부의 초대가 없을 때는 주말마다 집으로 오곤 했다. 아이비 볼턴, 그녀가 젊었을 때와 달리 요즘 젊은이들은 인생을 즐기며 살았다.

테드 볼턴이 탄광 내의 폭발사고로 사망했을 때엔 이십팔 세였다. 광부는 네 명이 있었는데, 앞에 있던 갱내 반장이 그들에게 빨리 납작 엎드리라고 소리쳤다. 그들은 모두 엎드려서 살았는데 테드만 엎드리지 않아 죽임을 당했다. 나중에 청문회에서 테드가 겁을 먹고 도망치려 했으며 명령에 따르지 않았기 때문에 그것은 순전히 그의 잘못이라고 고용주 측은 주장했다. 그래서 보상금은 300파운드에 불과했고 회사 측은 그것이 순전히 테드 자신의 잘못이었기 때문에 마치 법적 보상금이라기보다 회사 측이 선심을 써서 내주는 것으로 말했다. 그리고 조위금을 미망인에게 한꺼번에 주지 않았다. 그녀는 작은 상점을 열려고 했다. 그러나 회사 측은 그녀가 틀림없이 술을 마시던가 해서 모두 탕진할 것이라고 주장했다! 그래서 그녀는 매주 30실링을 받아야 했다. 그녀는 매주 월요일 아침에 회사로 가 줄을 서서 자기 차례가 될 때까지 두어 시간을 기다려야 했다. 그래, 거의 4년 동안 그녀가 매주 월요일 아침마다 회사엘 가야 했다. 돌볼 어린애가 둘씩이나 있었으니 그녀가 도대체 무엇을 할 수 있겠나? 그러나 테드의 어머니가 그녀에게 아주 잘해주었다. 어린아이가 아장아장 걸을 수 있게 되자 시어머니가 두 아이를 낮 동안 돌봐주셔서 아이비 볼턴이 세필드에 가서 구급법 강습을 받고, 4년째 되는 해엔 간호학 과정을 택해서 자격증을 땄다. 그녀는 경제적으로 독립해서 아이들을 양육하기로 했다. 그래서 그녀는 얼마 동안 작은 어스웨이트 병원에서 보조 간호사로 일했다. 그러다 테버셜 탄광회사가, 실은 제프리 경이 그녀가 독자적으로 생활해 갈 수 있음을 보고 그녀에게 호의를 베풀어서 교구 간호사 자리를 주며 도와주었기 때문에 그녀는 그 일에 늘 고마워했다. 그 이후 그 일을 내내 해왔는데 이젠 그 일이 그녀의 힘에 부치게 되었다. 그래서 그녀는 좀 덜 힘든 일을 하려고 했다. 교구 간호사 일을 하려면 상당히 많이 돌아다녀야 했기 때문이다.

"그래요. 회사가 나에게 크나큰 은혜를 베풀었어요. 난 그 이야길 항상 해요. 그렇지만 그들이 테드에 대해 한 말을 절대로 잊을 수가 없어요. 왜냐하면, 테드는 갱내에 일단 발을 들여놓으면 차분하고 겁을 모르는 사람이었기 때문이에요. 그런데 그이를 겁쟁이로 낙인찍은 셈이니까요. 하지만 그이가 죽었으니 누구에게 무슨 말을 할 수 있겠어요!"

그녀는 이런 말을 하면서 묘하게 뒤섞인 여러 가지 감정을 드러냈다. 그녀는 아주 오랫동안 간호해오던 광부들을 좋아했다. 그러나 자신이 그들보다 훨씬 우월하다고 느꼈다. 그녀는 자신이 상층 계급이라고 느끼기까지 했지만 동시에 지배계층에 대한 분노가 마음속에서 부글부글 끓고 있었다. 고용주들이란! 그녀는 고용주와 광부들 사이에 분란이 일면 항상 광부들 편에 섰다. 그러나 대결의 문제가 없을 땐 우월해져서 상류계급의 일원이 되길 갈망하고 있었다. 상류계급은 우월해지고 싶은 그녀 특유의 영국적인 열정을 자극하며 그녀를 매혹했다. 그녀가 라그비 저택에 오게 되자 흥분했다. 더구나 보통 광부의 아내들과는 너무도 다른 채털리 부인과 이야길 할 수 있다니! 그녀는 여러 가지 말로 그렇게 늘어놓았다.

그러나 그녀의 말엔 채털리 가에 대한 반감이 배어있는 것이 확연히 보였다. 고용주에 대한 반감이.

"그렇고말고요. 물론이지요. 채털리 부인을 기진케 할 거예요! 언니분이 오셔서 도와주시니 천만다행이지요. 남자들은 지위가 높든 낮든 하나같이 생각을 못 해요. 여자들이 해주는 일을 아주 당연시하지요. 제가 광부들에게 이런 말을 수도 없이 했어요. 그렇지만 클리퍼드 경은 불구가 되셨으니 그런 말씀을 드리기가 몹시 어렵지요. 이 집안사람들은 항상 도도한 분들이고, 어떤 면에서는 냉담해요—마치 그럴 권리가 있다는 듯이. 그러다가 저런 신세가 되시다니!—채털리 부인에겐 퍽 힘드실 거예요. 어쩌면 부인이 훨씬 더 힘드실 거예요. 부인께서 얼마나 옛 시절을 그리워하실까요! 난 테드와 삼 년밖에 살지 못했지만, 그인 내가 절대로 잊지 못할 대단한 남편이었지요. 그인 천 명 중에 한 사람 있을까 말까 할 정도로 늘 쾌활한 사람이었어요. 그이가 사고로 죽을 줄 누가 생각이나 했겠어요? 난 오늘날까지 그이가 죽었다고 믿지 않아요.—하여튼 믿지 않아요—내 손으로 그의 시신을 씻겼지만요. 나에겐 그인 절대로 죽지 않았어요. 절대로 아니에요. 그걸 받아들인 적이 없어요—"

라그비 저택에서는 처음 듣는 이야기였다. 특히 코니에겐 아주 새로운 이야기였다. 그건 그녀의 귀를 쫑긋 세우기에 충분했다.

그러나 첫 주간 동안엔 볼턴 부인은 라그비 저택에서 아주 조용히 지냈다. 그녀의 자신감 있는 좌지우지하는 태도는 그녀에게서 사라지고 좀 불안해했다. 클리퍼드와 있을 때는 수줍어하고 거의 겁을 먹었고 입을 아예 다물고 있었다. 그가 그런 태도를 좋아했고 곧 침착성을 되찾고 그녀를 쳐다보지도 않고 그의 시중을 들게 했다.

"그 여잔 보잘것없는데 아주 쓸모 있어!" 그가 말했다.

코니는 놀라서 눈을 크게 떴지만, 그의 말에 반박하지 않았다. 그토록 두 사람에게 주는 인상이 다르다니!

그는 얼마 안 있어 위엄을 보이며 간호사를 이래라저래라 했다. 그녀는 으레 그런 태도가 나올 줄 예견했고 그는 그런 줄도 모르고 그렇게 행동했다. 우리는 사람들이 우리에게 기대하는 것에 매우 민감한 법이다! 광부들은 그녀가 붕대를 감아주거나 간호를 해주는 동안 꼭 어린애같이 말을 하고 어떡해서 아픈지를 그녀에게 말해 주곤 했다. 그들은 그녀가 간호할 때에 너무도 당당하고 거의 초인간적으로 느끼게 했다. 그런데 지금 클리퍼드는 그녀가 아주 왜소하고 하녀처럼 느끼게 했고, 그녀는 한마디의 말도 없이 이를 수용하고 자신을 상류계층에 적응시켜 나갔다.

그녀는 아주 조용히 들어와 잘 생긴 긴 얼굴에 눈을 내리깔고 그의 시중을 들었다. 그녀는 아주 공손히 말했다. "클리퍼드 경, 지금 이걸 할까요? 저걸 할까요?"

"아니, 당분간 그냥 둬. 나중에 하라고 할 테니까."

"알겠습니다. 나리."

"삼십 분 후에 다시 들어오지."

"잘 알겠습니다. 나리."

"저 오래된 신문들은 밖으로 갖고 나가지."

"알겠습니다. 나리."

그녀는 아주 조용히 나갔다가 삼십 분 후에 다시 조용히 들어왔다. 그녀를 윽박지르기도 했지만, 그녀는 유념하지 않았다.

그녀가 상류사회를 체험하고 있으니까. 그녀는 클리퍼드 경을 불쾌하게 여기지도 않았고 싫어하지도 않았다. 그는 그저 한 가지 현상의 일부분이었다. 지금까지 그녀에게 알려지지 않은 그러나 앞으로 알게 될 상류계층 사람들의 현상에 불과했다. 그녀는 채털리 부인과 있을 때 더 마음이 편했다―결국, 뭐니뭐니해도 집안의 안주인이 더 중요한 게 아닌가.

볼턴 부인은 클리퍼드 경이 밤에 잠자리에 들 때 도와주고, 그의 방과 복도를 사이에 둔 건너편 방에서 자다가 밤에 그녀를 부르는 초인종이 울리면 달려가곤 했다. 아침에도 나리의 시중을 들었다. 얼마 되지 않아 그의 시중을 도맡아 들게 되고 심지어 그녀의 부드럽고 주저하는 듯한 여자다운 솜씨로 면도까지 해주었다. 그녀는 일을 아주 잘했고 유능했으며, 얼마 지나지 않아 그를 완전히 손안에 넣는 법을 터득하게 되었다. 그의 턱에 비누 거품을 칠하고 수염을 부드럽게 문지를 때는 그 역시 다른 광부들과 별 차이가 없었다. 그의 오만하고 솔직하지 못한 태도에는 별로 신경을 쓰지 않았다. 새로운 경험을 하는 터였으니까.

그러나 클리퍼드는 코니가 그의 사사로운 일에 손수 시중드는 것을 그만두고 고용된 낯선 여자에게 맡긴 것을 절대 용서하지 못했다. 그것은 그와 그녀 사이에서 피어나는 친밀감의 진정한 꽃을 죽이는 일이라고 혼자 중얼거렸다. 그러나 코니는 이에 개의치 않았다. 그들의 친밀감에서 피어나는 멋진 꽃은 그녀에겐 그녀 생명의 나무에 뿌리를 내리고 기생하는 난초와

같았고 그녀의 눈엔 아주 시들시들한 꽃을 피우는 것에 지나지
않았다.

　이제 그녀는 자신의 시간을 더 갖게 되자 자기 방에서 피
아노를 치며 노랠 부를 수 있었다. "쐐기풀을 건드리지 마세
요———사랑의 굴레는 풀기가 힘드니까요." 그녀는 최근까지
그들 사이의 굴레가, 사랑의 굴레가 풀기에 얼마나 힘든가를 깨
닫지 못했다. 그런데 너무도 감사하게 그녀가 그걸 풀지 않았
나! 그녀는 그와 항상 이야기하지 않고 혼자 있게 된 것이 너무
나 기뻤다. 그가 혼자 있을 땐 타자기를 끊임없이 톡톡 두드리
며 치고 있었다. 그러나 그가 '작업'을 하지 않고 그녀가 곁에 있
을 때는 그가 지껄이고 또 지껄여댔다. 사람들과 행동의 동기와
그 결과와 성격과 개성을 끊임없이 세세하게 분석을 해댔다—
마침내 그녀가 신물이 날 지경이었다. 그녀는 수년간 그것을 좋
아했다—너무 많이 듣다 보니 갑자기 역겨워지기 시작했다. 그
래서 혼자 있게 되니 너무나 감사했다.

　그것은 마치 그와 그녀에게 뿌리를 내린 수천수만 개의 잔뿌
리와 의식의 가닥들이 너무 자라서 하나로 뒤엉킨 덩어리를 이
루어 이제는 자랄 수 없어 식물 자체가 서서히 죽어가는 것과
같았다. 이제 코니는 조용히, 정교하게 그와 그녀의 의식이 뒤
엉킨 덩어리를 풀어가고 있었다. 여기에서 벗어나려고 그녀는
참을성 있게 때론 조바심을 부리며 의식의 가닥을 하나씩 풀어
가고 있었다. 그러나 그러한 사랑의 굴레는 그 어떤 굴레보다도
풀기가 어려웠다. 다행히 볼턴 부인이 와서 큰 도움이 되었다.

그러나 그는 아직도 전과 같이 코니와 이야길 나누거나 큰 소리로 책을 읽으며 친밀한 저녁 시간을 보내길 원했다. 이제 코니는 볼턴 부인이 열 시에 들어와서 그 시간을 끝내도록 주선을 했다. 열 시만 되면 코니는 이 층의 자기 방으로 올라가서 혼자 있을 수 있었다. 클리퍼드는 볼턴 부인의 정성 어린 보살핌을 받았다.

볼턴 부인은 베츠 부인과 서로 사이가 좋아서 가정부의 방에서 식사를 같이했다. 이상하게도 하인들의 방이 더 가까이 한데 모인 것 같았다. 전에는 멀리 떨어져 있는 것 같았는데 이젠 클리퍼드의 서재 바로 앞에 와 있는 것 같았다. 베츠 부인은 가끔 볼턴 부인의 방에 와서 앉아 있곤 했다. 코니가 클리퍼드와 단 둘이 있을 때 그들이 나지막이 나누는 말소리를 듣고선 하인들의 거세고도 강한 억양이 거실까지 침범해 들어온다고 느꼈다. 볼턴 부인 한 사람이 왔는데도 라그비 저택은 그렇게 변했다.

코니는 해방이 되어 다른 세계에 있다고 느꼈다. 그녀는 전혀 다른 공기를 마신다고 느꼈다. 그러나 그녀의 많은 뿌리가, 특히 생명과 관계되는 뿌리들이 클리퍼드의 것과 뒤엉켜있다는 느낌에 무척 두려웠다. 그런데도 이제 그녀는 전보다 훨씬 자유롭게 호흡할 수 있었다. 그녀의 삶에서 새로운 국면이 시작되고 있었던 것이다.

제8장

볼턴 부인은 자신의 여성적이고 직업적인 보호의 손길을 코니에게도 마찬가지로 뻗쳐야 한다고 느껴서, 코니를 소중히 여기며 보살폈다. 그녀는 항상 코니에게 산책하러 나가거나 어스웨이트로 드라이브를 나가서 바깥바람을 쏘이라고 권유했다. 왜냐하면, 코니는 난롯가에 조용히 앉아서, 책을 읽거나 바느질하는 시늉을 하면서 좀처럼 외출을 하지 않았기 때문이다.

힐더가 떠난 후 얼마 되지 않아 바람이 몹시 부는 날이었다. 볼턴 부인이 권했다. "숲 속으로 산책하러 나가셔서 사냥터지기의 오두막 뒤에 피어있는 수선화를 구경하시지 않을래요? 이 근방에서 종일 다녀 봐도 그곳처럼 아름다운 데는 없어요. 그리고 몇 송이를 방에 갖다 꽂으세요. 야생 수선화를 보면 늘 기분이 상쾌해지지요!"

코니는 그 말을 흔쾌히 받아들였고 수선화 얘기도 그대로 받아들였다. 야생의 수선화라고! 결국, 혼자서 애만 태우고 있을 이유가 없지 않은가. 봄이 돌아왔는데. '계절이 돌아오는데, 나

에겐 봄은 돌아오지 않았어——.'[25]

사냥터지기—세상에 알려지지 않은 꽃의 외로운 암술처럼 하얀 그의 야윈 몸! 그녀는 말할 수 없이 우울한 나날을 보내면서 그에 대해선 까맣게 잊고 있었다. 그러나 이제 무언가가 꿈틀대며 깨어나고 있었다. '대문과 현관 너머로 희뿌연데.'[26] 이제 해야 할 일은 대문과 현관을 지나가는 것이었다.

그녀는 그동안 몸이 좋아졌다—더 잘 걸을 수 있었다. 정원에서 바람은 그녀 몸에 심하게 맞부딪치더니 일단 숲에 들어서니 그리 세지가 않았다. 그녀는 잊고 싶었다. 세상을. 썩은 몸뚱이의 끔찍스런 인간들을 깡그리 잊고 싶었다. '그대는 다시 태어날지어다!—난 육체의 부활을 믿노라!—한 알의 밀알이 땅에 떨어져 썩지 않으면 새싹이 나올 수가 없나니.[27]—크로커스가 땅을 헤집고 피어날 때 나 또한 헤집고 나와 태양을 보리라!' 3월의 바람을 맞으니 이러한 시구들이 그녀의 마음속을 끊임없이 스쳐 지나갔다.

이상하게 밝은 햇살이 바람에 살랑이면서 개암나무 가지 밑, 숲 가장자리에 핀 아기똥풀을 비추었다. 아기똥풀들이 샛노란 밝은색으로 피어나고 있었다. 숲은 잠잠했고 한층 더 고요해졌다. 단지 햇살만이 바람을 타고 살랑거렸다. 첫 아네모네 꽃들이 삐죽이 내밀었고 숲은 바람에 날리며 바닥에 끝없이 늘어선

---

25 밀턴의 《실낙원》 제3권 41~42행.—역주

26 영국시인 스윈번의 "프로세르피나의 동산" 중에서.—역주

27 〈요한복음〉 12장 24절.—역주

작은 아네모네 꽃으로 희뿌옇다. '세상은 그대의 입김으로 희뿌
여네.'[28] 그러나 이 시에선 페르세포네의 입김이었다. 그녀가 차
가운 아침에 지옥에서 지상으로 나왔던 것이다. 바람의 차가운
입김이 다가왔고 머리 위에선 나뭇가지에 뒤얽힌 바람이 분노
를 터트리고 있었다. 바람 또한 압살롬[29]처럼 붙잡히어 자유의
몸이 되려고 안간힘을 다하고 있었다. 아네모네는 너무나 추워
보였다. 초록색 크리놀린 스커트를 입고 어깨는 하얀 맨살을 드
러낸 채 한들거리고 있으니. 그러나 꽃들은 추위를 견디고 있었
다. 오솔길 옆엔 하얀 작은 앵초들이 몇 개 피어나며 노란 꽃봉
오리를 살며시 펼치고 있었다.

　　머리 위에선 바람이 으르렁거리며 뒤흔들어댔지만, 밑으로
는 찬 공기만이 흘러내렸다. 코니는 숲에서 이상하게 흥분되어
양쪽 뺨은 홍조를 띠었고 눈에선 푸른빛이 타올랐다. 그녀는 몇
송이의 앵초와 갓 피어난 오랑캐꽃들을 꺾으며, 터벅터벅 걸었
다. 꽃들은 달콤하고 차가운 내음을 피웠다. 달콤하고 차가운.
그리고 그녀는 어딘지도 모르는 곳으로 바람에 떠밀려갔다.

　　그러다가 숲의 끄트머리에 있는 공터에 이르렀고 초록빛이
도는 돌집이 눈에 들어왔다. 그 집은 버섯 아랫도리의 살처럼
장밋빛이 돌았고 돌은 햇빛을 듬뿍 받아 따스해 보였다. 문 옆
에는 노랑 재스민이 환하게 피어있고 문은 닫혀 있었다. 아무런

28　스윈번의 시 〈프로세르피나의 동산〉 중에서.—역주
29　유대의 다윗왕의 셋째 아들로 부왕에 반항했다가 피살됨.—역주

소리도 들리지 않았다. 굴뚝에선 연기가 나지 않았고 개 짖는 소리도 나지 않았다.

그녀는 조용히 집 뒤로 돌아갔다. 거기엔 흙이 둑처럼 쌓여 있었다. 그녀는 수선화를 보러 왔다는 핑계를 댈 수 있었다.

정말 수선화들이 있었다. 줄기가 짧은 꽃들이 바람을 맞아 술렁이고 펄럭이고 떨면서도 아주 밝고도 생기에 차 있었다. 그렇지만 얼굴을 가릴 곳이 없어 바람을 외면하고 있었다.

꽃들은 괴로운 듯 환하게 밝은 꽃잎을 광란하듯 마구 흔들어 대었다. 하지만 어쩐지 그런 걸 좋아하는 듯했다. 정말로 그렇게 마구 흔들어 대는 걸 좋아하는 듯했다.

콘스턴스는 어린 소나무에 등을 기대고 앉았다. 소나무는 탄력 있고 강력하게 위로 치솟는 기이한 생명력으로 그녀의 몸에 출렁거렸다. 햇빛 속에 머리를 내밀고 꼿꼿이 서 있는 생명체! 그녀는 수선화가 찬란한 햇빛을 받아 황금색으로 변하는 걸 보았다. 햇빛은 그녀의 손과 무릎에도 따스하게 내려앉았다. 그 꽃에서 은은히 풍기는 타르향까지 맡았다. 그리고 그토록 고요 속에 호젓이 있으니 그녀의 제대로 된 운명의 파도를 타는 듯했다. 그녀는 정박한 배처럼 밧줄에 묶여 흔들리며 잡혀있었는데 이제 그 밧줄이 풀어져 둥둥 떠내려가는 기분이었다.

햇빛이 약해지며 싸늘해지기 시작했다. 수선화는 응달에 조용히 잠겨 있었다. 그 꽃들은 나머지 낮과 긴 추운 밤 동안 그렇게 잠겨 있을 것이다. 연약함 속에 그런 강인함이 있다니!

그녀는 뻣뻣해진 몸을 일으키고 수선화 몇 송이를 들고 언덕을 내려갔다. 꽃을 꺾고 싶지는 않았지만, 그저 한두 송이만 가져가고 싶었다. 그녀는 이제 라그비 저택의 담 안으로 돌아가야 했다. 그런데 정말로 그 육중한 담이 특히나 싫었다. 담이라! 언제나 담이 있지! 그렇지만 이렇게 바람이 불 때는 담이 필요하지.

집에 돌아오니 클리퍼드가 물었다.

"어딜 갔었소?"

"바로 숲 건너편이오! 보세요. 이 수선화들이 사랑스럽지 않아요? 땅을 뚫고 나왔다니!"

"공기와 햇빛 덕분이지, 뭐." 그가 말했다.

"그렇지만 땅속에서 형체를 잡은 거예요." 그녀가 곧장 반박하며 대꾸했고 이런 말에 자신도 좀 놀랐다.

그녀는 이튿날 오후에 또 숲으로 갔다. 넓은 큰길을 따라 둥글게 돌아서 낙엽송 사이로 걷다 보니 '존의 우물'이라 불리는 샘에 이르렀다. 이 언덕배기는 싸늘했고 시커먼 낙엽송 사이엔 꽃 한 송이 피어있지 않았다. 그러나 얼음같이 차가운 작은 샘물이 깨끗한 분홍색 자갈이 깔린 좁디좁은 바닥에서 조용히 위로 치솟고 있었다. 그 물이 얼마나 차갑고 맑은지! 영롱했다! 새로 온 그 사냥터지기가 틀림없이 이 깨끗한 자갈들을 깔아놓은 것이었다. 물이 조금씩 넘쳐 언덕 아래로 내려가자 물이 똑똑 떨어지는 소리가 희미하게 들렸다. 낙엽송들이 언덕 비탈 위로 앙상한 가지의 음험한 어둠을 펼치면서 꼭대기에서는 윙윙 소리 내도 물방울이 똑똑 떨어지는 소리가 들렸다.

이 장소는 좀 음산하고 차고 축축했다. 그러나 그 우물은 과거 수백 년 동안 사람들이 물을 마신 곳이 틀림없었다. 이제는 다시는 마시지 않지만. 깨끗하게 정돈된 이 공터엔 초목이 무성하며 춥고 스산했다.

그녀는 일어나 천천히 집을 향해 발길을 옮겼다. 걸어가는데 오른쪽에서 탁탁 치는 소리가 희미하게 들렸다. 그녀는 발걸음을 멈추고 귀를 기울였다. 망치질 소리인가? 딱따구리 소리인가? 그건 분명히 망치 소리였다.

그녀는 계속 유심히 들으며 걸어갔다. 그러다가 어린 전나무 사이에 난 좁은 오솔길이 눈에 들어왔다. 막다른 길 같았다. 그렇지만 누군가가 다니는 길 같았다. 그녀는 모험심에, 어린 전나무가 빽빽이 들어선 그 길로 들어섰다. 보니 오래된 참나무 숲으로 이끄는 길이었다. 그 오솔길을 더 따라가니 바람이 센 숲의 고요 속에서 망치 소리가 더 가까이서 들렸다. 왜냐하면, 나무들은 바람에 흔들려도 침묵을 지키니까.

그녀는 호젓이 자리한 작은 공터와 통나무로 지은 눈에 띄지 않는 작은 오두막을 보았다. 이곳엔 전에 온 적이 없었다! 이곳이 어린 꿩을 기르는 조용한 곳임을 깨달았다. 셔츠 바람의 사냥터지기가 무릎을 꿇고 망치질을 하고 있었다. 개가 짧고 날카롭게 짖으며 앞으로 뛰어나왔고 사냥터지기가 불시에 고개를 들어 그녀를 보았다. 눈엔 깜짝 놀란 표정이 어려 있었다.

그가 몸을 일으켜 인사하고는, 팔다리에 기운이 빠진 채 그녀가 앞으로 걸어 나오자 그녀를 조용히 쳐다보았다. 그녀가 불시에 침입한 것이 불쾌했다. 그는 고독을 생애에서 그의 유일한 그리고 마지막 자유로서 소중하게 여겼다.

"무슨 망치 소리인가 했어요." 그녀가 기운이 빠져서 숨이 가빠하며 말했다. 그가 그녀를 빤히 쳐다보자 좀 겁이 났다.

"새끼 꿩들이 들어갈 새장을 맨들구 있엇시유." 그가 심한 사투리로 말했다.

그녀는 무슨 말을 할지 몰랐고 온몸이 나른 해왔다.

"잠깐 앉을게요." 그녀가 말했다.

"저 오두막에 들어가셔서 앉으시지유." 그가 앞서서 오두막으로 가며 말했다. 그가 나무토막과 다른 것들을 옆으로 밀치고 개암나무 가지로 만든 거친 의자를 꺼내왔다.

"저 불을 좀 피울 깝쇼?" 그가 야릇하게 순박한 사투리로 물었다.

"아니요. 신경 쓸 것 없어요." 그녀가 대답했다.

그러나 그가 그녀의 손을 보니 시퍼렇게 얼어있었다. 그가 얼른 구석의 조그만 벽돌 난로에 낙엽송 가지들을 가져왔고 순식간에 노란 불꽃이 굴뚝으로 솟아올랐다. 그가 벽돌 난로 옆에 자릴 마련해 주었다.

"여기에 앉으셔유. 몸이 따스해 질꺼예유." 그가 말했다.

그녀는 하라는 대로 했다. 그에겐 묘하게 보호자 같은 권위가 있어 그녀가 따라 했다. 그래서 그녀가 앉아서 불꽃에 손을 녹이며 불에다 잔가지를 얹었고, 그러는 동안 그는 다시 밖으로 나가 망치질을 하고 있었다. 사실 그녀는 난롯가 구석에 혼자 앉아 있고 싶지 않았다. 문간에서 그가 일하는 걸 보고 싶었다. 그러나 보호를 받는 처지니 그대로 따를 수밖에 없었다.

오두막은 아주 아늑했다. 벽에는 칠하지 않은 널빤지를 대었고 그녀가 앉아 있는 의자 옆에는 자그마한 통나무 테이블과 등 없는 의자가 있었다. 그리고 목수용 벤치가 있고, 큰 통 하나와 연장들, 새 판자들과 못이 널려있었다. 벽엔 여러 가지 물건들이 나무못에 걸려있는데, 도끼, 손도끼, 올가미, 자루에 든 잡동사니와 그의 웃옷이 걸려있었다. 오두막엔 창이 없어서 열린 문으로 빛이 들어왔다. 그 방은 뒤죽박죽이지만 나름대로 작은 성역이었다.

그녀는 남자의 망치 소리에 귀를 기울였다. 별로 행복해하는 소리가 아니었다. 그가 압박을 받고 있었다. 그의 사생활 터를 침범한 자가 있었다. 위험스런 존재였다! 여자였다! 그가 원하는 유일한 것이 홀로 있는 것인 시점에 와 있었는데. 그렇지만 자신의 사생활을 지킬 힘이 없었다. 그는 고용된 사람이고 이 사람들은 그의 고용주였다.

특히 그는 여자와 다시 접촉하길 원하지 않았다. 그걸 두려워했다. 왜냐하면, 그 전에 여자와의 접촉에서 큰 상처를 입었기 때문이다. 만약에 그가 혼자 있지 못하면, 사람들이 그를 혼자 있게 두지 않는다면 그는 죽을 것 같았다. 바깥세상으로부터 도피해 있으려는 그의 소망은 철두철미했다. 그의 마지막 도피처가 바로 이 숲이었다. 그곳에서 몸을 숨기고자 했다!

코니는 잔가지를 너무 많이 넣은 난롯불로 인해 몸이 더워지고 있었다. 몸이 달아올랐다. 그녀는 자리를 옮겨 문간의 등 없는 의자에 앉아, 작업 중인 남자를 쳐다보고 있었다. 그는 그녀가 자리를 옮긴 것을 알아채지 못한 것 같지만, 사실은 알고 있었다. 그러나 그는 몰두한 듯한 태도로 일을 계속했다. 갈색 개는 꼬리를 그 가까이에서 축 늘어뜨리고 앉아 의심스러운 세상을 둘러보고 있었다.

호리호리하고 조용하고 민첩한 그 남자는 자기가 만들고 있던 새장을 완성하더니, 뒤집어보고, 미닫이문을 시험해본 후 옆에다 놓았다. 그런 다음 일어나 낡은 새장 쪽으로 가서, 방금 전에 작업하던 통나무 위로 낡은 새장을 가져갔다. 웅크리고 앉아서 작은 창살들을 움직였다. 몇 개가 손안에서 부러졌다. 작은 못들을 빼기 시작했다. 그리고 새장을 뒤집어서 찬찬히 보았다. 그러는 동안 여자의 존재를 의식하고 있다는 신호를 조금만치도 주지 않았다.

코니는 그렇게 그에게 시선을 고정한 채 보고 있었다. 그녀는 전에 그의 벌거벗은 몸에서 느꼈던 것과 똑같은 고독감을, 이제는 옷을 걸친 그에게서 느꼈다. 홀로 일하는 동물처럼 고독하고 열중해 있으나, 그건 모든 인간과의 접촉에서 멀리 도피한 영혼처럼 생각에 잠긴 모습이었다. 그는 지금도 조용히 참을성 있게 그녀에게서 도피하고 있었다. 코니의 자궁을 건드린 것은 열정적이며 조바심 나는 한 남자에게 깃들어 있는 정적과 무시간적인 인내였다. 그녀는 그의 숙인 고개, 조용히 빠르게 움직이는 손, 웅크리고 있는 가냘프고도 민감한 허리춤에서 인내하며 뒤로 물러나 있는 면을 보았다. 그의 경험이 그녀의 것보다 더 깊고 넓으리란 느낌이 들었다. 훨씬 더 깊고도 넓으면서 또한 더 치명적일 것이란 느낌이 왔다. 이렇게 느끼니 그녀의 마음이 한결 가벼워졌다. 자긴 거의 책임이 없다고 느꼈다.

그래서 그녀는 꿈을 꾸고 있는 듯 시간도 이 특별한 상황도 완전히 망각하고 오두막의 문간에 앉아 있었다. 그녀가 완전히 넋을 잃고 있어서 그가 그녀를 흘낏 올려다보았다. 그녀의 얼굴엔 완전한 고요 속에 무언가를 기다리는 표정이 서려 있었다. 그에게 그건 기다림의 표정이었다. 그리고 갑자기 그의 등뼈 밑의 허리춤에서 가는 불의 혀가 날름대었고 그의 정신이 신음했다. 그는 거의 죽음을 두려워하듯 더 이상의 인간과의 가까운 접촉을 혐오하며 두려워했다. 무엇보다도 그녀가 그곳을 떠나 그를 혼자 있게 해주길 바랐다. 그녀의 의지를, 여성적인 의지를, 그리고 그녀의 현대적인 여성의 아집을 두려워했다. 무엇보다도 그는 그녀 주장대로 하려는 그녀의 냉랭한 상류계층의 오만한 태도를 혐오했다. 결국, 따지고 보면 그는 고용된 일꾼이 아닌가. 그녀가 거기에 있는 것을 증오했다.

코니가 갑자기 불안을 느끼며 제정신을 차렸다. 그녀가 자리에서 일어났다. 오후는 이미 저녁때로 바뀌었다. 그렇지만 그녀는 그대로 떠날 수가 없었다. 사냥터지기에게 다가갔다. 그는 차렷 자세로 서 있었다. 그의 지친 얼굴은 굳어있고 멍한 상태였다. 눈은 그녀를 주시하고 있었다.

"이곳은 너무도 아늑하고 좋아요." 그녀가 말했다. "난 전에 여기 와본 적이 없어요."

"없어요?"

"가끔 여기 와서 쉴까 해요."

"그러세요!"

"당신이 이곳에 없을 때는 오두막을 걸어 잠그나요?"

"네, 마님."

"내가 열쇠를 하나 가질 수 있을까요? 가끔 와서 쉬게요! 열쇠가 두 개 있나요?"

"제가 알기로는 없시유."

그가 사투리를 쓰기 시작했다. 코니는 망설였다. 그가 반대 의사를 내세우고 있었다. 따지고 보면 이게 저자의 오두막이란 말인가?

"다른 열쇠를 하나 더 얻을 수 있을까요?" 그녀가 부드러운 어조로 말했지만, 그 속에는 그녀의 의지를 관철하겠다는 결의가 스며있었다.

"다른 열쇠라니유!" 그가 화가 난 눈초리로 그녀를 힐끗 보며 조롱하는 투로 말했다.

"그래요. 복제된 거요." 그녀가 낯을 붉히며 말했다.

"나리께서 어쩌문 아실거유." 그가 그녀를 밀쳐내듯 말했다.

"그래요!" 그녀가 말했다. "다른 열쇠를 갖고 계실 수 있지요. 아니면 댁이 가진 것으로 복제할 수 있어요. 아마 하루 이틀 정도 걸릴 거예요. 그 정도 기간은 열쇠 없이 지낼 수 있겠지요."

"뭐라 말할 수 없시유. 마님! 이 근방엔 열쇠장이가 없시유."

코니는 왈칵 분이 나서 얼굴이 달아올랐다.

"좋아요!" 그녀가 말했다. "내가 알아보지요."

"좋아유, 마님."

그들의 눈이 마주쳤다. 그의 눈엔 혐오와 멸시뿐만 아니라 앞으로 닥칠 일에 대해 차갑고 흉측한 표정이 담겨있었다. 그녀의 눈은 퇴짜를 맞아 활활 타고 있었다.

그러나 그녀의 심장은 철썩 내려앉았다. 그녀가 그의 뜻과 반대로 나갈 때 그가 얼마나 그녀를 싫어하는지를 보았기 때문이다. 그래 처절한 심정으로 그를 쳐다보았다.

"잘 있어요!"

"마님, 안녕히 가셔유!"—그가 인사를 하고 몸을 홱 돌렸다. 그녀가 그이 속에서 오래 잠자던 격렬한 분노를, 자기 의지대로 하려는 여자에 대항하는 분노의 떼거지를 잠에서 깨웠던 것이다. 그러나 그는 저항할 처지가 아니었다. 전혀 힘이 없었다. 그걸 너무나도 잘 알고 있었다!

그녀 또한 자기 의지대로 하려는 남자에 저항해 화가 났다. 게다가 하인인 주제에! 그녀는 부루퉁해 집으로 걸어갔다.

볼턴 부인이 그녀를 찾느라고 언덕 위의 큰 너도밤나무까지 나와 있는 게 보였다.

"곧 오실 거로 생각했어요. 마님." 그 여자가 밝은 표정으로 말했다.

"내가 늦었나요?" 코니가 물었다.

"아—! 클리퍼드 경께서 차 마실 시간을 기다리고 계셔서
요."

"그러면 댁이 준비하지 그랬어요?"

"아, 제가 할 일이 아니라고 생각해요. 클리퍼드 경께서 그
걸 좋아하지 않으실 텐데요. 마님."

"좋아하지 않으실 이유가 없는데요." 코니가 말했다.

그녀가 집 안으로 들어가 클리퍼드의 서재로 갔다. 거기엔
오래된 놋쇠 주전자가 쟁반 위에서 김을 내뿜고 있었다.

"여보, 제가 좀 늦었지요?" 그녀가 몇 송이의 꽃을 내려놓고
모자와 스카프를 쓴 채, 쟁반 앞에 서서 차가 든 깡통을 집어 들
었다. "미안해요! 왜 볼턴 부인에게 차를 준비시키지 않으셨어
요?"

"그런 생각은 들지 않았소." 그가 빈정대는 투로 말했다.
"그 여자가 차를 따르는 일까지 한다는 건 생각지 못했소."

"아, 은제 찻주전자가 신성불가침의 물건은 아니잖아요." 코
니가 말했다.

그가 의아해하며 그녀를 올려다보았다.

"그래, 오후 내내 뭘 했소?" 그가 물었다.

"산책하다가 아늑한 데 앉아 있었어요. 커다란 감탕나무에
아직도 빨간 열매가 달린 걸 아세요?"

그녀가 스카프를 풀었지만, 모자는 쓴 채 차를 준비하기 위
해 앉았다. 토스트 빵은 분명 가죽처럼 말라 있을 것이다. 그녀
가 찻주전자 위에 보온 덮개를 씌우고 따온 제비꽃을 꽂을 작은

유리잔을 가지러 일어났다. 꽃들은 불쌍하게도 대가 축 늘어져 있었다.

"다시 살아날 거예요!" 그녀가 말을 하며 그가 향기를 맡도록 유리잔을 그에 앞에 내려놓았다.

"주노[30]의 눈꺼풀보다 더 곱도다."[31] 그가 시의 한 구절을 인용했다.

"진짜 제비꽃과는 아무런 관련이 없어 보여요." 그녀가 말했다. "엘리자베스 왕조 사람들은 수식이 좀 지나친 것 같아요."

그녀가 남편에게 차를 따라 주었다.

"존의 우물에서 멀지 않은 곳에 있는 오두막의 열쇠가 또 하나 있나요? 꿩을 기르고 있는데 말이에요." 그녀가 물었다.

"아마 있을 거요. 그런데 왜요?"

"오늘 우연히 그곳을 발견했어요―거긴 가 본 적이 없었거든요. 아주 마음에 드는 곳이에요. 가끔 거기 가서 쉬어도 되겠지요?"

"멜러즈가 거기 있었소?"

"네! 그래서 찾아가게 된 거죠. 그의 망치 소리를 듣고서요. 그런데 내가 그곳에 간 걸 좋아하지 않는 것 같았어요. 사실은 내가 여분의 열쇠가 있냐고 물었을 때 그의 태도가 불손해 보였어요."

---

30 로마 신화에서 주피터의 아내.―역주
31 셰익스피어의 《겨울 이야기》의 4막 3장에 나오는 시구.―역주

"그자가 뭐라고 말했소?"

"아, 아무 말도 하지 않았어요. 그런데 그의 태도가 그랬어요. 열쇠에 대해선 아는 바 없다고 말했어요."

"어쩌면 아버지의 서재에 하나쯤 있을 거요. 그런 건 베츠가 잘 알지. 그런 건 죄다 거기에 넣어 두었으니까. 베츠에게 찾아 보라고 하겠소."

"제발 그래 줘요!" 그녀가 당부했다.

"그래, 멜러즈가 무례하게 굴었다고?"

"아, 아무것도 아니에요. 정말로! 그렇지만 그의 사적인 영역에 내가 드나드는 걸 별로 좋아하지 않는 것 같았어요."

"그랬다고는 상상이 안 가는데."

"그렇지만 그가 왜 꺼리는질 모르겠어요. 따지고 보면 자기 집도 아니잖아요! 자기의 사적인 숙소도 아니고요. 내가 원할 때 왜 거기서 좀 쉴 수 없는질 모르겠어요."

"물론이지!" 클리퍼드가 대꾸했다. "그자는 너무나 자신을 대단하게 생각하고 있어."

"그렇다고 생각하세요?"

"아, 분명하지! 그자는 자기가 특별한 사람이라 생각해. 그에겐 사이가 좋지 않은 아내가 있었어. 그래서 1915년에 군에 입대해서, 아마 인도로 파병되었지. 여하튼 그자는 한동안 이집트에서 기병대의 마제병(馬蹄兵)으로 있었어. 늘 말과 연관된 일을 맡았지. 그 방면에선 노련한 친구니까. 그러다가 한 인도인 연대장의 마음에 들어서 중위로 승진되었다고 해. 그래, 장교로 임관이 되었데. 내가 알기론 그가 그 연대장과 함께 인도로 돌아갔는데 북서쪽 국경지대에서 복무했지. 그러다 병이 들고, 연금을 받게 된 거래. 작년까지만 해도 군에 있었지, 아마.—자연히 그런 사람이 자기 본래의 계층으로 돌아가는 게 쉽지 않겠지. 몸부림을 칠 수밖에 없어. 그러나 나와의 관계에서는 자기의 직무를 충실히 하고 있어. 멜러즈가 중위 티를 내는 걸 본 적이 없는데."

"저렇게 더비서 사투리를 심하게 쓰는 사람을 어떻게 장교로 임명했나요?"

"안 그런데—이따금 발작적으로 쓰긴 하지만. 그는 표준 영어를 완벽하게 구사해—그 사람으로서는, 이제 하층 계급으로 내려왔으니 하층 계급에 맞는 말을 쓰는 게 더 좋다고 생각하는가 보지."

"왜 전에 그에 관해 나한테 말해 주지 않으셨어요?"

"아—난 그런 소설 같은 얘긴 영 구미에 안 맞아. 그런 것들이 모든 질서의 파괴 원인이야. 그런 일들이 생겼다는 것 자체가 참으로 유감스러워."

코니는 그 말에 수긍이 갔다. 어느 곳에도 적응 못 하는 불만투성이의 사람들이 무슨 소용이 있겠는가?

한동안 날씨가 좋아서 클리퍼드도 숲으로 나가기로 했다. 바람이 찼지만 그리 넌더리 날 정도는 아니었다. 햇볕은 따스하면서 충만하게 비추어서 생명력 자체 같았다.

"참 놀라워요." 코니가 말했다. "날씨가 정말로 화창하고 좋

을 때면 사람들의 기분이 얼마나 달라지는지 몰라요. 보통 사람
들은 공기 자체가 반쯤은 죽은 것으로 느껴요. 사람들이 공기
자체를 죽이고 있어요."

"사람들이 그러는 것 같소?" 그가 물었다.

"그래요. 사람들이 뿜어대는 너무나도 심한 권태와 불만과
분노의 증기가 공기의 활력을 죽이고 있어요. 확실히 그렇다고
믿어요."

"어쩌면 대기의 어떤 상태가 사람들의 활력을 저하하는 건
아니고?" 그가 물었다.

"아니에요. 우주에다 독을 뿜어내는 건 인간이에요." 그녀가
주장했다.

"자신의 둥지를 더럽힌다, 이 말이구먼." 그가 한마디 했다.

야외 전동의자는 흑흑하며 앞으로 나갔다. 개암나무 숲에선
개암나무의 술이 연한 황금빛을 발하며 가지에 매달려 있고 양
지바른 곳에는 바람꽃들이 활짝 피어서 삶의 환희를 외치는 것
같았다. 마치 사람들이 피어난 꽃과 함께 삶의 환희를 외칠 수
있었던 과거처럼 말이다. 이 꽃들이 사과꽃 향기를 은은히 풍기
고 있었다. 코니가 클리퍼드에게 주려고 몇 송이를 꺾었다.

그가 꽃송이들을 받더니 신기하다는 듯 들여다보았다.

"그대, 아직 능욕당하지 않은 고요의 신부여."[32] 그가 시구
한 구절을 인용해 읊조렸다.—"이 시구는 그리스의 항아리보다

32 19세기 영국시인 존 키츠의 〈그리스 항아리에 부치는 노래〉.—역주

이 꽃들에 훨씬 더 잘 어울리는군."

"능욕이란 말은 너무나 끔찍스런 말이에요." 그녀가 말했다.
"사물을 능욕하는 건 사람들뿐이에요"

"글쎄, 잘은 모르겠지만―달팽이며 뭐 그런 것들이 있지."

"달팽이들은 먹기만 할 뿐이고, 벌들은 꽃을 능욕하지는 않
아요."

모든 것을 언어로 바꾸는 그의 언행에 코니는 화가 났다. 제
비꽃들은 주노의 눈꺼풀이 되고 바람꽃은 능욕당하지 않은 신
부가 되다니. 그녀는 이런 말들이 그녀와 생명 사이에 끼어드는
것이 너무도 싫었다. 다른 것들이 아니라 바로 이 말들이 능욕
했다. 기성의 말과 어구들이 모든 생명체에서 생명의 진액을 쪽
쪽 빨아먹었다.

클리퍼드와의 산책은 그리 성공적이지 못했다. 그와 코니 사
이엔 긴장감이 감돌고 두 사람은 이를 모르는 체했지만 분명 긴
장감은 있었다. 갑자기 여성적인 본능이 죄다 솟구치면서 그녀
는 클리퍼드를 밀어내고 있었다. 그에게서 벗어나고 싶었다. 특
히 그의 의식과 언어와 자기 집착, 그리고 자신에 집착하여 끊
임없이 수레바퀴처럼 돌아가며 만들어내는 말들에서 벗어나고
싶었다.

다시 비가 내렸다. 하루 이틀 후엔 그녀는 비가 오는데도 외
출을 해 숲으로 갔다. 일단 숲으로 들어서자 그녀는 오두막을
향해 걸었다. 비가 내리지만 그리 춥지는 않았다. 어둑어둑 추
적이는 비 가운데서 숲은 아주 고요하고 멀리 떨어진 듯해 다가

가기 힘들다는 느낌이 들었다.

그녀가 공터에 이르렀다. 거기엔 아무도 없었다! 오두막은 잠겨 있었다. 그렇지만 그녀는 거칠게 세운 현관 아래의 통나무 층계에 앉아 체온으로 몸을 녹이며 웅크렸다. 그렇게 앉아 내리는 비를 물끄러미 쳐다보고 조용히 내리는 빗소리와 바람이 없는 듯한데도 꼭대기 가지에 이상하게 바람이 스치며 내는 살랑거리는 소리에 귀를 기울이고 있었다. 오래된 참나무들이 주변에 둘러 서 있고 회색의 강력한 등걸들이 비를 맞아 검은빛을 띠며 둥글고도 활기가 넘쳐 가지들을 여기저기로 내뻗고 있었다. 바닥엔 잡초가 거의 없고 아네모네가 여기저기 흩어져 피어 있었다. 오리나무인지 까마귀밥나무인지의 덤불이 한두 개 있고 보랏빛이 도는 찔레가 한데 뒤엉켜있었다. 초록빛의 아네모네가 우거진 아래에선 오래된 적갈색의 고사리 덤불이 거의 시들어가고 있었다. 어쩌면 이곳이 능욕당하지 않은 곳 중의 하나이리라. 능욕을 당하지 않은 곳이라니! 온통 세상이 다 능욕을 당했는데.

그런데 능욕을 당할 수 없는 것들이 있지. 누구도 정어리 깡통을 능욕할 수는 없지. 아주 많은 여자가 그렇고 남자들도 그렇지. 그러나 이 대지는—!

비가 그치고 있었다. 이젠 떡갈나무 사이도 그리 어둡지 않았다. 코니는 그곳을 떠나길 바랐다. 그런데도 계속 앉아 있었다. 그렇지만 몸이 점점 얼어왔다. 그런데도 마음속에서 솟구치는 원한의 감정이 몸을 나른하게 해 마비된 듯 그냥 거기에 앉아 있게 했다.

능욕을 당한다! 몸에 전혀 손을 대지도 않았는데 어떻게 능욕을 당할 수 있는지. 죽은 언어로 능욕당하면 외설스러워지고 죽은 관념들은 자기 집착이 되지.

비에 젖은 갈색 개가 달려왔다. 짖지는 않고 젖은 꼬리를 위로 들어 올렸다. 그 사내가 따라왔다—운전기사처럼 비에 젖은 검은 방수포 웃옷을 입은 얼굴은 약간 상기되어 있었다. 그가 빨리 걸어오다가 그녀를 보자 걸음을 멈칫거린다고 그녀가 느꼈다. 소박한 현관 밑에 한 뼘쯤 마른 곳에 앉은 그녀가 일어섰다. 그가 아무 말 없이 인사를 하고 천천히 다가왔다. 그녀가 뒤로 물러나기 시작했다.

"막 가려던 참이었어요." 그녀가 말했다.

"안으로 들어가시려고 기다리셨나요?" 그가 그녀는 보지 않고 오두막을 쳐다보며 물었다.

"아니요, 비를 피해서 잠시 앉아 있었어요." 그녀가 위엄 있게 조용히 말했다.

그가 그녀를 쳐다보았다. 그녀는 냉랭하게 보였다.

"그러면 클리퍼드 경께서 다른 열쇠 하나를 갖고 계시지 않은가 봐유?"

"예. 그렇지만 아무 문제 없어요. 이 현관 밑에서 전혀 비를 맞지 않고 앉아 있을 수 있어요. 안녕히 계세요." 그가 지나치게 심한 사투리를 쓰는 게 아주 싫었다.

그녀가 발걸음을 옮기자 그가 그녀를 유심히 보았다. 그리고는 윗도리를 위로 올리고 바지 주머니에 손을 넣더니 열쇠를 꺼냈다.

"마님께서 이 열쇠를 가지시는 게 낫겠시유. 저는유 따른 곳에다 새들의 우리를 마련하깃시유."

그녀가 그를 쳐다보았다.

"그게 무슨 뜻이지요?" 그녀가 물었다.

"제가유 꿩들을 기르기에 괜찮은 딴 곳을 찾겠다는 말이에유. 마님께서 여기에 오실 때 제가 얼쩡거리면 싫어하실 테니까유."

그녀가 그의 애매한 사투리를 이해하면서 그를 쳐다보았다.

"왜 보통 쓰는 말을 안 써요?" 그녀가 냉랭하게 물었다.

"제가유!—보통 말을 쓰는 줄 알았는디유."

그녀는 화가 나서 잠시 잠자코 있었다.

"그러니 열쇠를 원하시문 이걸 받으시는 기 좋겠시유. 아니면 우선에 지가 이곳을 깨끗이 치운 다음 내일 받으시는 기 더 낫겟시유. 그게 괜찮겟지유?"

그녀는 더 화가 치밀었다.

"당신 열쇠는 필요 없어요." 그녀가 말했다. "당신이 여길 치우는 걸 원치 않아요. 당신의 오두막에서 당신을 내쫓을 생각은 조금도 없어요. 난 가끔 여기 앉았다가 가길 바랄 뿐이에요—오늘처럼. 이 현관 밑에서 아주 기분 좋게 쉬고 갈 수 있어요. 그러니 그런 말일랑 다시 하지 마세요."

그는 악의가 섞인 푸른 눈으로 그녀를 다시 쳐다보았다.

"왜유." 그가 심한 사투리로 느릿느릿 말했다. "마님께서 오신다면유 성탄절만큼이나 대환영이에유. 오두막이구 열쇠구 뭐든지 내드리겟시유. 단지 일 년 중 이때는유, 꿩들이 알을 품는 때라 지가 돌봐줘야 해 부산하게 왔다 갔다 해유. 겨울엔유 거의 여기 오지 않아유. 그렇지만 봄철엔 클리퍼드 경께서 꿩을 기르라고 하셨시유―――그리구 마님께서 여기 오시면 지가 얼쩡대는 걸 원치 않으시쥬―"

그녀는 좀 놀라서 멍하니 그의 말을 듣고 있었다.

"댁이 여기 있는 걸 왜 내가 싫어하겠어요?" 그녀가 물었다.

그가 호기심 어린 눈빛으로 그녀를 쳐다보았다.

"저에겐 신경 쓰이는 일이지유!" 그가 짧게 그러나 의미심장하게 말했다. 그녀가 낯을 붉혔다.

"좋아요!" 그녀가 딱 잘라 말했다. "신경 안 쓰이게 할게요. 그렇지만 여기 앉아서 당신이 새를 돌보는 걸 바라보는 것이 방해되지는 않겠지요. 난 그러고 싶은데요. 그렇지만 그렇게 하는 것이 당신 일에 방해가 된다니 방해가 안 되게 신경 쓸 테니 걱정하지 말아요. 당신은 클리퍼드 경의 사냥터지기이지, 나의 사냥터지기는 아니니까요."

이 말이 좀 야릇하게 들렸다―그녀는 그 이유를 잘 몰랐다. 그러나 그녀는 그 말이 그냥 지나가도록 했다.

"아니지유. 마님. 이건 마님의 오두막이에유. 언제든 마님이 좋으실 대루 사용하셔야지유. 일주일만 말미를 주면유 절 내쫓을 수도 있어유. 단지―"

"단지 뭐지요?" 그녀가 당황해서 물었다.

그가 우스꽝스럽고 이상한 모양으로 모자를 뒤로 제쳤다.

"마님께서 여기에 오실 때 혼자 쓰시고 싶으시다면은 지가 얼쩡거리지 않겠시유."

"아니 왜 그렇지요?" 그녀가 화가 나서 물었다. "당신은 문명인이 아니에요? 내가 당신을 무서워할 줄 아세요? 왜 내가 당신이 여기에 있고 없고에 신경을 써야 하나요? 그게 뭐 그리 중요해요?"

그가 그녀를 쳐다보는데 그의 얼굴 전체엔 장난스러운 웃음기가 번뜩였다.

"마님, 그렇게 아니유. 조금도 그렇게 아니구면유." 그가 말했다.

"그러면, 뭐란 말이에요—?" 그녀가 물었다.

"그러면 마님께 다른 열쇠를 하나 구해 드릴까유?"

"아니요! 필요 없어요."

"어쨌든 하나 구해 보겠시유. 오두막 열쇠가 두 개 있는기 좋겠시유."

"당신이 뻔뻔하단 생각이 드네요." 코니가 낯을 붉히고 좀 숨 가빠하며 말했다.

"아니유. 그렇지 않어유!" 그가 황급히 말했다. "그런 말 마세유! 아니유, 아니에유! 딴 뜻은 없었시유. 마님께서 여기에 오신다면유, 지가 물러가야 하는디, 다른 곳에 자리 잡기가 아주 힘들거든유. 그렇지만 마님께서 저에게 신경을 쓰시지 않으신다면유, 그렇다문유―이건 클리퍼드 나리의 오두막이니 모든 것은 마님께서 좋으실 대로 해야지유. 제가 해야 할 일을 할 때유 마님께서 신경을 쓰시지 않는다면유 모든 건 마님께서 좋으실 대로 해야지유."

코니는 완전히 갈피를 못 잡고 그곳을 떠났다. 자신이 모욕을 받고 심히 불쾌한 건지 아닌지를 확신할 수가 없었다. 어쩌면 그 남자는 자기가 말한 대로 의미했을 것이다. 즉 그가 그곳을 떠나기를 그녀가 바란다고 생각했을 것이다. 마치 그녀가 그런 걸 꿈이라도 꾼 듯이! 그리고 그가 대단한 인물이나 되는 듯이. 그와 그의 어리석은 존재가 말이다.

그녀는 자기가 무슨 생각을 하는지, 무엇을 느끼는지 잘 알지 못하고 어리벙벙한 상태로 집으로 갔다.

제9장

코니는 클리퍼드를 혐오하는 자신의 감정에 깜짝 놀랐다. 더 놀라운 것은 자신이 남편을 항상 싫어했다고 느낀 것이다. 증오는 아니었다. 그런 격렬한 감정은 아니었다. 그렇지만 깊은 육체적 혐오감이었다. 그녀는 자기가 은밀하고 육체적인 방식으로 그를 혐오했기 때문에 그와 결혼했다고 느낄 정도였다. 하지만 그녀가 그와 결혼한 진짜 이유는 그가 정신적인 방식으로 그녀를 매료시키고 흥분시켰기 때문이다. 그는 어떤 면에서 그녀의 스승이며 그녀를 능가하는 것으로 보였다.

이제 정신적인 흥분은 김이 빠져 스러졌고 육체적인 혐오감만 느낄 뿐이었다. 그런 감정은 그녀의 마음속 깊은 데서 솟아올라 왔고 이 혐오감이 그녀의 삶을 야금야금 먹어치운다는 걸 깨달았다.

그녀는 무기력해지고 완전히 버림받은 느낌이었다. 외부로부터 어떤 도움이 오길 바랐다. 그러나 이 세상천지에 도움은 없었다. 사회는 제정신이 아니었기에 끔찍스러웠다.

문명사회는 제정신이 아니었다. 돈과 소위 사랑이라는 것이 두 개의 거대한 광증이었다. 돈은 훨씬 더 앞선 광증이었다. 개인은 제각기 따로따로 이 두 가지 면에서 미친 짓을 하며 자신을 내세웠다. 즉 돈과 사랑에서 말이다. 마이클리스를 좀 보라! 그의 생활과 활동은 미친 짓 그 자체였다. 그의 사랑도 일종의 미친 짓이었고 그의 희곡 작품들도 일종의 미친 짓이었다.

그리고 클리퍼드도 똑같았다. 그가 주워섬기는 모든 말! 그의 모든 글! 그것들은 그가 앞으로 나서려고 밀쳐대는 미친 행동이었다! 그냥 광기였다. 그 광기는 점점 더 고약해서 진짜로 미치광이가 되어갔다.

코니는 이런 것이 두려워서 완전히 탈진하는 느낌이었다. 하지만 적어도 클리퍼드가 꽉 조인 손을 그녀에게서 볼턴 부인 쪽으로 옮겨가는 중이었다. 그런데 그는 이를 의식하지 못했다. 많은 정신이상자의 경우와 같이 그의 광증은 그가 의식하지 못하는 것들로 측정될 수 있었다. 즉 그의 의식상의 광활한 불모지의 넓이로 측정될 수 있었다.

볼턴 부인은 여러모로 가상할 정도로 일을 잘했다. 하지만 그녀는 묘하게 좌지우지하는 태도를 지니고 있었다. 그건 현대 여성이 갖는 한 광증으로 자기 의지를 끊임없이 내세우는 태도였다. 그녀는 완전히 남을 위해 몸을 바치며 살고 있다고 **생각했다**. 클리퍼드는 탁월한 본능에서인지 그녀의 의지를 항상, 아니면 아주 종종 조용히 좌절시켰기 때문에 그녀의 넋을 빼놓았다. 그가 그녀보다 훨씬 더 탁월하고 섬세한 의지를 지니고 있었다. 이것이 그녀에겐 그의 매력이었다.

어쩌면 바로 이 점 때문에 코니도 그에게 끌렸을 것이다.

"오늘은 너무 날씨가 좋네요!" 볼턴 부인이 어루만지듯 달래는 어조로 말하곤 했다. "오늘 전동차로 산책하러 나가시면 아주 즐거우실 거예요. 햇볕이 너무도 좋아요."

"그래요?—나한테 저 책 좀 줘요—저기 있는 저 노란 책. 그리고 저 히아신스를 밖으로 치워요."

"아니, 너무나 아-름다운데요!"—그녀가 '아'를 '아-'로 길게 발음해 아름답다는 말을 특별히 강조했다. "그리고 향이 너무도 좋은데요."

"내가 싫어하는 향이오." 그가 말했다. "장례식장 냄새가나."

"그렇게 생각하셔요!" 그녀가 깜짝 놀라 소리쳤다. 약간은 불쾌하지만 감동하였다. 그리고 그의 고도로 까다로운 성미에 감동하고는 히아신스를 방 밖으로 내갔다.

"오늘 아침에 면도해드릴까요? 아니면 손수 하시렵니까?"—항상 똑같이 부드럽고 달래는 듯 순종적이나 통제하는 목소리였다.

"모르겠는데. 좀 기다려보지. 준비되면 부를 테니."

"좋습니다. 클리퍼드 나리!" 그녀가 아주 부드럽고 순종적으로 대답하고는 살며시 방을 나갔다. 그러나 퇴짜를 맞을 때마다 그녀의 의지에 새로운 힘을 더 보태주었다.

그가 조금 후에 종을 눌러 그녀를 불렀을 때 그녀는 즉시 나타났다. 그리곤 그가 말하곤 했다.

"오늘 아침엔 날 면도해주면 좋겠어."

그녀의 가슴이 좀 짜릿해 왔다. 그녀가 더 부드럽게 응수했다.

"좋습니다. 나리!"

그녀는 아주 능숙하게 손을 놀리며 부드럽게 어루만지듯 좀 천천히 면도해나갔다. 처음엔 그녀가 그의 얼굴을 무한히 부드럽게 만지는 것을 그는 불쾌하게 여겼다. 그러나 지금은 점점 더 육감적으로 되어 그걸 좋아하게 되었다. 그는 거의 매일 그녀가 면도하게 했고 그녀는 면도를 제대로 잘하기 위해 자기의 얼굴을 그의 얼굴에 바짝 대고 눈은 잔뜩 찌푸리고 면밀하게 보았다. 그녀의 손끝이 점차 그의 뺨과 입술, 턱과 목덜미를 아주 세세히 잘 알게 되었다. 그는 영양이 좋고 건강해 보였고 얼굴과 목덜미가 아주 잘 생겨서 더할 나위 없는 신사였다.

그녀 또한 아름다웠다. 약간 창백한 얼굴은 다소 갸름하고 완전히 고요하며 눈은 광채가 나지만 아무런 표정이 없었다. 그녀는 거의 애정이 담긴 듯한 무한히 부드러운 손길로 그의 목덜미를 더듬고 그러면 그는 그녀에게 자신을 그대로 맡겼다.

그녀는 이제 그를 위해 거의 모든 일을 하다시피 하고 그도 그녀가 세세한 몸 시중을 들어주는 것에 덜 부끄러워하고 코니보다는 그녀가 시중들 때 더 마음이 편했다. 그녀도 그의 몸 시중을 드는 것을 좋아했다. 그의 몸 세세한 곳까지 시중들면서 그의 몸을 완전히 자기 손에 넣는 것이 좋았다. 그녀가 하루는 코니에게 말했다. "남자들은 속속들이 알게 되면 죄다 어린애예요. 테버셜 탄광에서 제일 사나운 광부들도 다루어 보았어요.

그들이 아파서 간호를 해주다 보면 그들도 어린애인 걸요. 덩치가 큰 어린애지요. 오, 남자들은 별 차이가 없어요!"

볼턴 부인은 처음에는 클리퍼드 경 같은 신사에겐, 그야말로 **진짜** 신사 양반에겐 무언가 다른 점이 정말 있을 것으로 생각했다. 그래서 클리퍼드가 그녀를 다루는데 유리한 처지에 놓여 있었다. 그러나 서서히 그녀가 그의 밑바닥까지 내려가 보니 그녀의 표현을 빌리자면 그가 나머지 다른 남자들과 같이 어른의 몸뚱이를 가진 큰 어린애에 불과하다는 걸 알게 되었다. 그러나 괴팍한 성질과 세련된 태도와 자제력과 그녀가 꿈도 꾸지 못한 온갖 희한한 지식을 지닌 어린애 같았고 이런 점들을 가지고 그가 그녀를 여전히 윽박지를 수 있었다.

코니는 가끔 그에게 이런 말을 해주고 싶었다. "제발, 저 여자의 손아귀에 그토록 끔찍하게 잡히지 마세요!" 그렇지만 결국 따지고 보니 그녀가 그런 말을 해줄 정도로 그에게 애틋한 정이 있지 않음을 알게 되었다.

그러나 아직은 그들이 밤 10시가 될 때까지 함께 지내는 것이 습관이었다. 그때엔 이야기하거나 함께 독서를 하거나 아니면 그의 소설 원고를 검토했다. 그러나 이런 일을 하면서 코니는 전혀 가슴 설레는 감정을 느낄 수 없었다. 그의 원고에 이젠 진력이 났다. 그러나 의무감에 그의 원고를 타자로 쳐주었다. 그렇지만 조만간 그 일조차도 볼턴 부인이 맡을 것이었다.

왜냐하면, 코니가 볼턴 부인에게 타자 치는 법을 배워야 한다고 넌지시 제안했기 때문이다. 그리고 언제나 마음의 준비가 되어 있는 볼턴 부인은 곧 타자 사용법을 배우기 시작했고 열을 내어 연습했다. 그래서 이제는 클리퍼드가 가끔 그녀에게 편지 내용을 불러주고 그러면 그녀는 좀 느리긴 하지만 정확하게 타자로 받아쳤다. 그리고 그녀에게 어려운 낱말이나 가끔 불어의 어구가 나올 때는 그가 아주 인내심을 발휘하며 철자를 하나하나 불러주었다. 그녀가 너무나 신나했기 때문에 클리퍼드는 즐기다시피 하며 그녀를 가르쳤다.

이제 코니는 가끔 두통을 호소하며 저녁 식사 후에 자기 방으로 올라갈 수 있었다.

"볼턴 부인이 당신의 피케[33]놀이의 상대가 되어줄 거예요." 그녀가 클리퍼드에게 말했다.

"아, 나는 아무렇지도 않아. 당신은 방에 가서 쉬어요."

그러나 코니가 자리를 뜨자마자 그가 볼턴 부인을 불러 피케나 베지크[34]나 아니면 체스의 상대가 되어 달라고 했다. 그가 그녀에게 이런 놀이를 다 가르쳤다. 코니는 볼턴 부인이 어린 소녀처럼 홍조를 띠고 떨면서 체스판의 여왕이나 기사에 손을 대다가 다시 떼는 것을 보면 이상하게 못마땅한 기분이 들었다. 그러면 클리퍼드는 장난기 어린 우쭐하는 자세로 미소를 약간 지으며 볼턴 부인에게 말했다.

"자두브![35]라고 말을 해야지!"

---

33 둘이서 32장의 패를 가지고 하는 카드놀이.—역주

34 2-4명이 하는 카드놀이의 일종.—역주

35 j'adoube 체스놀이에서 '기다려요'란 프랑스 말.—역주

그러면 그녀는 놀란 듯이 눈을 반짝이며 그를 올려다보고는 수줍어하면서 얌전히 중얼거렸다.

"자두브!"

그렇다. 그가 그녀를 교육하고 있었다. 그리고 그걸 즐겼다. 권위의식을 느끼게 했다. 그리고 그녀는 가슴을 두근거리며 감격했다. 그녀는 양반들이 알고 있는 모든 것을, 돈을 제외하고는 상류층이 갖추어야 할 모든 것을 조금씩 배워나가고 있었다. 그것이 그녀의 가슴을 두근거리게 했다. 이와 동시에 그녀는 클리퍼드가 항상 자신을 곁에 두길 바라게 했다. 그녀가 진정으로 감격해 하니까 그의 기분이 미묘하고도 깊게 우쭐해졌다.

코니의 눈에 클리퍼드가 점점 자기의 본색을 드러내는 것 같았다. 좀 천박하고 평범해지며 둔감해지고 몸이 불어나는 것 같았다. 아이비 볼턴의 계략과 공손한 듯한 지배력이 너무나도 눈에 빤히 보였다. 하지만 코니는 그 여자가 클리퍼드에게서 감동을 진정으로 받는 것이 그저 경이로울 뿐이었다. 그녀가 그와 사랑에 빠졌다고 말하는 것은 잘못된 표현일 것이다. 상류계층의 한 남자, 작위를 가진 신사이며 소설과 시를 쓰며 그의 사진이 신문에 나오곤 하는 한 작가와 접촉을 한다는 것에 감격하고 있었다. 그녀는 감격한 나머지 괴이한 열정까지 품게 되었다. 클리퍼드가 그녀를 '교육한다는' 것이 그 어떤 연애사건보다 훨씬 더 진한 흥분과 반응의 열정을 그녀에게서 불러일으켰다. 진실대로 말하면 그들 사이에 사랑이라는 관계가 성립될 수 **없으므로** 그녀는 그가 알고 있는 모든 것을 알고자 하는 배움의 괴이한 열정을 가지고 골수에 이르기까지 감격할 수 있었던 것이다.

어떤 면에서 그 여자가 클리퍼드를 사랑한다는 것은 틀린 말이 아니었다. 우리가 사랑이라는 말에 어떤 힘을 부여해도 말이다. 그녀는 무척이나 아름답고 젊어 보이고 회색의 눈은 가끔 매혹적인 빛을 띠었다. 이와 동시에 그녀는 은밀히 만족감과 승리감마저 풍기고 있는데 그 태도가 코니에게는 너무도 혐오스러워 보였다. 은밀한 승리감과 사적인 만족감이라니! 왝, 그 사적인 만족감! 코니는 그걸 얼마나 혐오했던가!

그러니 클리퍼드가 그 여자에게 사로잡힌 건 이상한 일도 아니지! 그녀는 끈질긴 태도로 그를 절대적으로 숭앙하며 그의 봉사에 절대적으로 자신을 바치며 그가 그녀를 마음대로 부리게 했으니, 그가 우쭐해진 건 전혀 이상치가 않지!

코니가 두 사람 사이에 오가는 긴 대화를 들었다. 아니, 그건 거의가 볼턴 부인이 말하는 것이었다. 그녀가 테버셜 마을에 떠도는 소문의 보따리를 그에게 쏟아 놓았다. 그건 소문 이상의 것이었다. 그것은 개스켈 부인[36]과 조지 엘리엇[37]과 미트포드 양[38]의 이야기를 하나로 엮은 데다, 이들 소설가가 빠트린 것을 더 보탠 그런 식의 이야기였다. 볼턴 부인은 일단 말을 시작하면 이 마을 사람들의 삶에 대해 그 어떤 소설보다도 더 흥미

---

36 19세기 영국의 소설가.―역주
37 19세기 영국의 여성소설가.―역주
38 영국의 여성소설가이자 극작가.―역주

롭게 엮어나갔다. 그녀는 이 모든 사람과 아주 친숙하게 지내며 그들의 사사로운 일에 대해 야릇하게 불꽃 튀는 열정을 가지고 있었다. 그래서 그녀의 이야기에 귀를 기울이는 것은 무척 재미가 있지만 한편 **약간은** 품위가 손상되는 행위라 느꼈다. 처음엔 그녀의 말대로 '테버셜 이야기'를 클리퍼드에게 감히 꺼내지 않으려 했다. 그러나 일단 시작이 되자 그 이야긴 줄줄 흘러나왔다. 클리퍼드는 '소재'를 찾으려고 귀를 기울여 많은 것을 발견했다. 코니는 소위 말하는 그의 천재성이 바로 이런 것임을 깨달았다. 남의 이야기를 초연한 듯이 들으면서 명쾌하게 이야깃거리를 잡아내는 재능이었다. 볼턴 부인이 '테버셜 이야기'를 할 때는 으레 잔뜩 달아올랐다. 사실 그 이야기에 완전히 **빠져** 자신을 잊어버렸다. 실제 일어났고 또 그녀가 알고 있는 일들은 정말 놀랄 만큼 양이 많았다. 수십 권의 책을 쓸 정도였다.

코니는 넋을 잃고 그녀의 이야기에 귀를 기울였다. 그러나 나중에는 항상 좀 부끄러웠다. 그토록 잔뜩 달아오른 호기심을 가지고 듣지 말았어야 했다. 결국은 남의 가장 내밀한 이야기를 들으려면, 안간힘을 다하며 상처 입은 한 인간에게 존경하는 마음과 세심하고 분별 있게 공감하는 마음을 가져야만 한다. 왜냐하면, 풍자조차도 공감의 한 형태이니까. 우리의 공감이 어떤 식으로 흐르고 움츠러드느냐가 우리의 삶을 진정으로 결정짓는 것이다. 여기에 바로 소설의 엄청난 중요성이 있지, 제대로 다루어진다면. 그런 소설은 우리의 공감 의식을 일깨워 새로운 영역으로 흘러들게 한다, 그리고 움츠린 우리의 공감을 죽어있는 것들에서 멀리 끌고 간다. 그러므로 제대로 다루어진다면, 소설은 인생의 가장 내밀한 곳을 드러낼 수 있다. 왜냐하면, 예민한 각성의 물결이 밀물과 썰물이 되어 정화하고 새롭게 해야 할 곳은 무엇보다도 **열정적인(passional)** 삶의 내밀한 부분이기 때문이다.

그러나 소설은 험담처럼 인간 영혼까지 무디게 하고 기계적인, 가짜 공감이나 위축을 불러일으킬 수도 있다. 소설이 가장 타락한 감정을 미화시킬 수도 있는데 그런 감정이 **인습적인 관점**에서 '순수하게' 그려졌을 때 그렇다. 그러면 소설은 험담처럼 끝에 가서는 사악하게 되고, 험담처럼 겉으로는 항상 천사의 편에 서기 때문에 한층 더 사악하게 된다. 볼턴 부인은 항상 천사의 편에 서서 험담을 늘어놓았다. "그리고 그 남자는 너무나도 **못된** 인간이고 그 여자는 너무도 **착한** 여자였다—" 거기에 반해 코니는 볼턴 부인의 험담에서 그 여자는 단지 말주변이 좋았을 뿐이고 그 남자는 정직해서 분을 터트렸을 뿐이란 것을 알 수 있었다. 그러나 볼턴 부인의 부도덕하고 인습적인 공감의 흐름 속에서는 정직해서 쉽게 분을 터트리는 사람은 '나쁜 남자'가 되고 말주변이 좋은 여자는 '착한 여자'가 된다.

이런 까닭으로 인해 험담은 굴욕감을 느끼게 한다. 똑같은 까닭으로 인해서 대부분의 소설, 특히 통속적인 소설은 읽을 때 굴욕감을 느끼게 한다. 오늘날 대중은 단지 악덕에 호소할 때만 반응을 보인다.

그런데도 볼턴 부인의 말에서 사람들은 테버셜 마을에 대해 새로운 면을 알게 되었다. 겉으로 보기에 활기 없고 밋밋한 곳 같지만, 전혀 그렇지 않고 무시무시하게 소용돌이치는 삶의 흉측한 현장이었다. 물론 클리퍼드는 거론된 대부분 사람을 겉으로 알고 코니는 단지 한두 사람만 알고 있었다. 그렇지만 그곳은 영국 마을보다는 진짜로 중앙아프리카의 한 정글처럼 들렸다.

"올솝 양이 지난주에 결혼했다는 소식을 아마 들으셨을 겁니다! 분명 들으셨겠죠! 저, 올솝 구둣방을 하는 제임스 영감님의 딸, 올솝 양 말이에요. 그들이 파이 크로프트에다 집을 지었어요. 그런데 그 영감님이 작년에 낙상해서 돌아가셨어요. 여든세 살이었지만 몸이 청년처럼 민첩했지요. 그런데 지난겨울에 아이들이 만들어 놓은 베스트우드 언덕의 미끄럼판에서 넘어져 허벅지 뼈가 부러져 그만 돌아가셨어요. 참 불쌍한 노인네지요. 참 부끄러운 일이에요. 그 영감님이 자기의 전 재산을 태티에게 남기고 아들들한테는 한 푼도 남기지 않았대요. 제가 알기로는 태티의 나이가 저보다 다섯 살 위니까—그래요, 지난가을로 쉰세 살이 되었지요. 그들은 대단히 열성적인 비국교도[39]였어요! 그 딸은 부친이 돌아가시기 전까지 삼십 년 동안 주일학교에서 가르쳤어요. 그런데 그녀가 킨브룩 출신의 한 남자와 사귀기 시작했어요. 잘 아시는지 모르겠지만, 핸슨 목공소에서 일하는 월콕이라는 늙수그레한 남잔데 붉은 코에 꽤 멋을 낸답니다. 그

---

39 계급 비하의 의미가 함축되어 있다.—역주

는 아무리 적게 잡아도 예순다섯은 되었어요. 그런데도 그들이 팔짱을 끼고 다니고 문간에서 키스하는 걸 보면 한 쌍의 잉꼬부부라고 생각하실 거예요. 그래요. 그 여잔 모든 사람이 다 볼 수 있는 파이 크로프트 거리의 밖으로 낸 창문가에서 그이의 무릎 위에 앉아 있었대요. 그에겐 사십이 넘은 아들들이 있고 아내와 사별한 지가 2년밖에 되지 않았어요. 제임스 올솝 영감이 무덤에서 일어나려 해도 도저히 체면이 서지 않아 못 일어날 거예요. 왜냐하면, 그 영감이 딸을 엄청 엄격하게 길렀거든요! 이제 그들은 결혼해서 킨브룩에 가서 살고 있대요. 사람들이 그러는데, 그 여자가 화장옷[40] 차림으로 아침부터 밤까지 다닌대요. 그건 분명하대요. 늙은이들이 그런 식으로 노니 확실히 망측스럽지요! 그 늙은이들이 젊은이들보다 **훨씬** 더 흉하게 구니 정말 구역질이 날 지경이지요. 그건 다 영화 탓이에요. 그렇지만 영화를 못 보게 할 수는 없죠. 그래서 전 늘 얘기하지요. 좋은 교육적인 영화를 보러 가라. 제발이지 멜로드라마나 애정 영화는 멀리하라. 여하튼 어린애들은 영화를 못 보게 해야 돼요!—그렇지만 어른들이 애들보다 더해요. 늙은이들이라고 믿어지지 않을 정도예요. 도덕에 관해 얘길 한다고요! 아무도 거들떠보지 않아요. 사람들은 자기들 하고픈 대로 행동하고 그러면서 훨씬 더 잘 지내요. 확실히 그래요. 그렇지만 요즈음은 탄광 경기가 아주 좋지 않아 사람들이 잔뜩 움츠러들고 있어요. 돈이 없

---

40 잠옷 위에 걸치는 실내복.—역주

거든요. 그러니 불평들을 해대지요. 특히나 여자들이 고약하지요. 남자들은 아주 착해서 잘 참아내고 있다고요! 그들이 무얼 할 수 있겠어요. 참 불쌍하죠! 그렇지만 여자들은요, 계속 떠들어 대요! 그들은 메리 공주님의 결혼 선물을 위한 기부금을 걷는다며 거들먹거리며 돌아다니더니 여러 곳에서 온갖 호사로운 선물들이 답지했다는 걸 안 다음에는 그냥 미친 듯 지껄여대지요.—'도대체 공주가 뭐야! 공주라고 누구보다 더 나을 것 있나! 스완 앤 에드거 백화점은 공주에게 모피 외투를 여섯 벌이나 보내면서 나에겐 **단 한 벌도** 안 줘. 십 실링을 공연히 날렸어! 공주님이 **나한테는** 무얼 주실 거지? 나의 아버지의 벌이가 시원찮아서 난 봄 외투 한 벌도 새로 살 수 없는데. 공주님은 선물을 몇 트럭이나 받고. 이런 일은 끝날 때가 되었어. 난 진저리가 나. 부자들은 흥청망청 쓸 돈을 늘 가지고 있는데 이제 가난한 우리도 쓸 돈을 가져야 할 때지. 난 정말로 봄 외투가 필요한데 어디 가서 얻을 수 있지?—'—그러면 전 그들에게 말하지요. '원하는 호사로운 새 옷은 없어도 잘 먹고 잘 입고 지내니 감사할 줄 알아야지요!'—그러면 그들은 나에게 대들어요. '왜 메리 공주님은 낡은 누더기를 걸치고 아무것도 없이 지내며 감사하지 않나요? **그녀와** 같은 사람들은 몇 트럭 분의 선물을 받는데 난 봄 외투 한 벌도 새로 얻질 못해요. 그건 너무나 불공평하고 안 된 거예요. 공주님이라! 그래 공주님이 뭐가 부럽겠나! 문제는 돈, 돈이라고요. 공주님이 돈이 많으니까 사람들이 더 갖다 바치는 거죠! 나도 똑같이 권리가 있는데 아무도 나에겐 무얼 주질 않아요. 교육 이야긴 하지 말라고요. 중요한 건 돈, 돈이라고요. 난 정말 봄 외투가 새로 필요한데 돈이 없으니 사질 못하는 거예요.' 그들은 그냥 옷에만 관심이 있다고요. 겨울 외투 한 벌에 7, 8기니[41] 내는 건 아무렇지도 않게 생각해요. 광부의 딸 주제에 말이에요. 그리고 애들 여름 모자에 2기니나 쓴다고요. 그들은 2기니짜리 모자를 쓰고 교회당엘 간답니다. 내가 어릴 때는 십 실링 반짜리 모자를 쓰고 우쭐했는데. 내가 듣기로는 올해에 프리미티브 감리교회 기념제에선 천장까지 거의 맞닿을 정도의 거창한 관람대를 주일학교 아이들을 위해서 설치한답니다. 주일학교 일 학년 반을 맡은 톰슨 선생의 말이 그 관람대에 앉을 사람들의 옷값이 천 파운드를 넘을 거라나요! 사람들이 다 이런 때라니까요! 그렇지만 그들을 막을 수는 없어요. 그들은 옷이라면 환장해요. 사내애들도 마찬가지예요. 젊은 이들은 옷을 사고 담배 피우고 또 광부 복지매점에서 술을 마시고 일주일에 두세 차례는 셰필드에 놀러 가서 마지막 한 푼까지 죄다 써버리지요. 완전히 다른 세상이 되어 버렸어요. 젊은이들은 무서워하는 것도 없고 존경할 줄도 몰라요. 나이 든 사람들은 참을성도 있고 성격이 정말 좋아서 여자들이 무엇이든 다 갖게 해요. 그래서 세상이 이 판국이 된 거지요. 여자들은 참 이상한 인간들이에요. 하지만 젊은 애들은 아버지 세대와 달라요. 그들은 희생하는 게 없어요. 정말 그래요. 그저 모든 걸 자신을

---

41 21실링에 해당하는 옛 금화.—역주

위해 쓰지요. 만약에 당신이 그들에게 집을 장만하기 위해 조금씩 저축해야 한다고 말하면 그들은 '그건 다 잘 될 거예요. 그럴 거예요. 전 즐길 수 있을 때 즐기겠어요. 다른 건 다 잘 될 거예요!'라고 대꾸해요. 아, 요새 젊은이들은 버릇이 없고 이기적이에요. 모든 것은 어른들의 어깨에 떨어지지요. 사방을 봐도 참 암담해요.─"

클리퍼드는 자기가 사는 마을에 대해 새로운 생각을 하게 되었다. 전엔 그 마을 생각만 하면 늘 겁을 먹었다, 그러나 어느 정도는 안정된 곳이라 생각했다. 그런데 지금은 과연─?

"이 마을 사람들 사이에 사회주의나 볼세비키주의가 많이 횡횡하나?" 그가 물었다.

"어머나!" 볼턴 부인이 대답했다. "입심 좋은 몇 명이 떠드는 소릴 들으셨는가 봐요. 그렇지만 그렇게 말하는 사람들은 대개가 빚을 진 여자들이지요. 남자들은 그런 데 관심 없어요. 우리 테버셜 남정네들은 절대로 빨갱이는 되지 않을 겁니다. 그러기엔 너무나 점잖지요. 하지만 젊은이들은 가끔 그런 헛소리 하지요. 그런데 정말 그런 것에 관심이 있는 건 아니에요. 복지매점에서 물건을 사거나 셰필드로 놀러 갈 돈이 필요해서 그러지요. 그들의 관심은 전부 그런 것에 있지요. 아마 주머니에 돈이 한 푼도 없으면 빨갱이들이 선동하는 말에 귀를 기울이겠죠. 하지만 아무도 그런 말에 넘어가지 않아요."

"그래, 위험성은 없다 이 말인가?"

"아무렴요. 없어요! 만약에 경기가 좋으면 없을 거예요. 그렇지만 경기가 오랫동안 좋지 않게 되면 젊은이들이 이상하게 굴 거예요. 나리께 말씀드리는데 젊은이들은 이기적이고 아주 버릇이 없어요. 그렇지만 그들이 무슨 일을 저지를 것 같지는 않아요. 그들은 그 무엇을 진지하게 생각지 않아요. 단지 오토바이를 타고 으스대거나 셰필드에 있는 무도회장에서 춤을 추는 데 신경을 쓸 뿐이지요. 그들을 진지하게 **만들** 수는 없어요. 그 진지하다는 사람들은 야회복을 차려입고 팔리 무도회장에 가서 많은 여자애 앞에서 우쭐거리며 요사이 유행하는 찰스턴 춤인가 뭔가 하는 걸 추지요. 가끔 야회복을 입은 젊은이들, 광부의 아들들이 팔리 무도장으로 가느라 버스를 가득 메울 때가 있어요. 여자애들을 데리고 자동차나 오토바이를 타고 가는 젊은이들을 제외하고 말입니다. 그들은 어떤 것도 진지하게 생각하지 않아요. 던카스터 경마대회와 더비 경마대회는 예외지만요. 왜냐하면, 그들은 죄다 경마 때마다 돈을 걸고 내기를 하니까요. 그리고 축구가 있지요! 그렇지만 축구에도 전처럼 열을 쏟지 않아요. 훨씬 덜 몰두하지요. 그들 말이 축구는 노동하는 것처럼 너무나 힘들어 보인데요. 오히려 토요일 오후가 되면 오토바이를 타고 셰필드나 노팅엄으로 냅다 달리는 걸 좋아하지요."

"하지만 거기엘 가면 무엇들 하나?"

"아, 그냥 돌아다니지요—그리고 미카도 같은 멋진 찻집에서 차를 마시고, 그리고 여자애와 팔리 무도장이나 영화관이나 엠파이어 음악당 같은 곳엘 가지요. 여자애들도 남자애들처럼 아주 자유롭게 행동해요. 그들은 하고픈 대로 돌아다니지요."

"이런 델 갈 돈이 없을 때는 어떻게 하지?"

"어떻게든 돈을 마련하는 것 같아요. 돈이 없을 땐 고약하게 떠들기 시작하지요. 모든 젊은이가 원하는 건 유흥비이고 여자애들도 옷에만 신경을 쓰며 똑같이 행동하니 볼셰비키주의를 생각할 겨를이 없지요. 다른 것엔 전혀 관심이 없다고요. 사회주의자가 될 만한 두뇌도 없어요. 그 어떤 것도 심각하게 생각할 만큼 심각성이 없어요. 아마 앞으로도 절대 그렇지 못할 거예요."

코니는 하층 계급도 다른 계층과 어쩌면 그리도 똑같은가 하고 생각했다. 테버셜이나 메이페어나 켄징턴에서 어쩌면 똑같은 것이 되풀이되는지. 요사이는 오직 한 계층만 있었다. 돈만 밝히는 남자애들뿐. 돈만 밝히는 남자애와 여자애 사이의 유일한 차이는 현재 돈을 얼마나 갖고 있고 또 얼마나 원하느냐였다.

클리퍼드는 볼턴 부인의 영향을 받아서 탄광에 새로운 흥미를 갖기 시작했다. 자기도 탄광에 속해있다고 느끼기 시작했다. 새로운 형태의 자기주장이 들어서기 시작했다. 따지고 보면 그가 테버셜의 진짜 주인이고 그가 바로 탄광이 아닌가. 그것은 그가 지금까지 두려워서 움츠리고 멀리했던 것인 새로운 권력 의식이었다.

테버셜 탄광의 저장량이 점점 고갈되고 있었다. 두 곳의 탄광만이 명맥을 유지하고 있었다. 테버셜 탄광과 뉴런던 탄광이었다. 테버셜은 한때 명성을 얻은 탄광이었고 돈 잘 벌기로 이름이 났었다. 그러나 황금기는 지나갔다. 뉴런던은 한 번도 아주 풍요로운 적이 없었고 평상시엔 그런대로 수지를 맞추었다. 그러나 이제 경기가 나빠지자 뉴런던 같은 탄광은 폐쇄되기에 이르렀다.

"많은 테버셜 광부들이 이곳을 떠나 스택스 게이트와 화이트오버로 갔어요." 볼턴 부인이 말했다. "전쟁 후에 스택스 게이트에 새로 문을 연 공장들을 보신 적이 있으세요? 클리퍼드 나리. 오, 언젠가 한 번 가 보셔야지요. 아주 새로운 것들이에요. 탄갱 입구에 커다란 화학 공장들이 들어섰어요. 전혀 탄광 같지가 않다고요. 사람들이 그러는데 석탄보다는 화학적 부산물로 더 돈을 번다고 해요—그 이름이 뭔지는 잊어버렸네요. 그리고 광부들을 위해 새집을 커다랗게 지어주었는데요, 멋진 대궐 같아요! 물론 그러니까 전국에서 어중이떠중이들이 잔뜩 모여들었지요. 그리고 많은 테버셜 사람들이 그곳으로 가서 자리를 굳혀, 이곳의 광부들보다 훨씬 더 잘살고 있다고 해요. 들리는 말이 이젠 테버셜은 한물갔고 끝장이라고 해요. 단지 몇 년 더 버티다가 문을 닫을 거라고 하더군요. 그리고 뉴런던이 먼저 문을 닫을 거라는 말이 들려요. 정말 테버셜 탄광이 문을 닫는다니 어처구니가 없어요. 파업할 때는 탄광 상황이 영좋지 않았어요. 만약에 탄광이 영영 문을 닫는다면 그건 세상의 마지막과 같은 거예요. 제가 어린 처녀였을 때만 해도 이곳은 전국에서 최고의 탄광이었지요. 이 탄광에서 일하게 되면 정말 행운아라 생각했지요. 테버셜에서 한참 돈을 모은 때가 있었지요. 그런데 이젠 침몰하는 배와 같으니 모두 떠날 때라고 하는군요. 정말 듣기만 해도 소름이 끼쳐요! 그렇지만 마지막까지 절대로 떠나지 않겠다는 사람들이 꽤 있어요. 그들은 현대식 탄광, 즉 굉장히 깊은 탄갱과 그런 일들을 후딱 해치우는 기계들을 좋아하지 않아요. 이전에 사람들이 항상 하던 채탄작업을, 강철 인간이라고 부르는 기계가 그 일을 하여 그들 중에는 그것을 아주 무서워하는 이들도 있어요. 그리고 그건 또 낭비적이라고 말들을 하지요. 그러나 기계 설치에 든 비용이 노임에서 절약되니 훨씬 이득이지요. 얼마 안 있으면 지상에 인간들이 필요 없고 온통 기계들만 늘어설 날이 올 거예요. 하지만 예전에 양말 짜는 방직기가 필요 없게 되자 바로 그런 말을 했거든요. 한두 가지 말은 지금도 기억이 나요. 그렇지만 제 생각엔 기계를 많이 쓰면 사람도 그만큼 더 많이 필요할 것 같아요! 들리는 말이 스택스 게이트에서 생산하는 것과 똑같은 화학물질을 테버셜 탄광에서는 생산할 수 없다고 하는데 그건 참 웃기는 말이지요. 두 탄광의 거리가 3마일밖에 안 되는데. 그렇지만 사람들은 그렇다고 하더군요. 모두가 한목소리로 얘기하고 있어요. 무언가 새로 일을 시작해서 남자들의 수입을 좀 올려주고 젊은 여자들을 고용하지 않으면 그건 참 부끄러운 일이라고요. 모든 젊은 여자들이 매일 일을 찾아 셰필드로 몰려가다니! 모든 사람이 테버셜 탄광은 끝장이 났느니, 침몰하는 배라느니 그러니 가라앉는 배에서 달아나는 쥐새끼처럼 이곳을 떠나야 한다고 떠들 때 테버셜이 어떤 새로운 조처를 내린다면 참으로 놀라운 일이 되겠지요. 그렇지만 사람들은 말이 아주 많아요. 물론 전시엔 한창 경기가 좋았지요. 그때 제프리 경께서 전 재산을 신탁에 맡겨 어떤 상황에서든 수입은 언제나 보장받게 되었다고 그렇게들 말들을 한다고요! 그렇지만 이젠 경영자나 소유자도 별로 벌지를 못한다고 해요, 믿어지지 않겠지요! 전 탄광은 영원히 계속되리라 항상 생각했거든요. 그렇지만 제가 소녀였을 때엔 누가 그런 생각을 했겠어요! 그러나 뉴잉글랜드 탄광이 폐쇄되었고 또 콜윅 우드도 문을 닫았지요. 그래요, 덤불숲을 지나면 콜윅 우드 탄광이 나무 사이에 폐허가 된 채 서 있고 탄갱 주변에 나무숲이 무성히 자라고 철길마저 뻘겋게 녹슨 것을 보면 아주 으스스한 느낌이 들어요. 정말이지, 유령을 보는 느낌이에요! 사체 같아요. 폐허의 탄광이. 만약에 테버셜 탄광이 폐쇄되면 우린 어떻게 될까…! 도저히 생각조차 할 수 없어요. 파업할 때 말고는 항상 사람들로 붐볐지요. 파업할 때도 사람들이 조랑말을 치우지 않으면 송풍기가 멈추질 않았지요. 해마다 자기의 신세가 어찌 될지 모르니 희한한 세상이지요. 정말 어찌 될지 모르지요."

이런 볼턴 부인의 말을 듣자 클리퍼드의 마음에 투지가 새롭게 들어섰다. 그의 수입은 볼턴 부인이 지적한 대로 아주 많지는 않지만, 부친의 신탁재산 덕분에 안정적이었다. 그때까진 탄광에 정말 관심이 없었다. 그가 손에 넣으려 한 것은 다른 세계였다. 바로 문학과 명성의 세계였다. 노동의 세계가 아닌 인기의 세계였다.

이제 그는 대중적인 성공과 노동의 성공 사이의 차이를 깨달았다. 쾌락을 추구하는 대중과 노동을 추구하는 대중. 그는 사적인 개인으로서, 쾌락을 추구하는 대중에게 자기의 소설을 제공했다. 그리고 인기를 끌었다. 그러나 쾌락을 추구하는 대중 저변에는 냉혹하고 더럽고 무시무시한 노동을 추구하는 대중이 있었다. 그들 또한 제공자들을 확보해야 했다. 그런데 쾌락을 추구하는 대중을 충족시키는 것보다 노동을 추구하는 대중을 충족시키기가 훨씬 더 암울한 일이었다. 그가 소설을 집필하며 세상에서 '잘 나가고 있는' 동안 테버셜은 곤경으로 치닫고 있었던 것이다.

그는 이제 성공이란 암캐 신은 두 가지의 주된 욕망을 지니고 있음을 깨달았다. 하나는 작가와 예술가가 그 신을 보듬고 간질여주는 아첨과 아양이었다. 그러나 다른 하나는 고기와 뼈다귀를 바라는 더 암울한 욕망이었다. 그런데 암캐 신에게 고기와 뼈다귀를 공급하는 자들은 산업계에서 돈을 상당히 버는 사람들이었다.

그렇다. 암캐 신을 차지하려고 서로 으르렁대는 두 가지 개의 큰 무리가 있었다. 한 무리는 암캐 신에게 아첨을 떠는 무리로 소설과 영화와 연극 같은 오락을 제공하는 자들이고 다른 무리는 훨씬 덜 눈에 뜨이지만, 훨씬 더 야만적인 족속으로 암캐 신에게 고기, 돈이라는 실질적인 물건을 바치는 무리였다. 몸치장을 잘하고 오락을 제공하며 으스대는 개들은 저희끼리 암캐

신의 총애를 얻으려고 서로 물어뜯고 으르렁거렸다. 그러나 그것은 절대적으로 필요한 고기와 뼈다귀를 가져다주는 무언의 이판사판 싸움에 비하면 아무것도 아니었다.

하지만 클리퍼드는 볼턴 부인의 영향을 받아 산업적 생산이란 야만적인 방법으로 암캐 신을 유혹하기 위해 이 색다른 종류의 전쟁터에 들어서기로 마음을 먹었다. 여차여차해서 그는 자기 곡괭이를 높이 쳐들었다. 어떤 의미에서 볼턴 부인이 그를 사내다운 남자로 만들었는데 이러한 것은 코니가 절대로 할 수 없는 일이었다. 코니는 그와 거리를 두면서 그를 민감하게 만들고 그 자신과 자신의 상태를 의식하게끔 했다. 이와 달리 볼턴 부인은 그가 오로지 외부적인 것들만 의식하게끔 했다. 내부적으로는 그가 펄프처럼 흐물흐물해지기 시작했다. 그러나 외부적으로는 그가 효율적으로 되기 시작했다.

그는 스스로 분발하여 다시금 탄광을 방문까지 했다. 거기에 도착했을 때 그는 광차를 타고 탄갱으로 내려가, 또 광차로 갱 속의 작업장까지 이동했다. 그가 전쟁 전에 배웠으나 그 이후 깡그리 잊어버린 내용이 이제 생생하게 되살아났다. 하체가 마비되었기 때문에 그는 광차를 타고 갱내로 들어갔고 갱내 지배인이 횃불을 강력하게 밝혀서 석탄층을 그에게 보여주었다. 그는 별로 말이 없었다. 그러나 정신은 바쁘게 움직이기 시작했다.

그는 채탄 공업에 대한 기술서적들을 읽기 시작하고 정부의 보고서를 자세히 검토하고 독일어로 된 채탄과 석탄과 혈암의 화학적 처리에 대한 것들도 주의 깊게 읽어나갔다. 물론 새로 발견한 가장 귀중한 내용은 가능한 한 비밀로 간직했다. 일단 채탄 분야에서 연구를 시작하고 방법과 수단을 검토하고 석탄의 부산물과 화학적 가능성을 연구하면서 그는 현대적인 기술자들의 독창성과 거의 무시무시할 정도의 총명함에 깜짝 놀랐다. 마치 악마 자신이 산업계의 기술적 과학자들에게 악마적인 재능을 빌려준 것 같았다. 이 기술적인 산업 과학은 예술이나 문학이나 감정적으로 얼빠진 것들보다 훨씬 더 흥미로웠다. 각 분야에서 영감을 받아 새로운 것을 발견하고 그것을 실행하려고 분투하는 인간이 바로 신이나 악마처럼 보였다. 이러한 활동에서 인간은 계산할 수 있는 어떤 지성적인 나이를 초월했다. 그러나 똑같은 이 사람들이 일단 정서적이고 인간적인 삶으로 돌아오면 열세 살쯤 된 허약한 소년의 지능 수준을 보인다는 사실을 클리퍼드는 알았다. 이러한 불일치는 엄청났고 간담을 서늘하게 했다.

그러나 그건 그대로 두자. 정서적이고 '인간적인' 정신이란 면에서 일반적인 백치의 상태로 떨어진다 해도 클리퍼드는 전혀 개의치 않았다. 그런 것은 모두 될 대로 되라는 식이었다. 그는 현대적인 채탄의 기술적인 면과 테버셜을 궁지에서 끌어내는 것에만 관심을 가졌다.

그는 매일 탄갱으로 내려가 자세히 검토했다. 그 결과 총괄 지배인과 갱외 지배인과 갱내 지배인과 기술자들이 전에는 꿈도 꿔보지 못한 시련을 겪게 했다. 지배력이라! 그는 새로운 지배력이 온몸에 솟구치는 걸 느꼈다. 이 모든 지배인, 기술자들과 수백 명에 달하는 광부들 위에 군림하는 힘이었다. 그는 발견해 나가며 모든 것을 손안에 장악하고 있었다.

그는 진실로 다시 태어난 듯했다. 이제 생명력이 그의 몸 안으로 흘러들고 있었다! 그는 그동안 코니와 같이, 예술가로서, 의식적인 존재로서, 고립된 생활을 하면서, 서서히 죽어가고 있었다. 이제 그런 모든 것은 사라져라. 잠들게 하라. 그는 그냥 생명력이 석탄과 탄갱에서 흘러나와 그의 몸속으로 몰려드는 것을 느꼈다. 그에겐 갱내의 매캐한 공기가 산소보다 더 좋았다. 그건 그에게 용솟음치는 힘을 느끼게 했다. 그는 무언가를 하고 있었다. 그리고 앞으로도 무언가를 할 참이었다. 그는 이기고 이길 참이었다. 그가 소설을 써서 얻는 그런 승리가 아니었다. 질투와 악의가 온통 짖어대는 가운데서 얻는 단순한 인기와는 달랐다. 그건 석탄을, 테버셜 탄광의 탄가루를 지배하는 한 인간의 승리였다.

처음에 그는 해결책이 전기에 있다고 생각했다. 석탄을 바로 갱구에서 전기로 바꾸어 판매하면 된다고 생각했다. 그러다가 새로운 생각이 떠올랐다. 독일인들이 자동 공급기를 달아서 화부가 필요 없는 기관차 엔진을 발명했다. 거기엔 새 연료를 주입해야 했는데 특수한 조건에서 엄청난 열을 내며 조금씩 연소했다.

강렬한 열을 뿜어내면서 아주 천천히 연소하는 이 새로운 농축 연료에 대한 착안이 처음으로 클리퍼드의 관심을 끌었다. 그런 연료를 태우려면 단순히 공기만 공급하는 것이 아니라 틀림없이 어떤 종류의 외적인 자극이 필요할 것이었다. 그는 실험을 시작했고 화학 분야에서 탁월한 능력을 보인 총명한 젊은이를 보조자로 채용했다.

그리고 그는 의기양양해졌다. 그가 마침내 자신으로부터 탈출했다. 그는 평생 마음속 깊이 염원했던 자신으로부터의 탈출을 이루었다. 예술은 그를 위해 그 일을 해내지 못했다. 예술은 사태를 더 악화시킬 뿐이었다. 그러다 지금, 바로 지금 그걸 성취했다.

그는 볼턴 부인이 얼마나 뒤에서 그를 밀어주었는지를 인식하지 못했다. 자신이 그녀에게 얼마나 의존적이었는지를 알지 못했다. 그렇지만 그가 그녀와 함께 있을 때는 그의 목소리가 친밀하고 편안한 어조로 바뀌는 것은 분명했다. 거의 품위가 좀 떨어질 정도였다.

코니와 함께 있으면 그는 좀 굳어졌다. 그는 아내에게 모든 것을, 그야말로 모든 것을 빚졌다고 느꼈다. 그녀가 겉으로 존경심을 보이는 한 그도 최대한의 존경과 배려를 보였다. 그러나 마음속으로는 그녀를 두려워한 것은 분명했다. 그의 안에는 새로운 아킬레스[42]의 발뒤꿈치가 있었는데 만약에, 그의 아내인 코니 같은 여자가 그 발뒤꿈치를 건드리는 날엔 그가 치명적인 상

---

42 호메로스의 〈일리아스〉에 나오는 영웅으로 그의 약점인 발뒤꿈치에 화살을 맞아 전사했다.—역주

처를 입고 절름거릴 수밖에 없었다. 그래서 그는 코니를 무서워하는 나머지 반쯤 아첨하는 태도를 보이고 그녀를 지극히 잘 해주었다. 그러나 그녀에게 말할 때 그의 목소리는 약간 긴장해서 그녀가 곁에 있을 때는 입을 다물기 시작했다.

다만 볼턴 부인과 함께 있을 때만 그가 진정 군주와 주인처럼 느끼며 그의 목소리는 그녀의 목소리가 그러하듯 거의 거리낌 없이 수다스럽게 줄줄 흘러나왔다. 그리고 그녀가 그에게 면도해주던가 아니면 어린애가 된 양 그의 온몸을 스펀지로 닦아주게 했다. 정말로 그는 어린애같이 굴었다.

제10장

이제 코니는 상당 시간을 홀로 보냈다. 그전보다 라그비 저택을 방문하는 사람도 가물에 콩 나듯 했다. 클리퍼드는 손님이 오는 걸 더는 원치 않았다. 자기 친구 패거리에게도 등을 돌리다시피 했다. 그는 괴상하게 변했다. 라디오를 훨씬 더 좋아하여 상당한 비용을 들여서 설치를 시도하다 드디어 성공했다. 주파가 불안한 중부지방에서도 가끔 마드리드나 프랑크푸르트의 소식을 접할 수 있었다.

그는 몇 시간이고 홀로 앉아서 왕왕거리며 떠드는 스피커에 귀를 기울였다. 그런 모습에 코니는 놀라고 어리둥절해했다. 그러나 그는 그냥 죽치고 앉아 얼굴엔 무엇에 취한 양 멍한 표정을 띠고 이성을 잃은 사람처럼 이루 말할 수 없는 것에 귀 기울이거나, 기울이는 것 같았다.

그는 정말 듣고 있는 것일까? 아니면 그건 자기 안 저 아래에서 무언가가 작동하는 동안, 일종의 수면 상태에 들어간 것일까? 코니는 알 수 없었다. 그녀는 자기 방으로 달아나거나 옥외의 숲으로 나갔다. 일종의 공포감이 가끔 그녀 마음에 가득 찼다. 문명인이라는 종족 전체가 막 미쳐가기 시작한다는 공포감이었다.

하지만 이제 클리퍼드는 이렇게 또 다른 산업 활동의 기이함을 향해 가면서, 밖은 딱딱하고 효율적인 껍데기에 싸이고 속은 물렁물렁한 과육이 든 이상한 생물체, 현대 산업계와 금융계의 경이로운 게나 바닷가재 중 하나로, 겉은 기계처럼 강철이고 속은 말랑말랑한 살이 든 갑각류의 무척추동물로 거의 급격하게 변해가고 있었다. 코니 자신은 정말로 완전히 궁지에 몰렸다.

그녀는 심지어 자유롭지도 않았다. 클리퍼드가 그녀를 곁에 잡아두었기 때문이다. 그녀가 그를 떠날까 봐 불안해하며 겁먹은 듯했다. 그의 이상하게 과일처럼 말랑말랑한 부분이, 정서적이고 인간적으로 개인적인 부분이 어린애처럼 거의 백치처럼 겁을 먹고 그녀에게 의존했다. 그녀는 거기, 라그비 저택에, 그의 아내로, 채털리 부인으로 있어야 했다. 그렇지 않으면 그가 황야의 백치처럼 길을 잃고 헤맬 것이다.

이런 놀랄 정도의 의존을 코니는 치를 떨며 무서워했다. 그녀는 그가 탄광 지배인들, 이사회의 이사들, 젊은 과학자들과 나누는 말을 들었다. 사물을 꿰뚫는 그의 예리한 투시력과 소위 실용적인 사람들을 지배하는 용의주도한 물질적인 권위에 그녀는 놀라워했다. 그 자신이 실용적인 사람이, 놀라울 정도로 기민하고 강력한 주인이 되어있었다. 코니는 이렇게 된 것은, 그의 인생에서 위기에 처한 이때 볼턴 부인이 그에게 끼친 영향력 때문이라고 생각했다.

그러나 이렇게 기민하고 실용적인 사람이 그 자신의 정서적인 삶에 홀로 남으면 거의 백치처럼 되었다. 그는 코니를 숭배했다. 그녀는 그의 아내요 지고한 존재였다. 그는 기이하고 비겁한 자세로, 야만인처럼, 그녀를 우상처럼 숭배했다. 우상의, 대단히 무서운 우상의 힘을 엄청 두려워하며, 심지어 증오하는 마음으로 숭배했다. 그가 원하는 유일한 것은 코니가 그를 떠나지 않겠다고 맹세하는 것, 그를 버리지 않겠다고 맹세하는 것이었다.

"클리퍼드!" 그녀가 말했다 — 그러나 이 말은 그녀가 오두막 열쇠를 손에 넣은 후에 했다 — "내가 언젠가 아이 갖는 것을 정말 원하세요?"

그가 좀 튀어나오고 허멀건 눈에 염려의 빛을 은밀히 띠며 그녀를 쳐다보았다.

"우리 사이에 변화가 없다면 반대를 않겠소." 그가 말했다.

"무엇에 대한 변화가 없다면요?" 그녀가 물었다.

"당신과 나에 대해서. 서로를 향한 사랑에 대해서 말이오! 그것에 영향을 준다면 난 전적으로 반대요. — 어쩌면 내가 언젠가는 우리의 아기를 잉태케 할지도 모르니까!"

그녀가 놀라서 그를 쳐다보았다.

"내 말은 그 힘이 멀지 않은 장래에 되살아날 수 있다는 거요."

그녀가 여전히 놀라며 그를 빤히 쳐다보니 그가 불안해했다.

"그러니 내가 아이를 가지면 좋아하지 않을 거죠?" 그녀가 말했다.

"내 말은," 그가 구석에 몰린 개처럼 얼른 말을 이었다. "나에 대한 당신의 사랑에 영향을 주지 않는다면 난 기꺼이 그걸 바라겠소. 그러나 감정에 영향을 준다면 난 결사코 반대하겠소."

코니는 차가운 공포와 멸시감에 사로잡힌 채 조용히 있을 수밖에 없었다. 그런 말은 사실 백치가 지껄이는 말과 같았다. 그는 자기가 무슨 말을 하는지 분별을 하지 못했다.

"아, 그런 일은 당신을 향한 나의 감정에 아무런 영향을 줄수가 없죠." 그녀가 어느 정도 냉소적인 어조로 말했다.

"바로 그거요!" 그가 말했다. "그게 핵심이지! 그런 경우엔 난 조금도 개의치 않겠소. 내 말은 어린애가 집 안에서 뛰어놀고 그 애를 위해서 내가 미래를 준비한다는 것은 아주 좋다는 거요. 그러면 난 노력할 목표가 있는 거지. 그리고 여보, 그 앤분명 당신의 애니까! 그러면 내 애나 마찬가진 거요. 왜냐하면, 이 문제에서 중요한 건 당신이니까. 무슨 말인지 알겠소? 난 이 문제에 개입이 안 되는 거고, 무와 같은 존재요. 삶에 관한 한 당신은 대주관자인 거요! 그걸 알고 있지 않소? 나에 관한 한 말이오. 당신이 없다면 난 완전히 아무것도 아닌 거요. 난 당신을 위해, 당신의 미래를 위해 사는 거요. 나야 나 자신에게 아무것도 아닌 존재지―"

코니는 이 모든 말을 들으니 깊은 낭패와 혐오감을 느꼈다. 그건 인간 존재를 독살하는 소름 끼치는 반쪽만의 진실이었다. 그 어떤 남자가 제정신으로 그런 말을 여자에게 할까? 그러나 남자들은 다 제정신이 아니다. 약간의 명예심을 가진 남자라면 어떻게 이 소름이 끼치는 무거운 삶의 책임을 여자에게 떠맡기고 허공에 그냥 내동댕이칠 수 있단 말인가?

더구나 반 시간도 못되어 코니는 클리퍼드가 볼턴 부인에게 달아오른 충동적인 목소리로 말하는 소릴 들었다. 그건 마치 정부나 유모를 대하듯 냉담한 척하면서 열정적으로 자신을 드러내며 하는 말이었다. 볼턴 부인이 그에게 야회복을 정성스레 입히고 있었다. 왜냐하면, 집 안에 사업상 중요한 손님들이 와있기 때문이었다.

코니는 이 당시 죽을 것 같다고 정말 가끔 느꼈다. 그녀가 괴기한 거짓말과 백치 같은 놀라운 잔인성에 짓눌려서 죽어가고 있다고 느꼈다. 어떤 면에서 그녀를 압도하는 클리퍼드의 이상한 사업 능률성, 그가 내심으로 그녀를 숭배한다는 선언은 그녀를 공황상태에 빠트렸다. 그들 사이엔 어떤 접촉도 없었다. 요사이 그의 몸에 손을 댄 적이 없고 그도 그녀의 몸에 손을 댄 적이 없었다. 그녀의 손조차 다정하게 잡은 적이 없었다. 아니! 그들 사이엔 철저하게 전혀 접촉이 없어서 그가 그녀를 숭배한다고 선언하여 그녀를 괴롭혔다. 그건 완전한 성적 불능에서 나오는 잔인성이었다. 그녀는 자기가 이성을 잃던가 아니면 죽게 될 것이라 느꼈다.

그녀는 할 수 있는 한 되도록 숲으로 도망쳤다. 어느 날 오후 그녀가 존의 샘물에서 물이 차갑게 솟아오르는 것을 보며 앉아 있을 때 사냥터지기가 그녀에게 성큼성큼 걸어왔다.

"마님, 여기 열쇠를 하나 만들어 왔어유!" 그가 인사를 하며 열쇠를 내밀었다.

"너무나 고마워요!" 그녀가 깜짝 놀라 말했다.

"오두막이 별로 깨끗하지는 못해도 괜찮으신지요." 그가 말했다. "치운다고 치우긴 했습니다."

"그렇지만 폐를 끼칠 생각은 없었어요!" 그녀가 말했다.

"아. 폐랄 게 없습니다. 전 일주일 후엔 암탉에 알을 품게 할 겁니다. 그렇지만 암탉들이 마님을 무서워하진 않을 거예요. 아침저녁으로 닭을 돌보아야 합니다. 그렇지만 마님에게 방해는 안 되게 할 겁니다."

"나를 신경 쓰지 마세요." 그녀가 힘주어 말했다. "내가 방해된다면 차라리 오두막엘 가지 않겠어요."

그가 푸른 눈으로 날카롭게 그녀를 쳐다보았다. 그건 다정하지만 거리를 둔 표정이었다. 그는 마르고 병색이 돌지만 적어도 정신은 말짱하고 건전해 보였다. 그가 기침을 했다.

"기침을 하시네요!" 그녀가 말했다.

"아무것도 아닙니다—감기인 걸요! 지난번 앓은 폐렴으로 기침을 좀 합니다—그러나 아무것도 아닙니다."

그는 그녀와 거리를 두고 더 가까이 다가서려 하지 않았다.

그녀는 상당히 자주 오두막으로 갔다. 오전이든 오후든 갔지만, 그는 얼씬하지 않았다. 그가 일부로 그녀를 피하는 것이 틀림없었다. 그는 자신만의 사적 생활을 하고 싶어 했다.

그는 오두막을 잘 정돈해 놓았다. 작은 탁자와 걸상은 난로 곁에 놓고, 작은 무더기의 불쏘시개와 장작을 마련하였다. 연장들과 덫은 될 수 있는 한 멀리 치워서 그의 흔적을 보이지 않게 했다. 바깥의 공터에다 그가 나뭇가지와 밀짚으로 낮고 작은 지붕을 만들어 닭들이 들어가게 했다. 지붕 아래에 다섯 개의 우리가 있었다. 하루는 그녀가 그곳에 왔을 때 두 마리의 갈색 암탉이 잔뜩 경계하는 사나운 표정으로 꿩의 알들을 품고 있는 걸 보았다. 그 암탉들은 생각에 잠긴 암컷 피의 열기에 몸을 묻고 아주 의기양양하게 깃털을 잔뜩 부풀리고 있었다. 이걸 보니 코니의 가슴이 찢어지는 듯했다. 그녀 자신은 처절히 내던져진 쓸모없는 인간으로 전혀 여자도 아니고 단지 겁에 질린 존재에 불과했다.

얼마 후에 다섯 개의 우리 모두에 암탉이 들어가 있었다. 세마리는 갈색이고 나머지는 회색과 검은색이었다. 이 다섯 마리는 똑같이 터럭을 잔뜩 부풀리고 암컷의 강한 충동과 본능을 드러내며 부드럽고 묵직하게 편안한 자세를 취하며 알을 품고 있었다. 코니가 그들 앞에 웅크리고 앉아 있으니 닭들이 눈을 반짝이며 그녀를 쳐다보았다. 그리곤 놀라고 화가 나서 짧고 날카롭게 꼬꼬 하며 소릴 질렀다. 가까이 접근해 가자 암컷의 분노가 터진 것이었다.

코니는 오두막의 모이통에 밀이 들어있는 것을 보았다. 그녀는 손바닥에 모이를 놓고 암탉들에 내밀었다. 그러나 그걸 먹지 않으려 했다. 단 한 마리만 날카롭게 그녀의 손을 쪼아대서 코니는 몹시 놀랐다. 그렇지만 그녀는 아무것도 먹지 않고 마시지도 않으면서 알을 품고 있는 닭들에 먹을 것을 주고 싶었다. 그래서 작은 깡통에 물을 가져다주고 그것들 중 한 마리가 물을 마시자 너무나 기뻤다.

이제 코니는 매일 그 암탉들에 갔다. 그들이야말로 이 세상에서 그녀의 마음을 녹여주는 유일한 존재였다. 클리퍼드가 항의하면 그녀는 머리끝에서부터 발끝까지 몸이 싸늘해졌다. 볼턴 부인의 목소리는 그녀를 얼어붙게 하며 사업상 집을 방문하는 사람들도 마찬가지였다. 마이클리스가 이따금 보내는 편지도 마찬가지로 몸을 얼어붙게 했다. 만약에 그런 상태가 더 계속된다면 그녀는 분명 죽을 것 같았다.

하지만 때는 봄이었다. 남빛의 종꽃이 숲에서 피어나고 개암나무의 새잎이 녹색의 비가 후드득 떨어지듯 사방에서 터지고 있었다. 봄은 오는데 모든 것이 냉담하고 또 냉담하니 얼마나 처절한가. 단지 너무도 경이롭게 터럭을 부풀리고 알을 품는 암탉들의 여성적인 몸만이 열기를 품고 있을 뿐이었다! 코니는 항상 기절 직전의 상태에서 살고 있다는 느낌이 들었다.

그러다가 아주 화창한 날 개암나무 아래에 앵초가 커다란 타래로 피고 제비꽃들이 오솔길 여기저기에 피었다. 그날 오후에 그녀가 닭장에 왔는데 아주 작고 작은 병아리가 우리 앞에서 거드름을 피우며 아장아장 걷고, 어미 닭은 겁에 질려 꼬꼬댁거리고 있었다. 그 여린 작은 병아리는 검은 반점이 박힌 회갈색이었다. 그 순간 이 세상천지에서 가장 초롱초롱하게 살아있는 생명의 불꽃이었다. 코니는 너무도 황홀한 나머지 웅크리고 앉아 쳐다보았다. 생명이구나! 생명! 순수하고 불꽃 튀며 겁을 모르는 새로운 생명! 새로운 생명이야! 저렇게 앙증맞게 작으면서도 완전히 겁이 없다니! 그 병아리가 어미의 요란스런 외침에 질겁을 하고 우리 속으로 다시 들어가 어미 닭의 터럭 밑으로 사라질 때도 그 새끼는 전혀 겁을 먹지 않고 그걸 놀이로, 삶의 놀이로 생각하는 듯했다. 왜냐하면, 잠시 후에 그 작은 새끼가 어미의 황갈색 터럭 사이로 뾰족한 머리를 내밀고 우주를 내다보고 있었기 때문이다.

코니는 이에 넋을 잃다시피 했다. 동시에 자기가 여자로서 버림받았음을 그토록 뼈저리게 아파한 적이 없었다. 상황은 도저히 참을 수가 없게 되어갔다.

그녀는 이제 딱 한 가지 열망밖에 없었다. 숲의 공터로 가는 것이었다. 그 밖의 나머지는 고통스러운 꿈일 뿐이었다. 그러나 가끔은 안주인의 의무를 하느라 라그비 저택에서 온종일 지내야 했다. 그런 때엔 그녀 또한 머리가 텅 비어 미쳐가고 있다고 느꼈다.

어느 날 저녁 손님이 있건 없건 개의치 않고 그녀는 차를 마신 후 집을 빠져나왔다. 늦은 저녁이고 그녀는 누가 불러 돌아오라고 할까 봐 겁을 먹은 사람처럼 정원을 가로질러 달아나다시피 했다. 그녀가 숲에 들어서자 해는 장밋빛으로 지고 있었다. 그러나 그녀는 꽃 사이로 계속 총총 걸어갔다. 빛은 머리 위로 오랫동안 비칠 것이었다.

얼굴은 달아오르고 정신은 좀 멍한 상태로 그녀는 공터에 도착했다. 마침 사냥터지기가 거기에 있었다. 그가 셔츠 바람으로 꿩 새끼들이 밤사이 무사하도록 우리의 문을 막 닫고 있었다. 그러나 작고 빠른 황갈색 어린 꿩 세 마리는, 어미의 걱정에 찬 소리에도 아랑곳하지 않고 밀짚 지붕 밑에서 작고 가는 다리로 아직 아장거리고 있었다.

"새끼 꿩들을 너무 보고 싶어서 왔어요!" 그녀가 숨을 헐떡이며 말했고, 그를 거의 의식지 않고 좀 부끄러운 듯 사냥터지기를 흘낏 보았다. "새끼 꿩들이 더 나왔나요?"

"지금까지 서른여섯 마리가 돼요!" 그가 말했다. "나쁜 편은 아니지요!"

그 또한 새끼 꿩들이 알을 깨고 나오는 걸 보는 데서 묘한 즐거움을 느꼈다.

코니가 맨 끝 우리 앞에 쭈그리고 앉았다. 세 마리의 새끼 꿩들이 벌써 우리 안으로 들어가 버렸다. 그러나 그들의 까불거리는 머리를 어미 닭의 노란 깃털 사이로 빠끔히 내밀더니 다시 감추어버렸다. 그러다 오직 구슬 같은 작은 머리 하나만 커다란 어미 닭의 품에서 밖을 내다보고 있었다.

"새끼 꿩들을 만져보고 싶어요." 그녀가 우리의 창살 사이로 손가락을 조심스레 들이밀며 말했다. 그러나 어미 닭이 그녀의 손을 매섭게 쪼아대서 코니는 질겁하며 손을 뺐다.

"내 손을 매섭게 쪼아대네요! 날 싫어하는 가 봐요!" 그녀가 의아해하는 목소리로 말했다. "하지만 해치려고 한 건 아닌데!"

뒤에 서 있는 사냥터지기가 웃어댔다. 그리고 그가 그녀 곁에서 무릎을 벌린 채 쭈그리고 앉아서 손을 우리 안으로 천천히 자신만만하게 넣었다. 어미 닭이 그의 손을 쪼았지만, 이번엔 그리 매섭지 않았다. 천천히 부드럽게, 아주 자신 있고 부드러운 손가락으로 그가 어미 닭의 깃털 사이를 더듬더니 손을 오므려 약하게 삐악거리는 새끼 꿩을 끌어냈다.

"자, 여기 있습니다." 그가 그녀에게 손을 내밀며 말했다.

그녀는 그 작디작은 황갈색의 새끼 꿩을 두 손으로 받았다. 그 어린 것이 그녀의 손바닥 안에 버티지 못할 것 같은 앙상한 다리로, 거의 무게를 느낄 수 없는 다리로 서 있는데, 바들바들 떨면서 균형을 잡는 생명체의 떨림이 코니의 손으로 전달되었다. 그러나 새끼는 앙증맞은 말쑥한 작은 머리를 대담하게 쳐들며 주위를 날카롭게 둘러보더니 작은 소리로 "삐악거렸다!"

"너무나 귀여워요! 너무나 깜찍해요!" 그녀가 부드럽게 말했다.

사냥터지기가 그녀 곁에 쭈그리고 앉아 재미있는 표정으로 그녀 손바닥에 있는 그 대담하고 작은 새끼를 보고 있었다. 갑자기 그녀의 손목 위에 눈물 한 방울이 떨어지는 걸 보았다.

그가 일어나 다른 우리로 옮겨가 멀리 떨어져 서 있었다. 왜냐하면, 갑자기 그의 허리춤에서 그가 영원히 가라앉기를 바랐던 그 예전의 불꽃이 솟아오르는 것을 느꼈기 때문이다. 그는 등을 돌려 그것과 대항해 싸웠다. 그러나 불꽃은 약동하며 아래로 내려가더니 그의 무릎 안에서 빙빙 돌아다녔다.

그는 다시 몸을 돌려 그녀를 쳐다보았다. 그녀는 무릎을 꿇고 아무 생각 없이 두 손을 앞으로 내밀어 새끼 꿩이 다시 어미 닭에게 돌아가게 했다. 그녀에겐 너무나 말 없고 쓸쓸한 어떤 것이 있어서 그녀를 향한 연민의 정이 그의 내부에서 불타올랐다.

자기도 모르게 그는 재빨리 그녀에게 다가가 다시 그녀 곁에 쭈그리고 앉아서, 그녀가 암탉을 두려워하기 때문에, 그녀 손에 있는 새끼 꿩을 잡아, 우리에 넣었다. 그의 허리춤 뒤에서 불꽃이 갑자기 더 거세게 튀어 올랐다.

그는 염려스런 눈길로 그녀를 흘낏 보았다. 그녀는 얼굴을 돌리고 그녀 세대의 처절한 외로움에 사무쳐 막무가내로 흐느껴 울기 시작했다. 그의 심장은 한 점의 불꽃마냥 갑자기 녹아내렸고 그는 손을 뻗어 그녀의 무릎에 얹었다.

"이렇게 우시면 안 됩니다." 그가 부드럽게 말했다.

그러자 그녀는 양손에 얼굴을 파묻고 그녀의 심장이 정말로 갈기갈기 찢어져도, 더는 문제 될 것이 없다고 느꼈다.

그는 자기 손을 그녀의 어깨에 얹었다. 그다음에는 부드럽고 다정하게 그녀 등의 곡선을 따라 정신없이 쓸어내리고 그녀의 웅크린 허리춤의 굽은 데까지 이르렀다. 거기에서 그의 손은 허리의 굽은 곳을 부드럽고 부드럽게 솟구치는 본능으로 애무하며 쓰다듬었다.

그녀는 손수건을 찾아 얼굴에 흐르는 눈물을 정신없이 닦아내려 했다.

"오두막으로 들어가시겠어요?" 그가 조용하고 감정 없는 목소리로 말했다.

그리고 그녀의 팔을 부드럽게 잡고 그녀를 일으켜 세워 천천히 오두막으로 이끌었다. 그녀가 안으로 들어갈 때까지 손을 놓지 않았다. 그러고 나서 그가 걸상과 탁자를 옆으로 치우고 연장통에서 갈색의 군인 담요를 꺼내 바닥에 천천히 펼쳤다. 그녀는 꼼짝 않고 서서 그의 얼굴을 쳐다보았다.

그의 얼굴은 운명에 복종하는 사람의 얼굴처럼 창백하고 표정이 없었다.

"거기에 누우시지요!" 그가 부드럽게 말했다. 그리고 문을 닫으니 오두막 안이 캄캄해졌다. 아주 캄캄해졌다.

그녀는 이상하게 순종하며 담요 위에 누웠다. 그러고 나서 제어할 수 없게 욕정에 달아오른 오른손이 그녀의 몸을 부드럽게 더듬으며 만지다가 얼굴에 와 닿는 걸 그녀는 느꼈다. 그 손은 그녀의 얼굴을 부드럽게 부드럽게 쓸어내리며 그녀에게 한없는 위안과 자신감을 안겨주었다. 그리고 드디어 그녀의 뺨에다 부드럽게 키스하는 걸 느꼈다.

그녀는 잠에 취한 듯, 꿈을 꾸는 듯, 아주 조용히 누워있었다. 그리고 그의 손이 부드럽게, 그렇지만 이상하게 어색해하며 그녀의 옷 사이를 더듬는 걸 느끼고는 몸을 부르르 떨었다. 그러나 그 손은 어느 곳의 옷을 벗겨야 할지 또한 알고 있었다. 그는 부드럽고 조심스레 그녀의 얇은 실크 겉옷을 밑으로 끌어내려 발 위로 벗겨냈다. 그런 다음 격렬한 쾌감으로 몸을 떨며 따스하고 부드러운 그녀 몸을 애무하다가 배꼽에다 잠깐 키스를 했다. 그는 곧 그녀에게 들어가야 했다. 그녀의 부드럽고 잠잠

한 몸의 대지의 평화 속으로 들어가야 했다. 그건 그에게 순수한 평화의 순간이었다. 그 여자의 몸 안으로 들어가는 것은.

그녀는 일종의 잠에 취해, 계속 잠에 취해 미동도 않고 누워있었다. 몸의 움직임, 오르가슴은 그의 것, 온통 그의 것이었다. 그녀는 더 이상 자신을 위해 애쓸 수가 없었다. 그가 두 팔로 그녀의 몸을 꽉 부여잡고 그의 몸을 요란하게 움직이고 그녀의 몸 안에다 그의 씨를 쏟아내는 것도 일종의 꿈이었다. 그가 일을 끝내고 그녀의 가슴팍에 얼굴을 파묻고 부드럽게 숨을 할딱일 때야 그녀가 그 꿈에서 깨어나기 시작했다.

그때야 그녀는 왜냐고 물었다. 그저 희미하게 왜냐고 물었다. 왜 이것이 필요하지? 왜 이것이 그녀를 덮었던 커다란 구름을 걷어내고 평화를 주는 거지? 이게 정말인가? 이게 진짜인가?

그녀의 고통스러워하는 현대적 여성의 두뇌는 아직 평화를 받아들이지 못했다. 이게 진짜인가?—그리고 자기가 그 남자에게 자신을 내어주었다면 그건 진짜라는 걸 깨달았다. 그러나 만약에 그녀 자신을 위해 자신을 계속 부여잡고 있으면 그건 아무짝에도 쓸모없다는 걸 알았다. 그녀는 늙었다. 수백만 년의 나이를 느꼈다. 마침내 그녀는 자신이라는 짐을 더 이상 견뎌낼 수 없었다. 누군가에게 그 짐을 지도록 내어주어야 했다. 짐을 지도록 내어주어야 했다.

남자는 신비로운 고요 속에 누워있었다. 그는 무엇을 느끼고 있는 걸까? 무슨 생각을 하고 있나? 그녀는 알 수 없었다. 그녀에겐 완전히 그는 낯선 남자여서 그를 통 알 수 없었다. 그녀는 그저 기다려야만 한다. 왜냐하면, 감히 그의 신비스런 고요를 깰 수 없었기 때문이다. 그는 그녀의 몸을 팔로 감싼 채, 그의 몸을 그녀의 몸에 얹고, 그의 축축한 몸은 그녀의 몸에 아주 밀착된 채 거기에 누워 있었다. 그리고 완전히 미지였다. 그러나 평화스럽지 않은 것은 아니었다. 그의 고요함 자체가 평화였다.

드디어 그가 일어나 그녀에게서 몸을 뗄 때야 그녀는 그것을 알았다. 그것은 버림받음과 같았다. 그가 캄캄한 데서 그녀의 옷을 그녀의 무릎 위로 끌어놓고 잠시 서 있었다. 분명 자기 옷을 입고 있는 것이었다. 그런 다음 그가 조용히 문을 열고 밖으로 나갔다.

그녀는 아주 밝고 작은 달이 참나무들 넘어 저녁놀을 배경으로 밝게 빛나고 있는 걸 보았다. 그녀는 빨리 일어나 옷을 입었다. 그녀는 옷매무새를 단정하게 했다. 그리곤 오두막의 문 쪽으로 갔다.

숲의 아래쪽은 모두 그늘이 져서 거의 캄캄하다시피 했다. 그렇지만 머리 위의 하늘은 수정처럼 맑았다. 그런데도 하늘은 빛이 거의 없었다. 그의 얼굴이 창백한 얼룩처럼 떠서, 응달진 숲에서 그녀에게로 다가왔다.

"그러면 가시겠습니까?" 그가 말했다.

"어디로요?"

"대정원의 출입문까지 바래다 드리겠습니다."

그는 자기가 하던 식대로 모든 걸 정리했다. 그가 오두막의 문을 걸고 그녀 뒤를 따라갔다.

"후회하시는지요? 마님?" 그가 곁에서 걸으면서 물었다.

"내가요? 아니에요! 댁은 어때요?" 그녀가 물었다.

"그것 자체론 아닙니다!" 그가 말했다. 그리곤 잠시 후에 덧붙여 말했다. "그렇지만 다른 여러 가지 문제들이 있습니다."

"어떤 다른 문제들이오?" 그녀가 물었다.

"클리퍼드 경이 있지요. 다른 사람들이 있어요! 여러 가지 복잡한 문제들이 있습니다."

"왜 복잡한 문제들이지요?" 그녀가 실망해서 물었다.

"항상 그렇습니다. 마님뿐만 아니라 저에게도요. 항상 복잡한 문제가 따라다닐 겁니다." 그는 어둠 속에서 계속 걸어갔다.

"그래 후회하세요?" 그녀가 물었다.

"어떤 면에서는요!" 그가 하늘을 올려다보며 대답했다. "전 이런 문제는 다 끝냈다고 생각했지요. 이제 막 다시 시작하는군요."

"무얼 시작했다는 거죠?"

"삶이오."

"삶이라고요!" 그녀가 묘한 전율을 느끼며 그 말을 되풀이했다.

"삶입니다." 그가 말했다. "삶에서 완전히 벗어날 수는 없어요. 만약 삶에서 완전히 벗어나면 그건 죽은 거나 매한가지입니다. 그래서 제가 다시 깨져 열리면 그렇게 해야겠―."

그녀는 그 일을 그런 식으로 이해하지 않았다. 그렇지만 여전히―.

"그건 바로 사랑이지요." 그녀가 쾌활하게 말했다.

"그게 뭐든 간에요!" 그가 대꾸했다.

그들은 말없이 컴컴한 숲길을 걸어갔다. 마침내 출입문 가까이 도달했다.

"그렇지만 절 미워하지는 않죠?" 그녀가 생각에 잠겨 물었다.

"아니, 아닙니다!" 그가 대답했다. 그리고는 그가 갑자기 예전부터 남녀를 엮어준 그 열정으로 그녀를 가슴팍에 바짝 끌어안았다. "아닙니다. 저에겐 참 좋았습니다. 좋았어요. 마님께도 좋았습니까?"

"그래요. 나도 좋았어요." 그녀가 약간 진실치 못하게 대답했다. 왜냐하면, 그녀는 많은 부분을 의식하지 못했기 때문이다.

그가 따스한 입술로 그녀를 부드럽고 부드럽게 키스해 주었다.

"세상에 이렇게나 많은 다른 사람이 없다면!" 그가 슬픈 어조로 말했다.

그녀가 웃음을 터뜨렸다. 그들은 정원의 출입문까지 왔다. 그녀가 들어가도록 문을 열어주었다.

"더 이상은 가지 않겠습니다." 그가 말했다.

"오지 마세요!" 그녀가 악수를 청하듯 손을 내밀었다. 그렇지만 그는 양손으로 그녀의 손을 잡았다.

"내가 다시 가도 될까요?" 그녀가 간절하게 물었다.

"네! 물론이지요!"

그녀는 그의 곁을 떠나 정원을 가로질러 갔다.

그는 뒤에 서서 그녀가 어슴푸레한 지평선을 등지고 어둠으로 들어가는 걸 지켜보았다. 거의 비통해하며 그녀가 사라지는 모습을 지켜보았다. 그가 홀로 있기를 원했었는데 그녀가 불쑥 나타나 그를 세상과 다시 연결해 놓았다. 인생의 온갖 고초를 겪고 마침내 홀로 있기를 원하는 한 남자의 비통한 사적 공간을 그녀가 깨트려버렸다.

그는 몸을 돌려 컴컴한 숲 속으로 들어섰다. 사방은 적막했고 달은 이미 기울었다. 그러나 그는 밤의 소음, 스택스 게이트의 엔진 소음이며 큰길에서 나는 차들의 소음을 인식했다. 그는 벌목된 언덕을 천천히 올라갔다. 그 꼭대기에서 그는 그 고장을 다 내려다볼 수 있었다. 스택스 게이트의 줄지어 선 반짝이는 불빛들, 그보다 작은 테버셜 탄광의 불빛들, 테버셜 마을의 노랑 불빛들. 그리고 어두운 마을의 이곳저곳 사방에 흩어진 불빛에 더하여, 밤이 맑아 멀리서도 용광로에서 뿜어내는 연한 장밋빛의 불빛, 백열화된 쇳물이 뿜어내는 장밋빛이 보였다. 스택스 게이트의 날카롭고 사악한 전깃불들! 거기엔 무어라 규명할 수 없는 악의 중추가 도사리고 있었다! 그리고 중부지방의 공업화된 밤의 온통 불안한 그리고 시시때때로 변하는 공포가 도사리고 있었다! 저녁 일곱 시에 광부들을 갱 속으로 내려보내는 스택스 게이트의 윈치 엔진소리를 들을 수 있었다. 탄광은 삼교대로 작업을 했다.

그는 다시 숲의 어둠 속으로, 은둔 속으로 걸어 내려갔다. 그러나 그는 숲의 은둔이 단지 환상에 불과하다는 걸 알고 있었다. 공장의 소음이 고독을 깨트리고 눈에 보이진 않지만 날카로운 불빛이 고독을 조롱했다. 인간은 더 이상 홀로 떨어져 은둔생활을 할 수 없었다. 세상이 은둔자를 허용치 않았다. 이제 그가 여자를 선택했으니, 스스로 고통과 운명의 새로운 삶의 주기를 불러온 것이었다. 그는 지금까지의 경험으로 그것이 무엇을 의미하는지를 잘 알고 있었다.

그것은 여자의 잘못이 아니었다. 그렇다고 사랑의 잘못이나 섹스의 잘못도 아니었다. 잘못은 저기에, 저 밖에, 사악한 전깃불과 악마 같은 엔진의 덜컥거리는 소리에 놓여있었다. 거기, 기계화된 탐욕스럽고 탐욕스런 기계주의와 기계화된 탐욕의 세상에, 거기, 번쩍이는 불빛과 마구 쏟아지는 뜨거운 쇳물, 차량의 소음 속에 그 거대한 악이 도사리고 있으면서 순응하지 않는 것은 죄다 파괴하였다. 그것은 얼마 안 있어 숲을 파괴할 것이고, 남색의 종꽃은 더 이상 피어나지 않을 것이다. 모든 연약한 것들은 구르며 달리는 쇳덩이 밑에 깔려 사멸할 수밖에 없다.

그가 여자를 생각하니 한없이 애틋한 정이 밀려왔다. 불쌍하고 외로운 것. 그녀는 자신이 알고 있는 것보다 훨씬 더 좋은 여자였다. 아! 그녀가 관계하고 있는 거친 무리에 비하면 너무나도 좋은 여자였다. 불쌍한 것. 그 여자는 야생의 히아신스처럼 상처받기 쉬운 존재였다. 현대의 여자처럼 온통 질긴 고무제품이나 단단한 백금과 같은 존재가 아니었다. 그래, 세상은 그녀를 파멸할 것이다! 천성이 가냘픈 모든 생명체를 파멸하는 것과 같이 분명 그들은 그녀를 파멸할 것이다. 가녀림! 그 여잔 어딘가 가녀린, 막 자라고 있는 히아신스처럼 부드럽게 가녀린 데가 있었다. 오늘날의 셀룰로이드와 같이 질긴 여자들에게는 없는 다른 면을 지니고 있었다. 그렇지만 그가 얼마 동안은 온 마음을 다해 그녀를 보호하리라. 냉담한 철의 세계와 기계화된 탐욕의 마몬 신이 그와 그녀, 두 사람을 파멸하기 전까지 얼마 동안은 그녀를 보호해 주리라.

그가 엽총을 메고 개를 데리고 캄캄한 자기 집으로 갔다. 램 프에 불을 켜고 난로에 불을 지폈다. 그리곤 저녁 식사로 빵과 치즈, 어린 양파를 먹으며 맥주를 마셨다. 그는 홀로 그가 좋아 하는 정적 속에 잠겨있었다. 그의 방은 말끔하게 정리되었지만, 어딘가 쓸쓸해 보였다. 그렇지만 난롯불은 활활 타올랐고 하얀 방수포를 깐 탁자 위에 걸린 석유 램프가 밝은 빛을 내뿜어 난 롯가는 환했다. 그가 인도에 관한 책을 읽으려 하나, 오늘 밤엔 독서에 집중할 수가 없었다. 그는 담배는 피우지 않으나, 손닿 는 곳에 맥주잔을 놓고 셔츠 바람으로 난롯가에 앉았다. 그리곤 코니 생각을 했다.

솔직히 말하면 그는 오늘 일어난 일에 대해 크게 회한을 느 꼈다. 대부분 코니의 처지를 생각해서였다. 그는 어딘가 불길한 예감이 들었다. 잘못을 저질렀거나 죄를 지었다는 느낌은 없었 다. 이런 면에선 양심에 걸릴 것이 없었다. 양심은 주로 사회나 자신에 대한 두려움이란 것을 알고 있었다. 그는 자신에 대해선 무서울 것이 없었다. 그러나 사회에 대해서는 아주 의식적으로 무서워하고 있었다. 사회란 악의적이고 반쯤 미친 짐승이라는 것을 그가 본능적으로 알고 있었기 때문이다.

아, 그 여자! 그 여자가 그와 단둘이 여기 있고 그밖에 세상엔 아무도 없다면! 욕정이 다시 일며 남근이 살아있는 새처럼 꿈틀대기 시작했다. 이와 동시에 압박감이, 전깃불 속에서 악의적으로 번쩍이는 그 외계의 거대한 괴물에 그 자신과 그녀가 모습을 드러내야 한다는 공포가, 그의 어깨를 짓눌렀다. 불쌍한 그 젊은 여자는 그에겐 젊은 여성의 육체에 지나지 않았다. 하지만 그가 한 번 들어간 적이 있고 또다시 원하는 젊은 여자였다.

그는 밀려오는 욕정에 이상하게 하품을 하며 기지개를 켰다. 4년 동안 남자나 여자와 아무 접촉 없이 혼자 살아왔기 때문이다. 그는 일어나 코트를 입고 엽총을 메고 램프 불은 낮추고 개와 함께 별이 총총한 밤으로 들어섰다. 욕정에 쫓기고 또 악의적인 바깥세상에 대한 두려움에 쫓기며 그는 천천히 그리고 조용히 걸으며 숲을 순찰했다. 그는 어둠을 좋아했고 어둠 속에 자신을 파묻었다. 어둠은 어쨌거나 재물과 같은 그의 욕정의 팽창에 적합했다. 그의 자지가 계속해서 꿈틀거렸고 그의 허리춤에선 욕정의 불이 일고 있었다! 아, 저 바깥에서 전깃불을 번뜩이고 있는 괴물과 맞싸워줄 다른 사람들이 그와 함께 있다면, 생명의 부드러움과 여자의 부드러움, 자연스러운 욕정의 풍요를 지킬 수 있으련만. 그와 어깨를 나란히 하고 함께 대항할 사람들이 있다면! 그러나 사람들은 죄다 그곳 바깥에서 괴물을 숭배하며 기계화된 탐욕이나 탐욕스런 기계주의의 홍수 속에서 승승장구하거나 아니면 짓밟히고 있었다.

한편 콘스턴스는 거의 아무 생각도 없이, 정원을 가로질러 집을 향해 총총걸음을 재촉했다. 아직은 아무런 생각이 떠오르지 않았다. 저녁 식사 시간에 맞춰 도착해야 했기 때문이다.

그러나 집의 모든 문이 걸려있는 것을 보고 안달이 났다. 그래 초인종을 눌러야 했다. 볼턴 부인이 문을 열었다.

"어마나, 오셨군요. 마님! 길을 잃으신 것 아닌가 하고 걱정을 하던 참이었어요!" 그녀의 말투가 좀 장난스러웠다. "클리퍼드 경은 아직 마님을 찾지는 않으셨어요. 린리 씨가 오셔서 같이 무언가 얘길 나누고 계십니다. 린리 씨가 저녁 식사 때까지 머무를 것 같지요?"

"그렇게 보이네요." 코니가 말했다.

"식사 시간을 30분쯤 늦출까요? 그러면 마님께서 여유롭게 옷을 갈아입으실 수 있으니까요."

"그러는 게 좋겠네요."

린리 씨는 여러 탄광을 총괄하는 지배인으로 북부 출신의 나이가 지긋한 사람이었다. 클리퍼드의 구미에 맞는 활기찬 사람은 아니었고, 전후의 상황이나 '늦장을 부리자는' 신조를 내거는 전후의 광부들에게도 맞지 않았다. 하지만 코니는 린리 씨를 좋아했다. 비록 그의 알랑거리는 아내랑 마주치는 것은 딱 질색이었지만.

린리 씨는 저녁 정찬 때까지 남아있었고 코니는 남자들의 마음에 딱 드는 아주 겸손하고 주의를 기울이며 모든 것을 인식하는 안주인 노릇을 했다. 그녀가 커다란 푸른 눈을 크게 뜨고 부드럽게 침착한 태도를 유지하면 그녀가 진짜 무슨 생각을 하는지는 아무도 몰랐다. 코니가 이런 여자의 역을 너무나 많이 해왔기에 그건 거의 제2의 천성처럼 되어 버렸다. 그러나 분명한 것은 제2의 천성에 불과했다. 그렇지만 참 신기하게도 그녀가 이런 역을 할 땐 모든 것이 그녀의 의식에서 싹 사라졌다.

그녀는 참을성 있게 내내 기다리다가 마침내 위층 자기 방에 올라가 자기 생각을 했다. 그녀는 항상 기다리고 있었다, 그것이 그녀의 **강점**처럼 보였다.

그러나 일단 자기 방에 들어왔는데도 의식은 여전히 멍하고 얼떨떨했다. 무슨 생각을 해야 할지를 몰랐다. 그 사람은 진짜 어떤 남자지? 정말 그녀를 좋아했던 건가? 그녀 느낌에 그렇게 좋아한 것 같지는 않았다. 그렇지만 친절하게 대했다. 따스하고 순진한 친절함이, 묘하고도 갑작스러운 점이 있어, 그녀가 자기의 자궁을 그에게 열게 했다. 그렇지만 그 남자는 어떤 여자에게나 그렇게 친절하게 굴 것이란 느낌이 들었다. 그렇다 할지라도 그건 기이하게 진정시키고 위로해주었다. 그리고 그는 정열의 사나이였다. 온전하고도 열정적이었다. 그렇지만 그녀에게만 그런 것은 아닐 것 같았다. 그가 어떤 여자에게도 그녀에게 한 것처럼 대했을 것 같았다. 그건 정말로 그녀에게만 잘해준 것은 아니었다. 그녀는 그에게 한 여자일 따름이었다.

하지만 그런 것이 더 나을지도 몰랐다. 따지고 보면 그인 그녀 안에 있는 여성에 친절한 거였다. 그때까지 어떤 남자도 그녀의 여성적인 면에 다정하게 대하지 않았다. 남자들은 **인간으로서의 그녀**에게는 친절했지만, 여성적인 면엔 잔인하게 대하며 그녀를 멸시하거나 송두리째 무시했다. 남자들은 콘스턴스 리드나 채털리 부인으로서의 그녀에겐 끔찍이 친절했지만, 그녀의 자궁엔 그렇지 않았다. 그런데 그이는 콘스턴스나 채털리 부인으로서의 그녀를 거들떠보지도 않았다. 그저 그녀의 음부와 젖가슴을 부드럽게 애무했다.

그 다음 날 그녀는 숲으로 갔다. 잿빛이 도는 조용한 오후였다. 진초록의 깨풀이 개암나무 아래에 쫙 퍼져있었다. 모든 나무가 새싹을 터트리려고 조용히 안간힘을 쓰고 있었다. 오늘은 그녀가 그걸 몸으로 느낄 수 있었다. 커다란 나무들의 수액이 엄청나게 위로, 위로 밀어 올려 새싹의 끝에 이르고 또 거기에서 피처럼 구릿빛을 내며 불타는 작은 참나무 잎새 속으로 밀려 들어 갔다. 그건 마치 조수가 위로, 위로 파도쳐 올라가 하늘에 쫙 퍼져나가는 것 같았다.

그녀는 공터로 갔지만, 그는 거기에 있지 않았다. 그가 있으려니 절반쯤 기대했을 뿐이었다. 새끼 꿩들이 곤충 같은 가벼운 몸으로 우리에서 나와 뛰어다니고 있었고, 어미들은 우리에서 안달이나 꼬꼬 하며 새끼들을 불러대고 있었다. 코니는 앉아서 이 꿩들을 지켜보며 기다렸다. 그냥 기다리고 있었다. 새끼 꿩도 눈에 거의 들어오지 않았다. 기다릴 따름이었다.

시간은 꿈처럼 느리게 흐르고 그는 모습을 드러내지 않았다. 그저 오겠거니 하고 좀 기대할 뿐이었다. 그날 오후엔 전혀 나타나지 않았다. 그녀는 차 마실 시간이 되어 집으로 가야 했다. 그녀는 마지못해 억지로 그곳을 떠났다.

그녀가 집으로 갈 때 가는 보슬비가 내리기 시작했다.

"비가 또 와요?" 그녀가 모자에서 물기를 터는 걸 클리퍼드가 보고 물었다.

"그냥 가랑비예요."

그녀는 자신만의 생각에 잠겨 묵묵히 차를 따랐다. 오늘은 정말 사냥터지기를 만나보고 싶었다. 일어났던 그 일이 정말 진짜인지를 알려고. 정말 그것이 진짜였는지를 알고 싶었다.

"차를 마신 후에 책을 좀 읽어줄까?" 클리퍼드가 말했다.

그녀가 그를 쳐다보았다. 그가 무언가를 눈치챘나?

"봄이 되니까 기분이 이상해요. 좀 쉬고 싶어요." 그녀가 말했다.

"좋을 대로 해요. 정말 아픈 건 아니지?"

"아니에요! 좀 노곤할 뿐이에요 봄을 타는가 봐요. 볼턴 부인을 불러 카드놀이라도 하시겠어요?"

"아니! 라디오를 듣겠소."

그의 목소리에 야릇한 만족감이 배어있음을 그녀가 느낄 수 있었다. 그녀는 위층에 있는 자기 방으로 올라갔다. 아래층의 확성기에서 왕왕거리며 크게 울리는 소리가 들렸다. 백치같이 부드러우면서도 품위를 갖춘 목소리였다. 옛날 길거리 행상이 손님을 부르느라 외치던 걸 젊잖게 흉내 내는 기름진 목소리였다. 그녀는 보랏빛 비옷을 걸치고 곁 문을 통해 집을 빠져나갔다.

가랑비는 세상을 덮는 베일같이 신비롭고, 숨을 죽이며 차갑지 않게 내리고 있었다. 정원을 가로질러 빨리 걷다 보니 몸이 달아올랐다. 가벼운 비옷의 앞자락을 열어젖혀야 했다.

저녁 가랑비가 내려 숲은 고요하고 적막하고 비밀스러웠다. 꿩의 알들과 반쯤 움이 튼 새싹과 막 피어나려는 꽃들의 신비로움으로 가득했다. 뿌연 숲 속에서 모든 나무는 옷을 다 벗어버려 알몸이 된 양 거무스름한 빛을 발산했고, 땅 위의 푸른 풀들은 푸르름을 합창으로 흥얼거리는 것 같았다.

공터에는 아직 아무런 기척이 없었다. 새끼 꿩들은 대부분이 어미 새의 터럭 밑으로 들어가 버리고 단지 모험심이 많은 한두 마리의 새끼 꿩만이 밀짚 지붕 밑의 마른 땅 위를 돌아다니고 있었다. 그 새끼들은 어찌할 바를 몰라 왔다 갔다 했다.

그렇구나! 그 남자가 아직 여길 다녀가지 않았구나. 그가 고의로 그녀를 멀리하고 있었다. 아니면 무슨 일이 잘못된 것은 아닌지. 그의 집으로 가봐야 하는 건 아닌지.

그러나 그녀는 천성이 기다리는 성격이었다. 그녀는 열쇠로 오두막 문을 열었다. 안은 모두 정리가 되어있었다. 밀은 모이통에 들어있고 담요는 곱게 접혀 선반에 올려있고, 새 짚 한 단인 밀짚은 구석에 정돈되어 있었다. 폭풍우용 램프는 못에 걸려있었다. 탁자와 의자는 그녀가 누워있던 자리에 다시 놓여있었다.

그녀는 문간의 등 없는 의자에 앉았다. 모든 것이 얼마나 조용한지! 가랑비가 아주 부드럽게 막을 이루며 바람에 날리지만 바람은 아무 소리도 내지 않았다. 아무것도 소릴 내지 않았다. 나무들이 희미한 황혼녘에 강력한 존재처럼 조용히 활력에 넘쳐 우뚝 서 있었다. 모든 것은 얼마나 활기가 넘치는가!

밤이 다시 다가오고 있었다. 그녀는 집으로 가야 했다. 그가 그녀를 피하고 있음이 분명했다.

그러나 갑자기 그가 공터로 성큼성큼 걸어 들어왔다. 꼭 운전기사처럼 검은 방수 재킷을 입고 있었는데 비를 맞아 번쩍거렸다. 그가 오두막을 흘낏 보더니 반쯤 허리를 굽혀 인사를 하고는 옆으로 몸을 돌리더니 닭장 쪽으로 갔다. 거기서 그는 조용히 쭈그리고 앉아 조심스레 모든 것을 점검하고는 밤에 닭과 새끼 꿩들이 안전히 지내도록 조심스레 닭장 문을 잠갔다.

마침내 그가 그녀 쪽으로 천천히 왔다. 그녀는 여전히 등 없는 의자에 앉아 있었다. 그가 현관 아래, 그녀 앞에 섰다.

"오셨그먼유." 그가 사투리 억양을 쓰며 말했다.

"그래요!" 그녀가 그를 올려다보며 말했다. "늦었군요!"

"그래유!" 그가 멀리 숲 쪽을 보며 대답했다.

그녀가 천천히 일어나 의자를 옆으로 밀었다.

"들어가려고요?" 그녀가 물었다.

그가 그녀를 날카로운 시선으로 내려다보았다.

"사람들이 뭐라구 생각지 않겠시유? 마님께서 매일 밤 여길 오시니 말이유." 그가 말했다.

"왜요?"—그녀가 당황해서 그를 올려다보았다. "내가 오겠다고 말했잖아요. 아무도 모를 거예요."

"그래도 곧 알게 될 거에유." 그가 대답했다. "그럼 어쩌실 거에유?"

그녀는 당황해서 대답할 수가 없었다.

"어떻게 사람들이 알게 되지요?" 그녀가 물었다.

"항상 알게 마련입니다." 그가 숙명적인 어조로 대답했다.

그녀의 입술이 약간 떨렸다.

"어쩔 수 없지요." 그녀가 말을 좀 더듬었다.

"아니지유!" 그가 말했다. "여기에 오시지 않으면 되는 거지유." 그가 낮은 어조로 덧붙였다. "―그럴 마음이 있으시면 말이유."

"그렇지만 난 그럴 마음이 없는데요." 그녀가 중얼거렸다.

그가 숲으로 시선을 멀리 돌리고는 잠잠히 있었다.

"그렇지만 사람들이 알게 되면 어떡하시렵니까?" 그가 마침내 물었다. "생각을 좀 해 보십시오! 얼마나 수치스러울지. 상대가 남편의 하인인데!"

그녀가 옆으로 돌린 그의 얼굴을 올려다보았다.

"그렇다면―" 그녀가 말을 더듬었다. "그렇다면 당신이 날 원치 않는 거예요?"

"제발 생각해 보십시오!" 그가 말했다. "사람들이 알게 되는 날이면―클리퍼드 경 그리고 저― 모두가 입에 올리면유―"

"그러면 난 집을 나가겠어요."

"어디로유?"

"어디든지요! 내 소유의 돈이 있어요. 어머니가 내 몫으로 이만 파운드를 신탁해 두셨어요—클리퍼드가 그 돈에 손을 댈수 없는 걸 알아요. 난 집을 나갈 수 있어요."

"하지만 집을 떠날 마음이 없어질 수도 있지유."

"천만에, 아니에요! 무슨 일이 생겨도 난 상관 안 해요."

"아, 그렇게 생각하신다고요! 그렇지만 앞으로 신경을 쓰실겁니다! 신경을 쓸 수밖에 없어요. 모든 사람이 그렇게 되지요. 이걸 기억하셔야 합니다. 귀부인이 사냥터지기와 놀아났다는걸! 제가 신사라면 처지가 다르지요. 그래요. 후회하실 겁니다. 후회하신다고요!"

"난 절대로 안 그래요. 내가 귀족 부인이란 게 도대체 뭐람! 그런 칭호가 지긋지긋해요. 사람들이 날 귀족 부인이라 부를 때마다 빈정거리는 것 같아요. 정말 그래요. 빈정거려요! 당신조차도 날 그렇게 부를 때 빈정대지요."

"내가요!"

그가 처음으로 그녀를 똑바로 바라보았다. 다음엔 그녀의 눈을 들여다보았다.

"난 마님을 조롱하지 않습니다." 그가 말했다.

그가 그녀의 눈을 들여다보았을 때 그의 눈동자가 커지면서 눈빛이 시커메지는 것을 그녀가 보았다.

"그 모든 위험이 괜찮다는 말씀인가요?" 그가 쉰 목소리로 물었다. "신경을 쓰셔야 합니다! 너무 늦었을 때 가서 신경 쓰지 마시고요!—"

그의 목소리엔 충고와 애원의 야릇한 어조가 배어있었다.

"그렇지만 난 잃을 게 없어요!" 그녀가 짜증을 내며 말했다. "내가 잃을 게 무언지를 당신이 안다면 내가 기꺼이 내어놓을 거로 생각할 거예요.—근데 당신은 당신 자신을 두려워하고 있는 건 아닌가요?"

"네!" 그가 짧게 대답했다. "그래요! 두려워요. 두렵습니다. 일들이 어찌 될지 두려워요."

"무슨 일들이오?" 그녀가 물었다.

그가 바깥세상을 가리키느라 고개를 이상하게 뒤로 젖혔다.

"모든 일이! 모든 사람이! 그 둘 다 말입니다."

그러다가 그가 허리를 굽혀 슬픈 표정을 한 그녀의 얼굴에 갑자기 키스했다.

"아니요. 난 상관치 않습니다!" 그가 말했다. "그렇게 합시다. 세상은 다 꺼지라 하지요. 그렇지만 마님께서 이런 일 한 것을 후회하신다면—"

"제발 날 밀어내지 마세요!" 그녀가 애원했다.

그가 손을 그녀의 뺨에 대더니 갑자기 다시 키스했다.

"그럼 방 안으로 들어가겠어요." 그가 부드럽게 말했다. "마님도 비옷을 벗으시지요."

그가 엽총을 못에 걸고 젖은 가죽 재킷을 벗고는 담요를 가지러 갔다.

"담요 한 개를 더 가져왔어요." 그가 말했다. "원하면 우리 몸 위에 덮을 수 있게요."

"난 오래 머물지 못해요." 그녀가 말했다. "저녁 식사 시간이 일곱 시 반이에요."

그가 재빨리 그녀를 쳐다보고—자기 시계를 보았다.

"알겠소!" 그가 말했다.

그가 문을 닫고 벽에 걸린 폭풍우용 램프에 작게 불을 붙였다.

"언젠가 한 번 오랫동안 같이 지냅시다." 그가 말했다.

그가 담요 두 장을 조심스레 내려놓더니 한 개는 그녀가 벨수 있게 여러 겹으로 접었다. 그러고 나서 잠시 등 없는 의자에 앉아 있더니 그녀를 끌어당겨서 한쪽 팔로 그녀를 꼭 껴안고 다른 손으로는 그녀의 몸을 더듬었다. 그녀를 껴안았을 때 그의 막힐 듯한 숨소리를 그녀가 들었다. 그녀는 얇은 속치마 밑은 알몸이었다.

"아! 당신을 만지니 너무도 좋아!" 그가 그녀의 허리와 엉덩이의 보드랍고 따스한 은밀스런 살갗을 애무하며 속삭였다. 그가 얼굴을 밑으로 내리더니 그녀의 배와 허벅지에 뺨을 대고 여러 번 비벼댔다. 그러자 그녀는 그런 감촉이 그에게 주는 황홀감이 어떤 것인지 다시 좀 궁금해졌다. 그가 그녀의 몸에서 어떤 아름다움을 발견하는지 이해할 수가 없었다. 그녀의 싱싱하고 은밀한 몸을 만지면서 그가 아름다움에 취해 황홀해 하는 것을. 왜냐하면, 정열이 있을 때만 그런 것에 눈뜰 수 있기 때문이다. 정열이 마비되었거나 없을 땐 그러한 아름다움에 기차게 감동되는 것이 통 이해가 안 되고 심지어는 좀 경멸스럽기 때문이다. 만짐에서 오는 싱싱하고 따스한 아름다움은 시각적인 아름다움보다 훨씬 더 심오하기 때문이다. 그녀는 그의 뺨이 자기

240

의 허벅지와 배와 궁둥이를 비벼대면서 미끄러져 내려가고, 그의 콧수염과 숱 많은 부드러운 머리카락이 자기의 몸에 바싹대고 비벼대는 것을 느끼자 그녀의 양쪽 무릎이 바르르 떨리기 시작했다. 그녀의 몸속 저 밑에서 새로운 꿈틀거림이, 새로운 알몸이 들고일어나는 것을 느꼈다. 그녀는 좀 두려웠다. 그가 그녀를 그렇게 애무하지 않았으면 하는 마음도 좀 생겼다. 어떻게 해선지 그가 그녀를 꼼짝 못 하게 휘감고 있었다. 하지만 그녀는 기다리고, 기다리고 있었다.

그의 몸이 그녀의 몸속으로 들어가면서 그가 안도감과 성취감을 강렬하게 느끼며 순수한 평화에 잠길 때도 그녀는 기다리고 있었다. 그녀는 자신이 이런 일에서 좀 배제되었다고 느꼈다. 그녀는 부분적으로는 자기의 잘못 때문에 그렇다는 것을 알았다. 그녀는 의지로써 자신이 동떨어져 있게 했다. 어쩌면 어쩔 수 없이 그렇게 된 것인지도 몰랐다. 그녀는 가만히 누워서 그녀의 몸 안에서 그가 움직이며 깊숙이 박아 넣는 것과 정자를 쏟아내며 갑자기 몸을 떨고는 서서히 맥이 빠지는 것을 느꼈다. 궁둥이를 앞으로 내미는 동작은 확실히 좀 우스꽝스러웠다! 만약에 당신이 여자로 이런 관계에서 함께 움직이지 않고 그냥 누워서 본다면 남자의 그런 동작을 지독히 우스꽝스럽다고 생각할 것이다. 분명히 이런 자세로 이런 행위를 하는 남자는 지독히도 꼴불견이 된다.

그러나 그녀는 움츠러들지 않고 가만히 누워있었다. 그가 일을 끝냈을 때도 그녀가 마이클리스와의 관계에서 했던 것처럼 만족을 얻으려고 힘을 주어 질을 오므리지는 않았다. 그녀는 미동도 않고 누워있으니 눈물이 천천히 고이더니 눈에서 주르르 떨어졌다.

그도 가만히 누워있었다. 그러나 그녀를 꼭 껴안고 그녀의 몸을 따뜻하게 해주려고 자기의 다리로 그녀의 가냘픈 맨다리를 감싸주려 했다. 그는 자신감에 자기의 따뜻한 몸을 그녀의 몸 위에 밀착시켰다.

"추우셔요?" 마치 그녀가 아주 아주 밀착된 듯 그가 부드럽고 가는 목소리로 물었다. 그런데도 그녀는 멀리 배제되었다.

"아뇨! 그렇지만 난 가야 해요." 그녀가 온순하게 말했다.

그가 한숨을 쉬더니 그녀를 꼭 껴안다가 다시 힘을 풀고 쉬었다. 그녀가 울고 있는 것을 알아채지 못했다. 그녀가 그와 함께 있다고만 생각했다.

"가야겠어요." 그녀가 다시 말했다.

그가 몸을 일으키고 그녀 옆에 잠시 무릎을 꿇고 있더니 그녀의 허벅지 안쪽에 키스한 후에 치마를 그 위로 내려주었다. 그리곤 희미한 등불 아래에서 몸을 옆으로 돌리지도 않은 채 별 생각 없이 자기 옷의 단추를 채웠다.

"언제곤 한 번 제집으로 오셔야 겟시유." 그가 따스하고 자신 있는 편안한 얼굴로 그녀를 내려다보면서 말했다.

그러나 그녀는 나른해서 그냥 누워 그를 올려다보며 생각했다. 낯선 사내야! 완전히 모르는 사내야! 그가 좀 원망스럽기도 했다.

그가 코트를 입고, 바닥에 떨어졌던 모자를 찾아 썼다. 그리곤 엽총을 어깨에 메었다.

"그러면 가시지유!" 그가 따스하고 평화로운 눈빛으로 그녀를 내려다보며 말했다.

그녀가 천천히 일어났다. 가고 싶지 않았다. 그렇다고 그냥 있기도 싫었다. 그가 그녀에게 얇은 비옷을 입혀주고 단정하게 손을 보아주었다.

그런 후에 그가 문을 열었다. 밖은 아주 캄캄했다. 현관 밑에 있던 충성스런 개는 그를 보자 반가워서 벌떡 일어났다. 가랑비는 어둠 위로 회색빛을 띠며 바람에 날리었다. 칠흑같이 캄캄했다.

"호롱불을 갖고가야 겟시유!" 그가 말했다. "아무도 없을 거예유."

그가 그녀보다 앞서서 좁은 오솔길을 걸으며 폭우용 램프를 낮게 들고서 젖은 풀과 뱀 모양으로 검게 번쩍이는 나무뿌리와 시들어버린 꽃을 비추었다. 그 밖에 나머지는 잿빛의 안무와 칠흑 같은 캄캄함 그 자체였다.

"언젠가 한 번은 제집으로 오셔야 되유." 그들이 넓은 승마로에 들어서자 그가 그녀와 나란히 걸으며 말했다. "그러실 거지유? 일을 저질렀으니 우리 하고픈 대로 하는 거지유."

그들 사이에 이렇다 할 것도 없었으며 그가 **정말로** 속마음을 털어놓은 적도 없는데 그가 이상스레 집요하게 그녀를 원하는 것이 그녀에겐 참 당혹스러웠다. 그리고 자신도 모르게 그가 계속 사투리를 쓰는 것도 싫었다. "꼭 오셔야 되유"라는 그의 말은 그녀에게가 아니라 다른 천박한 여자에게 하는 말로 들렸다.

그녀는 승마로에서 디기탈리스 잎사귀를 알아보고는 그들의 위치가 어디쯤인지를 어느 정도 알 수 있었다.

"일곱 시 십오 분입니다." 그가 말했다. "시간에 맞게 갈 것입니다."

그가 어투를 바꾸었다. 그녀가 거리감을 두는 걸 알아챈 것 같았다.

그들이 승마로의 마지막 모퉁이를 돌아서 줄지은 개암나무와 정원 출입문 가까이에 왔을 때 그가 램프 불을 불어서 껐다.

"여기서부터는 더듬어서 가야 해요." 그가 그녀의 팔을 살며시 잡으며 말했다.

그러나 걷는 것이 힘들었다. 발밑의 땅이 도대체 어찌 되는 건지 알 수 없었다. 그러나 그는 발을 내디디며 잘 걸었다. 그런 것에 익숙해 있었기 때문이다.

출입문에 이르렀을 때 그가 그녀에게 회전 전등을 주었다.

"정원 안은 좀 밝아요." 그가 말했다. "그렇지만 길을 잃을 수 있으니 이 전등을 갖고 가십시오."

그 말은 옳았다. 정원의 탁 트인 공간엔 귀신이 나올 것처럼 회색의 희뿌연 빛이 가물거렸다.

그가 갑자기 그녀를 잡아당기더니 그녀의 드레스 밑으로 손을 휙 넣고는 차갑고 젖은 손으로 따스한 그녀의 몸을 만졌다.

"당신 같은 여자의 몸을 만지니 이제 죽어도 한이 업시유."

그가 목이 메어 말했다. "조금만 더 있어주문 좋겟—."

그가 다시 그녀를 원하는 욕정에 차있는 것을 그녀가 알았다.

"안 돼요! 난 빨리 가야 해요." 그녀가 좀 거칠게 말했다.

"그래유!" 그가 갑자기 태도를 바꿔 대답하며 그녀를 놓아주었다.

그녀가 몸을 돌렸다. 그리곤 순간적으로 다시 몸을 그에게 돌리곤 말했다.

"키스해 줘요!"

그가 잘 알아볼 수 없는 그녀의 얼굴에 고개를 수그리고 키스를 했다—그건 왼쪽 눈 위였다. 그녀가 입을 내밀자 그가 부드럽게 키스를 해주었다. 그러나 곧 뒤로 물러났다. 그는 입에 키스하는 걸 아주 싫어했다.

"내일 갈게요." 그녀가 물러가며 말했다. "갈 수 있으면요." 그녀가 덧붙였다.

"그래유! 너무 늦지는 말어유." 그가 어둠 속에서 대답했다. 이미 그의 모습은 통 볼 수가 없었다.

"안녕히 가세요!" 그녀가 말했다.

"안녕히 가세요. 마님." 그의 목소리가 들렸다.

그녀가 발걸음을 멈추고 비 내리는 어둠 속을 뒤돌아보았다. 단지 그의 윤곽만을 볼 수 있었다.

"왜 그런 호칭을 쓰지요?" 그녀가 물었다.

"안 쓰겠습니다!" 그가 대답했다. "그럼 안녕히 가십시오! 뛰세요!"

그녀는 손에 잡힐 것 같은 암회색의 밤 속으로 뛰어 들어갔다.

옆문이 열린 것을 보고 눈에 뜨이지 않게 그녀 방으로 살그머니 들어갔다. 그녀가 방문을 닫을 때 저녁 식사 종이 울렸다. 그렇지만 그녀는 하여간에 목욕은 할 것이었다. 몸을 씻어야 했다.

"그러나 앞으로는 늦지 말아야지." 그녀가 혼자 중얼거렸다. "너무나 가슴을 졸이게 해."

다음 날 그녀는 숲으로 가지 않았다. 대신 클리퍼드와 함께 어스웨이트에 갔다. 그는 이제 가끔 차를 타고 외출을 할 수 있었다. 그가 기운이 센 젊은이를 기사로 고용해서 그 기사가 필요하면 그가 차에서 내릴 때 도와주었기 때문이다.

특별히 그의 대부인 레슬리 윈터 씨를 만나보고 싶어 했는데, 그분은 어스웨이트에서 그리 멀지 않은 시플리 저택에 살고 있었다. 윈터 씨는 나이가 지긋한 노신사이며, 지금은—부유하고, 에드워드 왕조 때 호황기를 누렸던 탄광 소유주 중 한 사람이었다. 에드워드 왕이 사냥을 나왔다가 몇 번 시플리 저택에 머문 적이 있었다. 그 집은 치장 벽토를 칠한 아름답고 오래된 저택이며, 매우 우아한 설비를 갖추고 있었다. 그건 윈터 씨가 독신으로 자기의 스타일에 매우 자부심이 있었기 때문이다. 그러나 그 위치는 탄광으로 둘러싸여 있었다.

레슬리 윈터 씨는 클리퍼드에게 깊은 정을 느꼈다, 그러나 화보 신문에 실린 그의 사진들과 그의 작품 때문에, 그를 대단한 사람으로는 보지 않았다. 그 노인은 에드워드 왕조 풍의 멋쟁이로, 삶은 삶 자체여야 한다고 믿고 글 나부랭이나 쓴다는 작자들은 별종의 인간들이라고 생각했다.

코니에 대해서 이 대지주는 항상 훨씬 더 정중하게 대했다. 그녀가 매력적이고 얌전한 아가씨였는데 그만 클리퍼드에게 와서 제 빛을 내지 못한다고 생각했다. 그녀가 라그비 가문의 후계자를 낳지 못하는 데 대해선 말할 수 없이 유감스럽게 여겼다. 그 자신도 후계자가 없었다.

클리퍼드의 사냥터지기가 자기와 관계를 맺고 있으며 "언젠가 제집으로 한번 오셔야 겠어유"라고 말한 걸 그가 안다면 뭐라고 할까 코니는 궁금했다. 분명히 그는 그녀를 혐오하며 경멸할 것이다. 왜냐하면, 그는 노동계층의 사람들이 상류계층으로 들쑤시고 올라오는 것을 증오할 정도로 싫어했기 때문이다. 그녀와 같은 계층의 사람이라면 그는 별로 개의치 않을 것이다.

하지만 코니는 천성으로 얌전하고 양순한 아가씨의 외모를 지니고 있고 어쩌면 그것은 그녀의 타고난 성격이었다. 윈터 씨는 그녀를 "귀여운 아가"라고 부르면서 18세기의 귀부인을 그린 꽤 아름다운 세밀화를 그녀에게 선물했다. 그녀가 사양하지만, 그는 늘 무언가를 선물로 주었다.

하지만 코니는 사냥터지기와의 연애에 정신이 팔린 상태였었다. 어쨌든 진정한 신사인 데다 세상 경험이 많은 윈터 씨가 그녀를 한 인격체로, 분별 있는 개인으로 대접했다. 그는 코니를 '당신' 또는 '그대'라 부르는 다른 보통 여자들과 한데 묶어 취급하진 않았다.

그녀는 그날도, 그 다음 날에도, 또 그 다음 날에도 숲에 가질 않았다. 그 남자가 그녀를 기다리며 원한다는 느낌이 오거나 생각이 드는 한 그녀는 가지 않았다.

그러나 네 번째 되는 날 그녀는 굉장히 안절부절못하고 초조했다. 그녀는 숲에 가서 그 남자에게 한 번 더 양다리를 쩍 벌릴 마음이 여전히 없었다. 그녀는 자기가 할 수 있는 다른 일거리들을 생각해 보았다. 셰필드로 드라이브를 나가거나 사람들을 방문하거나 등의 생각을 해보았지만, 이 모든 것이 마음에 들지 않았다.

결국, 그녀는 숲 쪽으로가 아니라 반대 방향으로 산책하러 나가기로 했다. 정원 울타리의 반대쪽에 있는 작은 철문을 지나 메어헤이로 가기로 했다.

조용하고 흐린 봄날인데, 거의 따스하다고 할만 했다. 그녀는 자기도 의식하지 못 하는 생각에 정신이 팔려 주위는 거들떠보지 않고 걸어갔다. 아무것도 의식하지 않고 걷다가 메어헤이 농장의 개가 세게 짖어대는 바람에 깜짝 놀랐다. 메어헤이 농장이구나! 그 농장의 풀밭은 라그비 정원 울타리까지 뻗어있어서 사실 서로 이웃 간이었다. 그러나 코니가 이곳을 와본 지 꽤 오래되었다.

"벨아!" 그녀가 큰 몸집의 흰 불테리어를 불렀다. "벨아! 너 날 잊어버렸어? 나 몰라?"

그녀는 개를 무서워했다. 그리고 벨은 뒤로 물러나 더 크게 짖어댔다. 그녀는 그 농장을 지나 토끼사육장으로 가고 싶었다.

플린트 부인이 나타났다. 그녀는 콘스턴스와 동갑으로 전직이 교사였고 나름대로 매력적인 면이 있었다. 하지만 코니는 그녀가 속이 좁고 거짓된 면이 있는 여자라고 생각했다.

"아니, 채털리 부인이시군요! 어머나!"—그리곤 플린트 부인의 눈이 다시 반짝였다. 그녀는 어린 여자애처럼 낯을 붉혔다. "벨, 벨. 아니 채털리 부인에게 짖다니—! 야, 벨! 가만히 있어!"— 그녀가 손에 들고 있던 흰 수건을 개에게 휘두르고는 코니에게로 다가왔다.

"개가 날 알아보곤 했는데." 코니가 악수를 하며 말했다. 플린트의 집안은 채털리 가의 소작인이었다.

"물론 저 개가 마님을 알지요! 괜히 잘난 척하는 거예요." 플린트 부인이 당황해서 낯을 붉히며 말했다. "그렇지만 저 개가 마님을 본 지가 꽤 오래되었지요. 그동안 건강은 좀 좋아지셨는지요?"

"네, 고마워요. 잘 지내요."

"겨우내 마님을 통 뵙질 못했어요.—저 잠깐 들어오셔서 아기를 보실래요?"

"글쎄요." 코니가 좀 망설였다. "잠깐만 들어가지요."

플린트 부인은 후다닥 달려가서 집 안을 치웠고, 코니는 뒤에서 천천히 걸어 난로 위에서 주전자의 물이 끓고 있는 좀 어두운 부엌에서 머뭇거렸다. 플린트 부인이 다시 나왔다.

"집 안이 좀 누추해요." 그녀가 말했다. "이쪽으로 들어오시겠어요?"

그들은 거실로 들어갔다. 거기엔 아기가 허름한 융단 위에 앉아 있었다. 식탁엔 차 마실 준비가 대강 되어있었다. 한 어린 하녀가 부끄럽고 어색해하며 통로 뒤쪽으로 나갔다.

아기는 첫 돌 정도의 생기 넘치는 어린애로 머리칼은 아버지를 닮아 붉고, 연한 푸른 눈은 당돌해 보였다. 여자애였는데 겁이 없어 보였다. 아기는 여러 개의 쿠션 사이에 앉아 있고 그 주위에는 현대의 과잉인 여러 개의 헝겊 인형과 장난감이 널려 있었다.

"어머나! 너무, 너무 귀엽네요!" 코니가 외쳤다. "많이 컸어요! 아가씨가 다 되었네요! 아가씨예요!"

코니는 아기가 태어났을 때 숄을, 그리고 성탄절엔 셀룰로이드 오리 장난감들을 선물했다.

"애, 조세핀! **어느 분이** 널 보러 오셨지? 조세핀, 이분이 누구시지? 채털리 마님이셔! 너 채털리 마님을 알지?"

그 묘하게 앙증맞은 어린 것이 코니를 말똥말똥 쳐다보았다. 마님이건 아니건 그런 것은 아기에게 문제가 되지 않았다.

"자! 나한테 와 볼래?" 코니가 아기에게 말했다.

그 아기는 낯을 가리지 않아서 코니가 아기를 덥석 들어서 자기 무릎에 앉혔다. 아기를 무릎에 앉혀 놓으니 너무나 따스하고 포근했다! 포동포동한 작은 팔, 무심결에 까불거리는 작은 다리.

"저 혼자서 차를 대충 막 마시려던 참이었어요. 남편 루크가 시장에 가고 없어서 제가 좋아하는 시간에 차를 마실 수 있어요. 채털리 마님, 차 한 잔 드시겠어요? 늘 드시는 차는 못되지만 ─드시겠어요─."

코니는 차를 마시고 싶었다. 단 그녀가 늘 마시는 차 운운하는 이야긴 안 했으면 했다. 야단법석을 떨며 차상을 다시 차렸다. 제일 좋은 찻잔과 찻주전자를 꺼내 놓았다.

"이렇게까지 수고를 끼치고 싶진 않아요!" 코니가 말했다.

그렇지만 플린트 부인이 이렇게 수선을 피우지 않는다면 무슨 재미가 있겠는가! 그래서 찻상이 차려지는 동안 코니는 아기와 놀았다. 작은 여자아기가 겁 없이 깜찍하게 구는 게 재미있고, 따스하고 포동포동한 몸에서 나오는 그 깊고 육감적인 즐거움을 맛보았다. 어린 생명! 어쩌면 이렇게도 겁이 없지! 방어할 힘이 아무것도 없으니 이토록 겁이 없는가 보다. 어른들은 죄다 겁을 먹고 쪼그라드는데!

그녀는 좀 진한 차와 아주 맛있는 버터 바른 빵과 병에 담근 자두를 먹었다. 플린트 부인은 코니가 용맹한 기사나 되는 양 낯을 붉히며 달아올랐고 흥분해서 으쓱해졌다. 그리고 그들은 정말로 여자끼리의 말을 주고받고 그걸 정말로 즐겼다.

"차가 별로지요." 플린트 부인이 말했다.

"집에서 들던 차보다 훨씬 맛있어요." 코니가 진심으로 말했다.

"아, 정말요!" 플린트 부인은 물론 그 말을 믿지 않으며 응답했다.

그러나 코니가 드디어 자리에서 일어났다.

"이만 가봐야겠어요." 그녀가 말했다. "남편이 내가 어디 있는지 모르거든요. 아마 별생각을 다 하고 있을 거예요."

"아마도 여기에 계신 줄은 상상도 못 하실 걸요!" 플린트 부인이 신이 나서 웃어댔다. "아마도 사람을 내세워 수소문하고 있을 거예요!"

"조세핀, 안녕!" 코니가 말하며 아기에게 키스하고 붉은 머리카락을 흩뜨려 놓았다.

플린트 부인은 걸쇠로 걸려있고 빗장이 질러진 앞문까지 가서 그 문을 열어드리겠다고 고집을 피웠다. 코니는 쥐똥나무 울타리가 처진 농장의 작은 앞마당으로 들어섰다. 오솔길엔 벨벳처럼 아주 부드럽고 풍요롭게 보이는 앵초꽃이 두 줄로 피어 있었다.

"앵초가 너무나 아름다워요!" 코니가 말했다.

"남편 루크는 제멋대로의 꽃이라고 불러요." 플린트 부인이 웃으며 말했다. "좀 가져가세요!"

그런 다음 그녀가 열심히 부드러운 노란 앵초꽃을 꺾었다.

"그 정도만 해요! 그것으로 충분해요!" 코니가 외쳤다.

그들은 작은 정원 문까지 왔다.

"어느 쪽으로 가시지요?" 플린트 부인이 물었다.

"토끼사육장 옆길로요."

"가만있자!—아, 그래요. 젖소들은 농장 울타리 안에 있지요. 하지만 아직 우리 안에 가두진 않았어요.—그런데 출입문이 잠겨있어 그걸 타고 넘어가셔야 할 거예요."

"타고 넘어갈 수 있어요." 코니가 말했다.

"제가 마님을 울타리가 있는 데까진 바래다 드릴게요."

그들은 토끼들이 마구 뜯어 먹어 초라해진 풀밭을 내려갔다. 새들이 오후의 숲에서 요란하게 짹짹거리고 있었다. 한 남자가 짓밟힌 풀밭 위를 느릿느릿 걸어가고 있는, 마지막 남아있는 소들을 부르고 있었다.

"일꾼들이 오늘 저녁엔 우유 짜는 일에 늦장을 부리고 있네요." 플린트 부인이 좀 모질게 말했다. "루크가 밤이 되어서야 온다는 걸 알고 있거든요."

그들은 울타리까지 왔다. 그 너머엔 어린 전나무들이 빽빽이 자라고 있었다. 작은 문이 하나 있었는데 잠겨있었다. 그 안쪽 풀밭에 빈 병이 하나 놓여있었다.

"우유를 받을 사냥터지기의 빈 병이에요." 플린트 부인이 설명했다. "우리가 여기까지 우유를 갖다놓으면 그이가 와서 가져가요."

"언제요?" 코니가 물었다.

"오, 언제건 이 근처에 올 때요. 종종 아침에 오지요.—네, 그러면 채털리 마님, 안녕히 가세요! 꼭 다시 놀러 오세요! 만나뵈니 너무 반가웠어요."

코니가 울타리를 타고 넘어가 빽빽이 자라고 있는 어린 전나무 사이의 오솔길로 들어섰다. 플린트 부인은 오르막 언덕의 풀밭을 뛰어 되돌아가고 있었다. 햇빛 가리개 모자를 쓴 그 모습이 학교 선생티를 그대로 드러냈다.

코니는 새로운 나무들이 빽빽이 들어선 이 숲이 마음에 들지 않았다. 좀 으스스하고 숨이 막히는 듯했다. 그녀는 플린트 부부의 아기 생각에 잠겨 고개를 수그리고 발걸음을 재촉했다. 참 사랑스러운 귀여운 아기였지만—아버지처럼 약간 안짱다리가 될 것 같았다—이미 그런 기미가 보였다. 그러나 어쩌면 그런 신세를 벗어날 수도 있겠지. 아기를 갖는 것이 얼마나 마음 따스해지고 뭔가 할 일을 성취했다는 느낌을 주는 걸까. 플린트 부인이 어쩌나 아기 자랑에 정신이 없던지! 하여튼 코니 자신은 갖고 있지 않고 분명 앞으로도 갖지 못할 것을 그녀는 갖고 있지 않은가. 그래, 플린트 부인은 모성을 얼마나 뽐내던가. 그리고 코니는 약간, 아주 약간은 질투가 났다. 그건 어쩔 수 없는 감정이었다.

그녀가 이런 생각에 잠겨있다가 소스라치게 놀랐고, 겁에 질려 소릴 작게 질렀다. 한 남자가 거기에 있었다.

그건 사냥터지기였다. 그가 오솔길을 발람의 나귀[43]처럼 떡 하니 막고 서있었다.

"어찌 된 일이오?" 그가 놀라서 물었다.

"어떻게 여길 왔지요?" 그녀가 숨을 할딱이며 물었다.

"당신이야말로 어떻게 된 거요? 오두막에 갔다 오는 길이오?"

"아니요! 아닌데요! 메어헤이 농장에 다녀오는 길이에요"

그가 이상하다는 듯, 무엇을 알아보려는 듯 그녀를 쳐다보았

---

43   구약성경, 〈민수기〉 22—24장 참조.—역주

고, 그녀는 약간 죄책감을 느껴 고개를 숙였다.

"지금 오두막에 가는 길이오?" 그가 좀 단호하게 물었다.

"아니요! 그럴 수가 없어요! 메어헤이 농장에 있었거든요. 내가 어디 있는지 아무도 몰라요. 늦었어요. 뛰어가야 해요—."

"나를 속이고 달아나려고요?" 그가 약간 아이로니컬하게 웃으며 말했다.

"아니요! 아니에요. 그런 게 아니에요. 다만—"

"그럼 뭐란 말이오!" 그가 말했다. 그리고 그가 다가와서 그녀를 감싸 안았다. 그녀는 바싹 붙은 그의 앞부분이 딱딱하게 굳어 꿈틀대는 것을 느꼈다.

"아, 지금은 안 돼요! 지금은 안 된다고요!" 그녀가 그를 밀쳐내려고 애쓰며 소리쳤다.

"왜 안 되지요? 여섯 시밖에 안 되었는데. 삽 십 분의 여유가 있어요. 안 된다고 하지 마오! 난 당신을 원하오."

그가 그녀를 바싹 끌어안았고, 그가 다급하다는 걸 그녀가 느꼈다. 그녀의 옛 본능대로라면 그에게서 벗어나기 위해 싸웠을 것이다. 그러나 그녀 속의 어떤 부분이 이상하게 맥이 풀리면서 축 늘어졌다. 그의 몸은 다급한지 그녀의 몸에 바싹대었고 그녀는 더 이상 저항할 기력이 없어졌다.

그가 주변을 둘러보았다.

"자, 와요—이쪽으로 와요! 이곳 사이로!" 그가 빽빽한 전나무 사이를 꿰뚫어보면서 말했다. 그 전나무들은 어려서 지금 자라는 중이었다.

그가 그녀를 돌아보았다. 그녀가 그의 눈을 보았다. 강렬하고 번쩍거리는 사나운 눈, 사랑하는 눈은 아니었다. 그러나 그녀의 의지력은 이제 그녀를 떠났다. 사지가 이상하게 무겁게 느껴졌다. 그녀는 순순히 따랐다. 그냥 두 손을 들고 말았다.

그가 그녀를 데리고, 따끔거려서 들어가기 힘든 나무숲 벽을 뚫고 작은 공터와 죽은 가지들이 쌓여있는 곳으로 갔다. 그가 마른 나뭇가지 한두 개를 바닥에 던지고 자기의 코트와 조끼를 그 위에 깔았다. 그녀는 나뭇가지 아래에 동물처럼 누워야 했고 그러는 동안 그는 셔츠와 바지 바람으로 거기에 서서 음욕이 가득한 눈으로 그녀를 지켜보았다. 그러나 여전히 그는 신경을 썼다―그녀가 제대로, 제대로 잘 눕게 했다. 그런데도 그녀의 속옷의 띠를 그만 끊어먹었다. 그가 그녀의 옷을 벗기는 데 도와주질 않고, 그녀가 맥없이 그냥 누워있었기 때문이다.

그도 그의 몸 앞부분을 드러냈고, 그가 그녀의 몸속으로 들어올 때 그의 맨살이 그녀에게 닿는 것을 느꼈다. 한동안 그는 가만히 있으면서, 그녀 안에서 점점 불어나며 까닥거렸다. 그런 후에 갑작스레 오르가슴이 몰려와 그가 움직이기 시작하였다. 그녀 속에서 기이하며 새로운 전율이 물결치기 시작했다. 물결치고, 물결치고, 또 물결쳐 마치 부드러운 불꽃이 서로 겹치며 날개 치듯이, 깃털처럼 부드럽게 빛나는 지점으로 몰려가 절묘하고 절묘하게 그녀 몸 안의 모든 것을 녹여버렸다. 그건 종소리가 점점 위로 물결치며 올라가 절정에 이르는 것 같았다. 그녀는 끝에 가서는 자기도 모르게 낮게 괴성을 질러댔다. 그러나 그건 너무나 빨리, 너무나 빨리 지나갔다! 그리고 이제 그녀는 자신이 움직여서 자기 자신의 절정을 끝마칠 수가 없었다. 이건 아주 달랐다. 전과 달랐다. 그녀는 아무것도 할 수 없었다. 그녀는 자신의 질을 더 이상 긴장시켜 자신의 만족을 얻으려 조일 수 없었다. 그녀는 그냥 기다릴 따름이었다. 그가 그녀 몸 안에서 물러나는 것을, 물러나면서 크기가 줄어들고 완전히 빠져나가는 너무나 서운한 순간에 이르는 것을 느끼자 마음속으로 칭얼대었다. 그러는 동안 그녀의 자궁은 활짝 부드럽게 열리고 조수를 만난 바다 아네모네처럼 부드럽게 날갯짓했다. 그가 다시 그녀 몸속으로 들어와서 오르가슴을 느끼게 해달라고 야단스럽게 요동쳤다.

그녀는 욕정에 달아올라 자기도 모르게 그를 꼭 조여서 그가 절대로 그녀에게서 빠져나갈 수가 없었다. 그녀가 그의 부드러운 봉오리가 그녀 안에서 움직이는 걸 느꼈다. 이상한 리듬을 탄 동작이 반복되며 점점 부풀고 또 불어나서 마침내 그녀의 벌어진 의식을 모두 가득 채웠다. 그리고 나서 사실 동작이라 말할 수 없는 동작을 다시 시작하였다. 그러나 순수하게 더 깊이 들어가면서 그녀의 모든 조직과 의식 속으로 점점 더 깊이 몰아치면서 감각의 소용돌이를 이루었다. 드디어 그녀는 하나의 완전한 동심원의 느낌이 되었다. 그녀는 거기서 자기도 모르게 괴성을 지르며 누워있었다. 저 밤의 가장 깊은 데서 터져 나오는 목소리, 생명의 외침이었다! 그 남자는 자기의 정자를 그녀 안에서 쏟아낼 때 자기 밑에서 들려오는 그 소리에 경의를 느꼈다. 그 소리가 점점 가라앉으며 그 또한 가라앉고 의식을 잃고 완전히 꼼짝 않고 누워있었다. 그러는 동안 그녀가 그를 조이던 힘이 서서히 느슨해지더니 그녀는 완전히 녹초가 되어 누워있었다.

그들은 아무것도 모른 채 누워있었다. 서로를 의식조차 하지 못하고 완전히 정신이 나가 있었다.

마침내 그가 정신이 들고, 자기가 완전히 알몸으로 있는 걸 알게 되었다. 그녀를 옥죄던 그의 몸이 서서히 풀려나가는 걸 그녀가 의식했다. 그가 그녀에게서 몸을 떼었다. 그러나 그녀는 가슴 속에서 그녀를 알몸 상태로 놓고 그가 일어나는 것을 견딜 수가 없다고 느꼈다. 그는 이제 영원히 그녀를 감싸야만 한다.

그러나 그가 마침내 물러났고 그녀에게 키스하고 옷으로 그녀의 몸을 덮어주고는 자기 몸에도 옷을 덮기 시작했다. 그녀는 아직 움직일 수가 없어 나뭇가지들을 올려다보며 그대로 누워있었다. 그가 일어서서 바지 끈을 매면서 주위를 둘러보았다. 사방에 나무가 빽빽이 서 있고 조용했다. 단지 좀 놀란 개가 앞발을 코에 대고 엎어져 있었다.

그가 전나무 가지 위에 다시 앉아서 코니의 손을 잡았다. 그녀가 몸을 돌리고 그를 보았다.

"이번엔 우리가 같이 끝났소." 그가 말했다.

그녀는 대답하지 않았다.

"이런 때는 참 기분이 좋소. 대부분 사람은 평생을 살면서도 이런 것을 모르오." 그가 꿈을 꾸는 듯 말했다.

그녀가 생각에 잠긴 그의 얼굴을 들여다보았다.

"사람들은 그렇군요!" 그녀가 물었다. "그래서 기뻐요?"

그가 그녀의 눈을 다시 쳐다보았다.

"기쁘지요." 그가 말했다. "그래요! 그렇지만, 이런 데 신경쓰지 말아요!"—그는 그녀가 말하는 걸 원치 않았다.

그가 몸을 숙이고 그녀에게 키스했다. 그리고 그녀는 그런식으로 그가 영원히 키스를 해줘야 한다고 느꼈다.

마침내 그녀가 일어나 앉았다.

"사람들은 자주 같이 끝내지 못하나요?" 그녀가 순진한 호기심으로 물었다.

"상당히 많은 사람은 평생 그렇지 못하지요. 얼굴의 떨떠름한 표정을 보면 알지요."—그가 무심히 이런 말을 뱉어놓고는 이런 말을 한 것을 후회했다.

"다른 여자들하고도 이렇게 같이 끝냈나요?"

그가 재미있다는 표정을 지으며 그녀를 쳐다보았다.

"모르겠소." 그가 말했다. "정말 모르겠소."

그리고 그녀는 그가 해주고 싶지 않은 말은 그녀에게 절대로 해주지 않을 거라는 걸 알았다. 그의 얼굴을 자세히 보았다. 그랬더니 그에 대한 열정이 그녀의 창자 안에서 일렁이기 시작했다. 그녀는 할 수 있는 한 그것에 대항했다. 왜냐하면, 그건 자신이 자신에게 지는 것을 의미했기 때문이다.

그가 조끼와 **코트**를 입고 나무 사이를 뚫고 나가 오솔길로 다시 들어섰다. 석양의 마지막 햇살이 숲을 비추고 있었다.

"당신과 함께 가지 않겠소." 그가 말했다. "그게 더 나을 것 같소."

그녀가 무언가 아쉬운 듯 그를 쳐다보다가 몸을 돌렸다. 그의 개가 아주 안달이 나서 그가 떠나길 기다리고 있었다. 그리고 그는 할 말이 전혀 없는 것 같았다. 아무 말도 남기지 않았다.

코니는 몸 안의 다른 존재의 깊이를 깨달으며 천천히 집을 향해 걸었다. 다른 자아가 그녀 안에 살아서, 그녀의 자궁과 내장에서 활활 타 흐물흐물 녹아 부드럽고 민감하게 되었다. 그녀는 이 자아를 통해 그를 연모했다. 그를 연모하는 나머지 걸어가는 그녀의 다리가 후들후들 떨렸다. 이제 자궁과 내장에서 그녀는 부드럽게 흐르면서 살아나고, 다치기 쉬운 여린 존재가 되어 버렸다. 세상에서 가장 순진한 여자로서 그를 연모하는 정에 사로잡혀 꼼짝 못 하게 되었다.

"어린애 같은 느낌이야!" 그녀가 혼자 중얼거렸다. "내 안에 어린애가 든 느낌이야."

정말 그랬다. 그때까지 항상 닫혀있던 그녀의 자궁이 활짝 열려서 새 생명으로 가득 채워진 것 같았다. 짐스러웠지만 사랑스러웠다.

"내가 아기를 갖는다면!" 그녀가 혼자 생각을 해보았다. "만약에 그의 아기를 내 안에 갖는다면!"

이런 생각에 그녀의 팔다리가 흐물흐물 녹아내렸다. 그리고 그냥 아기를 갖는 것과 온몸으로 연모하는 남자의 아기를 갖는 것 사이엔 엄청난 차이가 있음을 깨달았다. 전자는 그저 보통 일이지만 자궁과 내장으로 연모하는 남자의 아기를 갖는 것! 그것은 그녀가 옛 자아와는 다른 존재가 되는 것이라 느꼈다. 그건 그녀가 깊이 밑으로, 밑으로 가라앉아 모든 여성의 중심에 이르러 창조의 잠을 자는 것이라 느꼈다.

그녀 안에서 새롭게 일렁인 것은 정열이 아니고 동경해 마지않는 연모의 정이었다. 그녀는 자신이 그런 감정을 품을까 봐 늘 두려워했다는 걸 알고 있었다. 왜냐하면, 그런 감정에 일단 사로잡히면 옴짝달싹 못 하게 되니까. 지금도 그녀는 그런 감정에 빠지는 걸 두려워했다. 만약에 그를 너무나도 열렬히 연모하게 되면 자신을 잃어버리고 자아란 존재가 지워진다. 그녀는 자신의 존재가 지워지는 것을 원치 않았다. 미개인 여자같이 노예가 되는 것을 원치 않았다. 그녀는 노예가 되어선 안 되었다.

그녀는 자기 몸에서 우러나는 연모의 정을 두려워했다. 그렇지만 곧장 그것에 대항해 싸울 마음은 없었다. 그것에 대항해 싸울 수 있다는 걸 알고 있었다. 그녀는 자신의 자궁과 창자 속에서 부드럽게 일렁이는 연모의 정과 싸워서 깡그리 없앨 수 있는 악마 같은 자아 의지를 가슴 속에 품고 있었다. 지금 당장 그렇게 할 수 있었다. 아니면, 그럴 수 있다고 생각했다. 그러면 자신의 열정을 그녀 의지로 조정할 수 있을 것이었다.

아, 그래. 바쿠스를 섬기는 여사제나 여신도처럼 열정적으로 숲 속을 마구 뛰어다니는 거야. 그리고 찬란한 남근의 신 이악코스(Ιακχοσ, Iacchus)를 찾아가는 거야. 독립적인 개성은 없고 오로지 여자를 섬기는 신전의 하인에 불과한 존재를! 남자와 개성을 가진 존재는 감히 이 영역에 들어오지 못하게 하는 거야. 그는 그저 신전의 하인으로서 그녀의 소유인 찬란한 남근을 몸에 지니고 지키는 것뿐이지.

그렇게 새로운 각성의 흐름 속에서 그녀 안에 있던 예전의 경직된 열정이 얼마 동안 불타올랐다. 남자는 단순히 남근의 운반자로 멸시받을 대상으로 전락하였다. 그의 봉사가 끝나면 갈기갈기 찢겨 없어져야 할 존재였다. 그녀는 자신의 사지와 몸속에서 바쿠스 신의 여사제로서의 힘이 치솟는 것을 느꼈다. 남성을 짓밟아버리는 반짝이고 재빠른 여자의 힘이었다.

그러나 이렇게 느낄 때 정작 그녀의 가슴은 무거웠다. 그런걸 원치 않았다. 그건 너무나도 잘 알려진 것으로 황량하고 생명의 잉태가 없는 것이었다. 연모의 정은 그녀가 애틋이 아끼는 보배였다. 그것은 깊이를 알 수 없고, 너무나도 부드럽고, 깊고 알려지지 않은 것이었다. 그래, 그렇다! 그녀의 딱딱하고 빛나는 여성의 힘을 포기해 버려야지. 그녀는 그런 것에 싫증이 나고, 그 때문에 경직되었다. 그녀는 새로운 생명의 욕조 속에, 자궁과 창자 속에 깊이 잠겨 소리 없는 연모의 노래를 부르리라. 남자를 두려워하기엔 아직 좀 일러.

"메어헤이 농장 쪽으로 산책하러 나가서 플린트 부인과 차를 마셨어요." 그녀가 클리퍼드에게 말했다. "아길 보고 싶었거든요. 아기가 너무나 귀엽고, 머리카락은 꼭 빨간 거미줄 같아요! 너무나도 사랑스러워요! 플린트 씨가 장에 갔기 때문에, 부인과 나, 아기가 함께 차를 마실 수 있었어요. 내가 어디 있나 궁금하셨어요?"

"뭐, 좀 궁금했지만, 당신이 어딘가에서 차를 마시리라 생각했지." 클리퍼드가 좀 심술이 나서 말했다.

그는 육감으로 그녀 속에 무언가 새로운, 그가 통 이해할 수 없는 변화가 일고 있다고 느꼈다. 아마 아기 때문일 것으로 생각했다. 코니의 마음을 아프게 하는 건 아기를 갖지 못하는 것, 다시 말해 자연스럽게 아기를 갖지 못하는 것이라 그는 생각했다.

"마님께서 정원을 가로질러 철 대문 쪽으로 가시는 걸 보았어요." 볼턴 부인이 말했다. "그래서 목사관엘 가시나 하고 제가 생각했지요."

"거의 그럴 생각이었지. 그렇지만 도중에 메어헤이 농장 쪽으로 발길을 돌렸지."

두 여자의 시선이 마주쳤다. 볼턴 부인의 회색 눈은 빛을 발하며 무언가를 찾는 듯했고 코니의 푸른 눈은 무엇에 가린 듯 신기하게 아름다웠다. 볼턴 부인은 그녀에게 분명 애인이 생긴 거라 확신했다. 그렇지만 어떻게 그런 일이? 그리고 누가 애인이 될 수 있을까? 그런 남자가 도대체 어디 있을까?

"오, 가끔 집을 나가셔서 사람들을 만나시는 건 마님께 아주 좋지요." 볼턴 부인이 말했다. "제가 클리퍼드 경께 마님이 밖에 나가셔서 사람들과 사귀시는 건 마님 건강에 좋을 거라고 말씀드렸어요."

"그래요. 가길 잘했어요.—애기가 너무나 깜찍하고 귀여웠어요, 클리퍼드!" 코니가 말했다. "그 아기 머리칼은 꼭 거미줄 같고, 밝은 오렌지색이었어요! 눈은 정말 이상야릇하게 깜찍하고 연한 파란색이었어요. 물론 여자애인데 너무나도 겁이 없어요. 프랜시스 드레이크 경[44]이 어릴 때보다 더 겁이 없어보여요."

"네. 마님 말씀이 맞아요. 플린트 가의 애들이 다 그래요. 하나같이 당돌하고 머리칼은 연한 갈색이지요." 볼턴 부인이 말했다.

"여보, 그 아기를 한 번 보실래요? 당신이 그 아기를 한 번 보시게 차 마시러 오라고 초청했거든요."

"누구 말이오?" 그가 아주 불안한 표정으로 코니를 쳐다보았다.

"린트 부인과 아기요—다음 월요일에요."

"당신 방에서 그들과 차를 마시구려." 그가 말했다.

"아니, 아기를 보고 싶지 않으세요?" 그녀가 큰 소리로 물었다.

"아, 잠깐 보긴 하지. 그렇지만 차를 마시는 내내 한 자리에 있고 싶진 않아."

"아." 그녀가 무언가를 감춘 눈을 크게 떠서 그를 보며 외쳤다. 사실은 그를 본 것이 아니었다. 그는 다른 사람이었다.

"마님 방에서 오순도순 차를 마시게 될 거예요. 플린트 부인은 클리퍼드 나리가 계시는 것보다 더 편안히 느낄 거고요." 볼턴 부인이 말했다.

---

44 c. 1543-96. 지구를 처음으로 배로 일주한 첫 번째 영국인.—역주

그녀는 코니에게 틀림없이 애인이 생겼다고 확신했다. 그리고 그런 확신이 서면서 자신의 영혼 속의 무엇인가가 환희를 느꼈다. 그렇지만 그가 누굴까? 도대체 누굴까? 어쩌면 플린트 부인이 그 실마리를 제공해 주겠지.

코니는 오늘 저녁엔 목욕하지 않을 것이었다. 그의 살이 그녀에게 닿았던 느낌과 그녀 몸에서 아직도 끈적하게 느껴지는 점액은 그녀에게 소중했고 어떤 면에서는 성스럽기까지 했다.

클리퍼드는 매우 불안했다. 그는 저녁 식사 후 코니를 자기 방에 가지 못하게 했다. 그런데 그녀는 너무나도 혼자 있고 싶었다! 그녀가 그를 쳐다보니 이상하게 순순히 응할 마음이 생겼다.

"우리 게임을 할까?—아니면 무얼 읽어줄까?—아니면 무얼 할까?" 그가 불안해서 물었다.

"책을 읽어줘요." 코니가 말했다.

"무얼 읽을까? 시? 산문? 아니면 희곡?"

"라신[45]의 작품을 읽어줘요." 그녀가 청했다.

그가 라신의 작품을 진짜 멋진 프랑스식으로 읽는 것이 과거에는 그의 빼어난 재주 중의 하나였다. 그러나 지금 그는 목소리가 쉰 데가 좀 자의식적이었다. 그는 사실은 라디오의 왕왕거리는 소릴 듣고 싶었다.

그러나 코니는 바느질을 하고 있었다. 그녀의 옷에서 잘라낸 연한 황록색 비단 감으로 플린트 부인의 아기에게 입힐 작은 드

---

45 Jean Baptiste Racine, 1639-99, 프랑스의 신고전주의 극작가.—역주

레스를 만들고 있었다. 집에 돌아온 후 저녁 식사 시간이 되기까지 감을 잘라냈고 지금 책 읽는 소리가 계속되는 동안 그녀는 부드럽고 조용한 자신만의 황홀경에 빠져 바느질을 하고 있었다. 그녀는 깊은 종소리의 여운처럼 열정의 여운이 자기 몸 안에서 퍼져나가는 걸 느낄 수 있었다.

클리퍼드가 그녀에게 라신에 대해 무어라 말을 했다. 그 말이 끝난 다음에야 그녀가 눈치를 챘다.

"그래요! 맞아요!" 그녀가 그를 쳐다보며 대꾸했다. "그건 정말 멋져요."

그는 아내가 눈에선 짙푸른 광채를 발하며 거기에 부드럽게 조용히 앉아 있는 모습에 다시 한 번 겁을 먹었다. 아내가 그렇게 부드럽고도 조용히 있어 본 적이 없었기 때문이다. 마치 그녀의 몸에 뿌린 향수가 그를 취하게 한 듯 그를 꼼짝 못 하게 넋을 빼었다. 그래서 그는 하는 수 없이 책을 계속 읽어나갔고, 그녀에게 그의 쉰 목소리는 굴뚝을 빠져나가는 바람 소리처럼 들렸다. 그녀는 라신의 글을 단 한마디도 듣지 않았다.

그녀는 자신만의 부드러운 환희에 취해, 마치 봄의 여리고 기쁜 신음으로 살랑거리는 숲처럼, 꽃봉오리 속으로 흘러들었다. 그녀는 그 남자가 그녀와 같은 세계에 있다는 걸 느낄 수 있었다. 이름 없는 그 남자가 남근의 신비로움을 아름답게 입고는 아름답게 사뿐사뿐 걸어오고 있었다. 그리고 그녀는 몸 안에서, 모든 핏줄 안에서 그와 그의 아기를 느낄 수 있었다. 그의 아기가 황혼처럼 그녀의 모든 핏줄에 깃들어 있었다.

"그녀는 손도 없고, 눈도 없고, 발도 없고,

보배스런 금발도 없었으니ㅡ."[46]

그녀는 숲 같았다. 수많은 새싹을 펼치며 들리지 않게 콧노
랠 부르는 떡갈나무들이 짙게 뒤얽힌 숲과 같았다. 한편 욕망이
라는 새들은 복잡하게 뒤얽힌 그녀의 광활한 몸속에서 잠들어
있었다.

그러나 클리퍼드의 책 읽기는 계속되었는데, 보통은 들리지
않던 파열하는, 껄끄러운 소리가 났다. 그건 얼마나 이상야릇
한가! 그는 얼마나 이상야릇한가! 넓은 어깨에 다리는 없이, 이
상하고 욕심은 사납고 교양 있는 그가 책 위로 몸을 구부린 모
습이란. 얼마나 기이한 인간인가! 맹금류같이 날카롭고 냉혹한
의지를 지니고 있으면서 따스함이나 온기란 눈곱만치도 없으
니! 그는 영혼은 없고 비상한 의지, 차가운 의지만을 지닌 미래
에 도래할 인간 중의 하나였다. 그녀는 그가 무서워서 몸을 좀
부르르 떨었다. 그러나 그때 부드럽고 따스한 생명의 불꽃이 그
보다 더 강하게 일어났다. 그리고 진짜의 것들은 그에게서 멀리
숨겨져 있었다.

책 읽기가 끝이 났다. 그녀가 흠칫 놀랐다. 그녀가 눈을 들
어보곤 한층 더 놀랐다. 클리퍼드가 증오에 찬 창백하고 매서운

---

46   스윈번의 《일출 전의 노래들 Songs Before Sunrise》 중에서 〈순례자들〉 II.
     6-7

눈으로 그녀를 쏘아보았기 때문이다.

"너무나 고마워요! 라신을 정말 아름답게 읽으시네요!" 그녀가 부드럽게 말했다.

"라신에게 직접 듣는 것만큼이나 아름답겠지." 그가 잔인하게 말했다.

"도대체 무얼 만드는 거요?" 그가 물었다.

"플린트 부인의 아기에게 줄 옷을 만들고 있어요."

그가 몸을 획 돌렸다. 아기라! 아기! 그것에 온통 정신이 나가 있구먼.

"결국은," 그가 웅변조로 말했다. "인간이 원하는 모든 것을 라신에게 얻을 수 있지. 질서정연하게 형태가 잡힌 감정은 무질서한 감정보다 훨씬 더 중요한 거요."

그녀가 무언가를 감춘 희뿌연 눈을 크게 뜨고 그를 바라보았다.

"네, 저도 확실히 그렇다고 생각해요." 그녀가 대답했다.

"현대 세계에는 풀어놓아서 천박해진 감정만이 있을 뿐이오. 우리가 필요한 건 고전적인 자제요."

"그래요." 그녀가 천천히 대답하며, 감정적으로 떠들어대는 백치 같은 라디오 소릴 멍한 얼굴로 경청하는 그의 모습을 떠올렸다. "사람들은 감정이 있는 척하지만, 실제론 아무것도 느끼지 못해요. 그러고는 그걸 낭만적이라 하는 것 같아요."

"바로 그거야!" 그가 말했다.

사실 그는 지쳐 있었다. 오늘 저녁은 이상하게 피곤했다. 차라리 기술서적을 읽거나 탄광 지배인과 이야길 나누던가 라디오를 들었다면 훨씬 나을 뻔했다.

볼턴 부인이 엿기름이 든 우유 두 잔을 들고 들어왔다. 클리퍼드에겐 잠이 잘 오게, 코니에겐 다시 살이 좀 붙게 하기 위한 것이었다. 그건 그녀가 소개해서 규칙적으로 마시는 잠자리용 음료였다.

코니는 자기의 잔을 다 비우고 나면 자릴 뜰 수 있어 기뻤다. 고맙게도 클리퍼드의 잠자리 시중을 들지 않아도 되었다. 그녀는 그의 잔을 들어다 쟁반에 놓았다. 그런 다음 밖으로 가져가기 위해 쟁반을 들었다.

"안녕히 주무세요! 클리퍼드. 편안히 **주무세요!**—라신의 말이 꿈처럼 우리에게 스며들어요.—안녕히 주무세요!"

그녀는 바람처럼 문 앞에 가 있었다. 그에게 잘 자라는 키스도 안 하고 그냥 떠나고 있었다. 그가 날카롭고 냉랭한 눈으로 그녈 쳐다보았다. 그래! 잘 자라는 키스조차 하지 않아. 저녁 내내 책을 읽어주었는데도. 저 여자가 저다지도 냉랭하다니! 키스가 형식에 지나지 않는다 하더라도 인생은 그런 형식에 좌우되는 건데. 저 여잔 볼셰비키야, 정말로. 본능적으로 볼셰비키라고! 그녀가 사라진 문을 그가 화가 치밀어 냉랭한 시선으로 노려보았다. 차오르는 분노!

그리고 다시 밤에 대한 공포가 그를 엄습했다. 그는 온갖 신경세포의 그물망 같았다. 그가 일을 위해 잔뜩 긴장할 때에는 정력이 넘쳐났다. 그가 라디오를 경청할 땐 완전히 거세된 퇴물 같았다. 그런 때에 그는 불안과 위험스런 공허가 임박하다는 위기감에 쫓기었다. 그는 두려웠다. 만약에 코니가 마음만 먹는다면 그 두려움을 그에게서 내쫓을 수 있는데. 그러나 그녀에게 그럴 마음이 없는 것은 확실했다. 그녀를 위해 그의 삶을 포기했는데도 그녀는 그에게 냉담했다. 그녀는 자기 멋대로 하고 싶어 한다. '숙녀는 자신의 의지를 사랑한다네.'[47]

지금 그녀가 온통 몰두한 것은 아기였다. 아기는 그녀의 것이 되어야 했다. 오로지 그녀의 아기여야 하고 그의 것이 되어선 안 되었다!

클리퍼드는 하체가 불구이긴 하지만 아주 건강했다. 아주 건강해 보였다. 얼굴은 불그스레하고 어깨는 넓고 튼튼하며, 가슴은 두툼하고, 그는 살이 올라 있었다. 그런데도 이와 동시에 그는 죽음을 두려워했다. 왠지 어딘가에서 무시무시한 공허가 몰려와 그를 위협하는 것 같았고, 이 공허 속으로 그의 에너지가 빨려 들어가는 것 같았다. 에너지가 빠진 상태에서 그는 가끔 죽은 것처럼, 아주 죽은 것처럼 느꼈다.

그래서 그의 좀 튀어나온 허연 눈은 이상한 표정을 지었다. 은밀하면서도 좀 잔인하고 아주 차가운 빛을 띠었다. 이와 동시에 거의 오만한 표정이었다. 이 오만한 표정은 매우 야릇한 빛이었다. 인생이 어떻든 간에 그가 인생을 짓누르고 승리하고

47　영국 전래 가요 〈네 개의 사랑 The Four Loves〉 "수사슴 그는 높은 숲을 사랑한다네/ 토끼 그는 언덕을 사랑한다네/ 기사 그는 빛나는 검을 사랑한다네/ 숙녀는 자신의 의지를 사랑한다네."

있다는 의기양양한 표정 같아 보였다. '누가 의지의 신비를 알고 있나——. 그걸 알면 심지어 천사에 대항해서 이길 수 있는데—'[48]

그러나 그가 두려워하는 것은 잠 못 이루는 밤이었다. 그때는 정말로 끔찍했다. 절멸감이 사방에서 그에게 밀어닥쳤다. 그때에는 생명력 없이 존재한다는 것이 소름이 끼칠 정도였다. 밤에 생명력 없이 존재한다는 것이.

그러나 이젠 종을 울려 볼턴 부인을 불러들일 수 있었다. 그리고 그녀는 언제나 오곤 했다. 그건 커다란 위안이었다. 그녀는 화장복 차림에, 머리는 땋아 등 뒤로 늘어뜨려서 비록 희끗희끗 흰 머리가 보이긴 했지만 묘하게 소녀티가 났다. 그녀는 커피나 노란 양국차를 끓였고 그와 체스를 하거나 카드놀이를 했다. 그녀는 졸음에 취해 있으면서도 여성 특유의 능력으로 그의 만만찮은 상대가 될 정도로 체스놀이를 잘했다. 그렇게, 밤의 고요하고 친밀한 분위기에서 그들은 앉거나 아니면 그녀는 앉고 그는 침대에 누운 채 독서용 램프가 그들을 호젓이 비치는 가운데서, 그녀는 거의 잠에 취한 채로, 그는 공포감에 짓눌린 채 놀이를 했다—놀이하다가 그들은 함께 커피를 마시고 비스킷을 먹었다—밤의 고요 속에서 그들은 거의 말을 안 했지만—서로에게 기운을 북돋워 주었다.

그리고 오늘 밤 그녀는 누가 채털리 부인의 연인일까 궁금

---

48 에드거 앨런 포(1809~1849)의 단편소설 〈라이제이어 Liegeia〉의 제사(題詞).

하였다. 그리고 죽은 지 오래되었지만, 그녀의 마음에선 절대로 죽지 않은 남편 테드 생각이 났다. 남편을 생각할 때면 세상에 대한 해묵은 원한이, 특히 남편을 죽인 고용주들에 대한 원한이 치밀었다. 사실은 그들이 남편을 죽인 것은 아니었다. 그런데도 그녀에겐, 감정상으로 그들이 죽인 거나 매한가지였다. 그런 감정 때문에 그녀는 마음속 깊은 곳에서 허무주의자였고 진짜 무정부적이었다.

반쯤 잠이 든 상태에서 그녀의 남편 테드에 대한 생각과 누군지 모를 채털리 부인의 연인에 대한 생각이 뒤섞이게 되자, 자기가 코니와 함께 클리퍼드 경과 그가 대표하는 모든 것에 대한 커다란 원한을 공유하고 있다고 느꼈다. 이와 동시에 그녀는 클리퍼드 경과 6펜스를 걸고 카드놀이를 하고 있었다. 준남작과 카드놀이를 하면서 6펜스까지 잃는 것이 그녀에겐 위안의 근원이 되었다.

그들이 카드놀이를 할 때는 언제나 돈을 걸었다. 그러면 그는 이에 몰두하여 자기 자신을 잊었다. 그런데 보통은 그가 이겼다. 오늘 저녁도 그가 이기고 있었다. 그렇게 동이 틀 때까지 그는 잠자리에 들 생각이 없었다. 다행히 4시 반쯤 되자 동이 트기 시작했다.

코니는 잠자리에 들어 이 시간 동안 곤히 잠들었다. 그러나 사냥터지기 역시 잠을 잘 수가 없었다. 그가 닭장의 문을 다 닫고 숲 주변을 한 바퀴 돌아본 다음 집으로 가서 저녁을 먹었다. 그러나 잠자리에 들지 않았다. 대신 난롯가에 앉아서 생각에 잠겼다.

그는 테버셜 마을에서 보낸 어린 시절과 5, 6년간의 결혼생활을 회고했다. 그가 아내 생각을 하면 언제나 씁쓸했다. 그녀는 너무도 표독하게 굴었다. 그러나 그가 1915년 봄에 군에 입대한 이후로 그녀를 만난 적이 없었다. 그는 살아생전에 다시는 그녀를 보고 싶지 않았다.

그는 군인으로서 외국에서 보낸 삶을 생각했다. 인도, 이집트 그런 다음 다시 인도. 맹목적으로 아무 생각 없이 말들과 보낸 삶, 그를 아끼고 그가 존경했던 대령, 대위로 거의 승진될 뻔했던 여러 해 동안의 중위 시절. 그 후 대령이 폐렴으로 사망하고, 자기도 겨우 죽음을 모면한 일, 나빠진 건강. 그의 심한 불안증. 그로 인해 제대하고 영국으로 돌아와 다시 노동자 생활을 시작한 것 등을 회상했다.

그는 우물쭈물 삶과 타협하는 중이었다. 이 숲에 있으면 적어도 당분간은 안전하리라 생각했다. 아직 사냥 같은 것은 없었다. 우선 그가 꿩을 사육해야만 했다. 그가 총을 쏠 일은 없을 것이었다. 그는 세상살이와 동떨어져 혼자 지내고 싶었고 그것이 그가 원하는 전부였다. 그는 등을 기댈만한 배경이 필요했고 마침 이곳이 그가 태어난 고향이었다. 비록 가까운 사이는 아니었지만, 여기엔 그의 어머니도 살고 있었다. 인간 접촉이나 희망 없이 그날그날 존재하며 그럭저럭 살아갈 수 있었다. 그는 스스로 무엇을 어찌해야 할지를 몰랐기 때문이다.

그는 스스로 어찌해야 할지를 몰랐다. 그가 몇 년간 장교로 지내면서 다른 장교와 문관들과 그들의 아내와 가족들과 섞여 살아본 결과 그는 '출세'하겠다는 모든 야망을 접었다. 그들을 이해한 바로는 중류계급과 상류계급에는 강인함이, 목을 길게 빼고 넘겨다보는 강인함이 있었고 이걸 본 그는 냉담해졌고 그들과 자신이 다르다는 것을 깨닫게 되었다.

그래서 그는 자신의 계층으로 돌아왔다. 수년 동안 해외에서 보내면서 그가 잊고 있었던 것 즉 인색함과 비천한 언행을 그들에게서 발견한 것은 극도로 혐오스러웠다. 이제 그는 언행의 중요성을 인정하게 되었다. 삶에서 동전 한 닢이나 자질구레한 것에 관심이 없는 **척하는** 것이 얼마나 중요한가를 마침내 인정하게 되었다. 그러나 하층 계급 사람들에겐 척하는 것이 없었다. 베이컨이 한 푼 더 싸냐 비싸냐 하는 것이 복음의 어떤 변화보다 더 절실했다. 그는 이것을 견딜 수가 없었다.

다시 노임을 놓고 티격태격 싸움이 벌어졌다. 소유계층과 살아본 결과 그는 노임 문제에서 어떤 해결책을 기대하는 것은 완전히 헛물켠다는 걸 알았다. 죽는 것 외엔 해결책은 없었다. 유일한 해결책은 전혀 신경을 쓰지 않는 것, 노임에 전혀 신경을 쓰지 않는 것이었다.

그런데도 만약에 당신이 가난하고 살기가 처참하게 되면 신경을 쓸 수밖에 **없었다**. 하여간에 그것이 그들이 관심 두는 유일한 것이 되고 만다. 돈에 관한 **관심**은 모든 계층의 개인들을 야금야금 먹어치우는 심각한 암과 같은 것이다. 그는 돈에 대해 **신경 쓰기**를 거부했다.

그러면 어떻게 되는 건가? 돈에 대해 신경을 쓰지 않으면 삶은 어떤 것을 내어주는가? 아무것도 내주는 것이 없다.

그렇지만 그는 혼자 살면서, 배불뚝이 양반들이 조반 후 사냥 거리로 쏘아댈 꿩들을 기르는 데서 미미하게 만족감을 얻으며 홀로 살아갈 수 있었다. 그건 헛된 일이고 극도로 헛된 일이었다.

그러나 왜 관심을 두고 왜 신경을 쓴담? 이 여자가 그의 삶 속에 들어오기 전까진 그는 관심도 없고 신경도 쓰지 않았다. 그는 이 여자보다 거의 열 살이나 손위였다. 그는 사회의 밑바닥에서 출발했기에 경험 면에선 그 여자보다 천 살은 위였다. 그들 사이의 관계는 점점 더 가까워졌다. 머지않아 그들의 관계가 한 데 맞붙어서 그들이 함께 살아야 할 것을 그가 예견했다. "사랑의 얽힌 띠는 풀기가 힘들다고 하지 않는가!"

그러면 어떡하지? 도대체 어떻게 하지? 시작할 동전 한 닢도 없는데 그가 인생을 다시 시작해야 하나? 그가 이 여자와 얽혀들어야 하나? 그녀의 불구자 남편과 무서운 싸움을 해야 하나? 그리고 그를 너무나 증오하는 그 표독한 아내와도 끔찍스런 투쟁을 벌여야 하나? 참 비참하구나! 너무나 비참해! 더구나 그는 더 이상 젊은 나이도 아니고 낙천적으로만 나갈 수도 없었다. 더구나 나 몰라라 하는 성격도 아니었다. 온갖 비통함과 온갖 추함이 그를 아프게 할 것이다. 그리고 그 여자도!

심지어 그와 코니가 클리퍼드 경과 자신의 아내에게서 해방된다 해도, 그들이 해방된다 해도 그들은 어떻게 할 것인가? 그 자신은 무엇을 할 것인가? 그의 인생을 가지고 앞으로 무얼 할 것인가? 그가 무언가는 해야 하니까. 그녀의 돈과 자신의 눈곱만한 연금에 기대고 백수 노릇을 할 수는 없지 않은가?

그건 참 해결이 안 되는 문제였다. 미국으로 건너가 새로운 삶을 시도하는 것밖에는 다른 생각을 할 수 없었다. 그는 달러의 힘을 전적으로 불신했다. 그러나 어쩌면, 어쩌면 그 외의 다른 수가 있겠지.

그는 쉴 수도 없었고 그렇다고 잘 수도 없었다. 한밤중이 되기까지 이런 비통한 생각을 하며 멍한 상태로 앉아 있다가 갑자기 의자에서 일어나 코트와 엽총을 집어 들었다.

"얘야, 나가자." 그가 개에게 말했다. "밖으로 나가는 게 좋겠다."

별이 총총한 밤이었다. 그러나 달은 뜨지 않았다. 그는 천천히 주의를 기울이며 조용조용 걸으면서 숲을 은밀하게 둘러보았다. 그가 상대로 경계해야 할 것은 산토끼를 잡으려고 덫을 놓는 광부들이었고 특히 메어헤이 쪽에 사는 스택스 게이트 탄광의 광부들이었다. 그러나 지금은 번식기라 그들도 이를 조금은 고려해 주었다. 그런데도 밀렵꾼을 찾느라 숲을 은밀하게 살피는 것은 그의 날카로운 신경을 좀 잠재우고 잡념을 없애주었다.

그러나 거의 5마일이나 되는 경내를 주의를 기울이며 천천히 한 바퀴 돌고 나니 그는 지쳐 있었다. 그가 언덕 꼭대기로 올라가 저 밑의 세계를 내려다보았다. 작업을 중단한 적이 없는 스택스 게이트 탄광에서 내는 희미한 소음 외엔 다른 소리는 들리지 않았다. 그리고 그 작업장이 환하게 줄지어 켜놓은 전깃불 외엔 거의 다른 불빛이 보이지 않았다. 세상은 시커멓게 누워서 연기를 내뿜으며 잠들어 있었다. 새벽 2시 반이었다. 그러나 세상은 잠에 취해 있는데도 안절부절못하고 잔인스러웠다. 길 위에선 화차나 커다란 화물차가 요란한 소릴 내며 흔들어댔고 용광로는 장밋빛의 번쩍이는 불빛을 계속 쏟아냈다. 그건 철과 석탄의 세계였고 철의 잔인성과 석탄의 연기였고 끊임없이 치닫는 탐욕이 이 모든 것을 몰아쳤다. 오로지 탐욕만이 잠 속에서 세상을 뒤흔들고 있었다.

날씨가 추워서, 그가 기침했다. 맑고 싸늘한 바람이 언덕 위로 불어왔다. 그 여자 생각이 났다. 이제 그는 두 팔로 그녀를 따뜻하게 껴안고 둘 다 담요에 둘러싸여서 잠을 잘 수 있다면 그가 갖고 있거나 앞으로 가질 모든 것을 내놓고 싶었다. 그곳에서 그녀를 껴안고 담요 한 장에 둘이 따뜻하게 둘러싸여서 잠을 잘 수 있다면 영원에 대한 모든 희망과 과거에 얻은 모든 것을 내놓고 싶었다. 그녀를 팔에 안고 잠드는 것이 그가 지금 가장 절실하게 필요한 것으로 느꼈다.

그는 오두막으로 가서 담요로 몸을 감싸고 바닥에 누워 잠을 청했다. 그러나 잘 수가 없었다. 너무나 추웠다. 게다가 용단 있게 일을 처리하지 못하는 자신의 성격을 뼈저리게 절감했다. 어정쩡하게 홀로 살아가는 자신의 처지를 뼈아프게 통감했다. 그녀의 몸을 만지고 꼭 껴안고는 일순간의 완전한 상태에서 잠에 푹 빠지고 싶었다.

그는 다시 일어나 밖으로 나갔다. 이번에는 정원의 출입문 쪽으로 향했다. 그리곤 라그비 저택으로 가는 오솔길을 천천히 걸었다. 거의 새벽 4시가 가까웠다. 공기는 맑고 싸늘했으나 동이 틀 기미는 보이지 않았다. 그는 컴컴한 것에 익숙해 있어서 잘 볼 수 있었다.

그 저택이 자석처럼 그를 천천히, 천천히 끌어당겼다. 그는 그녀 가까이 있고 싶었다. 그건 욕정이 아니었다. 그건 아니었다. 그건 어정쩡하게 홀로 있다는 잔인한 자책감으로 두 팔로 말없이 안길 여자를 껴안고 싶은 마음이었다. 어쩌면 그녀를 발견할 수 있으리라. 어쩌면 그가 있는 밖으로 그녀를 불러낼 수도 있으리라. 아니면 그녀가 있는 곳으로 가는 길을 찾을 수 있으리라. 왜냐하면, 이런 욕구가 절박했기 때문이다.

그는 천천히 소리 없이 저택에 이르는 언덕길을 올라갔다. 그런 다음 언덕 꼭대기에 있는 커다란 나무들 주변에 이르고 다음에는 현관 앞의 마름모꼴 잔디밭을 크게 에워싸고 있는 찻길에 이르렀다. 저택 앞의 평평한 큰 마름모꼴 잔디밭에 들어선 두 그루의 거대한 너도밤나무가 컴컴한 대기 중에 시커멓게 따로 서 있는 것을 그는 보았다.

나지막하고 긴 저택이 희미하게 눈에 들어왔다. 아래층에 있는 클리퍼드 방에만 불이 켜있었다. 그러나 그녀가, 그를 무자비하게 잡아끄는, 가는 실오라기의 다른 끝을 잡고 있는 그 여자가 어느 방에 있는지를 알 수가 없었다.

그는 손에 엽총을 들고 조금 더 가까이 다가가 미동도 않고 차도에 서서 저택을 바라보았다. 어쩌면 지금이라도 그녀를 발견할 수 있으리라. 어떡해서든 그녀에게 갈 수 있으리라. 이 저택은 난공불락의 요새처럼 완벽하게 방어가 된 것은 아니고 그는 밤손님처럼 묘책을 낼 수 있었기 때문이다. 왜 그녀에게 못 간단 말인가?

그는 꼼짝 않고 기다리며 서 있었다. 그의 등 뒤에서 그도 모르게 동이 허여멀건 한 빛으로 트고 있었다. 그 집의 불빛이 사라지는 걸 보았다. 그러나 볼턴 부인이 창가에 와서 오래된 짙푸른 색의 비단 커튼을 걷고 컴컴한 방에 서 있는 것을 보지 못했다. 그녀는 새벽이 다가와 희뿌연 밖을 내다보며 동이 트기를 기다렸다. 클리퍼드가 동이 튼 것을 실제로 확인할 때까지 기다리고 있었다. 왜냐하면, 그가 동이 튼 것을 확인하면 곧 잠이 들었기 때문이다.

그녀는 창가에서 졸음으로 눈이 감긴 채 기다리며 서 있었다. 거기에 서 있다가 그녀는 너무도 놀랐다. 하마터면 소릴 지를 뻔했다. 왜냐하면, 차도에 웬 남자가 서 있었기 때문이다. 그는 희뿌연 새벽빛에 검은 모습을 드러냈다. 그녀는 어두컴컴한 데서 정신을 차리고 지켜보았다. 클리퍼드 경이 깨지 않게 조용히.

낮이 세상 속으로 어슬렁어슬렁 들어서기 시작했고 그 검은 모습은 점점 작아지면서 모습을 확실히 드러냈다. 그녀는 총과 각반과 헐렁한 재킷을 알아보았다. 그건 사냥터지기인 올리버 멜러즈였다. 그렇다. 개가 그의 주위에서 코를 킁킁대며 그를 기다리고 있지 않은가!

저 남자가 무얼 원하는 거지? 집 전체를 깨우길 원하는가? 무엇 때문에 저 남자가 꼼짝 않고 서서 암캐가 사는 집 밖을 서성이는 상사병의 수캐처럼 이 집을 올려다보고 있지?

어마나, 세상에! 이제야 한 생각이 번개처럼 볼턴 부인의 뇌리를 스쳤다. 저이가 채털리 부인의 연인이구나! 저자가! 저 남자가!

생각해 보니 그렇지! 아이비 볼턴 그녀 자신도 한때 그 남자를 좀 사랑했었지. 그가 열여섯 살의 소년이고 그녀가 스물여섯 살이었을 때였다. 그녀가 공부하고 있을 때 그가 해부학과 그녀가 배워야 할 다른 과목들을 많이 도와주었다. 그는 영리한 소년으로 장학금으로 셰필드 중등학교에 다녔고 거기에서 불어와 다른 것들을 배웠다. 그리고 나중에는 말을 좋아했기 때문에 말에 편자를 박는 총괄 대장장이가 되었다고 그가 말했다. 그러나 실상은 그가 세상으로 나가서 세상과 직면하길 무서워했기 때문인데 그걸 절대로 인정하질 않았다.

그러나 그는 훌륭한 청년으로 착해서 그녀를 참 많이 도와주었다. 또 영리해서 그녀가 사물을 명확히 이해하도록 도와주었다. 그는 클리퍼드 경만큼이나 머리가 좋았고 항상 여자들을 도와주었다. 사람들 말이 남자들보다는 여자들과 더 친밀하게 지낸다고 했다.

그러다가 스스로 한풀이라도 하려는 듯 그가 훌쩍 떠나 버사 쿠츠와 결혼을 해버렸다. 어떤 사람들은 무엇에 크게 실망을 한 다음에 자신을 괴롭히기 위해 결혼을 해버리기도 한다. 물론 그런 결혼은 으레 실패하기 마련이다. 그는 전쟁 동안 수년간 테 버셜 마을을 떠나 있었고 그 후엔 중위로 승진되고 여러 가지 경험을 했다. 아주 신사다웠고 진짜로 나무랄 데 없는 신사가 되었다! 그러다 테버셜 마을로 돌아와서 사냥터지기로 지냈다! 정말로 어떤 사람들은 기회가 주어져도 제대로 그 기회를 잡지 못하기도 한다! 그리고 사실 그는 최하층의 사람처럼 더비셔 사투리를 다시 심하게 쓰고 있었다. 아이비 볼턴인 그녀가 잘 알고 있듯이 그가 그 어떤 신사만큼이나 정식 영어를 **진짜로** 구사할 수 있는 데도 말이다.

세상에, 그래! 마님께서 저 남자에게 폭 **빠졌구나**! 사실은 마님이 처음은 아니지. 그에겐 무언가 여자를 끄는 마력이 있어. 그렇지만 생각을 좀 해봐! 테버셜에서 태어나 자란 남자와 라그비 저택의 마님이라니! 정말이지, 이건 고귀하고 막강한 채털리 가문에 떨어진 큰 수치야!

그러나 날이 밝아오면서 사냥터지기는 깨달았다. 이렇게 온 것이 아무 소용이 없다는 것을! 자신의 외로움을 몰아내려고 애를 써도 아무 소용이 없다는 것을. 평생 외로움에 매달려 살아야 하는 거구나. 단지 가끔, 아주 가끔 그 틈바구니가 메꾸어지겠지. 아주 가끔 말이다! 그렇지만 그런 때를 기다려야지. 자신의 외로운 신세를 운명으로 받아들이고 평생 그렇게 살아가야지. 그러다가 틈바구니가 메꿔지는 기회가 올 때는 그대로 받아들여야지. 그렇지만 그런 기회는 반드시 오겠지. 억지로 오라고 강요할 수는 없는 거지.

갑자기 철컥하면서 그를 그녀에게로 끌어당기던 피를 말리는 욕망이 꺾이며 스러졌다. 그가 그걸 꺾어버린 것이다. 일이 그렇게 되어야 했기 때문이다. 양쪽에서 같이 다가와 가운데서 만나야 한다. 만약에 그녀가 오지 않으면 그가 그녀를 뒤쫓지는 않으련다. 그래서는 안 되는 것이다. 그녀가 올 때까진 멀리 가 있어야 한다.

그는 자기의 고독을 다시 받아들이고 생각에 잠겨 천천히 돌아섰다. 그러는 것이 더 낫다는 걸 알고 있었다. 그녀 쪽에서 그에게 와야 한다. 그가 그녀 뒤를 쫓는 건 아무짝에도 소용이 없는 것이다. 소용이 없어!

볼턴 부인은 그가 사라지는 걸, 그리고 그의 개가 뒤 따라가는 걸 지켜보았다.

"저런, 저런! 쯧쯧" 그녀가 말했다. "저 사람일 줄이야 꿈에도 생각을 못 했어. 저 사람이라고 짐작할 수도 있었는데. 내가 테드와 사별했을 때 그는 청년으로 나에게 잘해주었지. 그런데, 저런! 만약에 **나리**께서 이 사실을 알게 된다면 뭐라고 하실까?"

그녀는 이미 잠이 든 클리퍼드 경을 승리한 듯한 태도로 힐끗 보고는 방에서 조용히 걸어 나갔다.

제11장

코니는 라그비 저택에서 잡동사니를 넣어두는 창고용 방 하나를 정리하고 있었다. 그런 방이 여럿 있었다. 저택은 원래 여러 사람이 모여 북적거리며 사는 곳인데다 집안사람들은 그 어떤 것도 내다 판 적이 없어서였다. 제프리 경의 부친은 그림을 좋아해 수집하였고 제프리 경의 모친은 16세기의 이탈리아 가구를 좋아해 모았다. 제프리 경 자신은 오래된 참나무에 조각한 궤, 성찬용 기물을 보관하는 궤를 좋아해 수집했다. 이렇게 몇 세대에 걸쳐 이어져 내려왔다. 클리퍼드는 아주 현대적인 그림들을―매우 싼 값에 수집했다.

그래서 그 창고용 방에는 에드윈 랜드시어 경[49]의 몰취미한 그림들과 윌리엄 헨리 헌트의 새 둥지를 그린 애상적인 그림들, 다른 왕립미술원 회원들의 그림이 쌓여있어서 왕립미술원 회원의 딸인 코니를 놀라게 하기에 충분했다. 그녀는 언제 하루를 날 잡아서 그것들을 자세히 점검하며 정리하기로 작정했다. 그

---

49 Sir Edwin Henry Landseer(1802~1873), 영국의 동물 화가.―역주

리고 기괴하게 생긴 가구가 그녀의 관심을 끌었다.

손상을 입거나 건조하지 않도록 조심스레 포장된 물건이 있었는데 그건 집안 대대로 내려온 자단목 아기 요람이었다. 그녀는 포장을 풀어 살펴보았다. 참 마음을 끄는 데가 있었다. 그래서 오랫동안 자세히 보았다.

"이 물건이 소용없게 되었으니 너무나 안되었어요." 일을 거드는 볼턴 부인이 한숨을 쉬며 말했다. "물론 저렇게 생긴 요람은 요새 구식으로 치지만요."

"저 요람이 쓰일 수도 있지. 내가 아기를 가질지도 모르니까." 코니는 새 모자가 하나 생길지도 모른다는 식으로 슬쩍 지나가는 식으로 말했다.

"클리퍼드 나리께 무슨 변화가 생겼다는 말인가요?" 볼턴 부인이 말을 더듬었다.

"아니, 현 상황을 말하는 거예요. 클리퍼드 경은 단지 근육이 마비된 거죠—그게 그에게 영향을 주는 건 아니니까요." 코니는 숨을 쉬듯 아주 천연덕스럽게 거짓말을 했다.

클리퍼드가 그녀의 머리에 이런 생각을 불어넣었다. 그가 이렇게 말한 적이 있었다. "물론 내가 아기를 만들 수 있어. 내 몸이 완전히 망가진 것은 아니야. 엉덩이와 다리의 근육이 마비되었더라도 정력은 쉽게 돌아올 수 있을 거야. 그러면 정자가 당신에게 이식될 수도 있겠지."

힘이 나서 탄광의 일을 아주 열심히 할 때면 그는 정말로 정력이 돌아온 것처럼 느꼈다. 코니는 겁에 질려 그를 쳐다보았다. 그러나 이런 암시를 자기 보호에 이용할 만큼 그녀의 머리는 빨리 돌아갔다. 왜냐하면, 가능하면 그의 아기는 아니더라도 그녀가 애를 가질 수 있으니까 말이다.

볼턴 부인은 한동안 숨이 막혀 어리벙벙해졌다. 그 다음에는 그 말을 믿지 않았다. 그 말속에 간계가 깔려있음을 알아챘다. 그렇지만 의사들이 요즈음은 그런 일을 해낼 수 있을 것이다. 정자를 이식할 수도 있을 테니까.

"정말로, 마님. 마님께서 그렇게 되기를 바라고 기도 하겠습니다. 마님과 모든 사람에게 너무나 좋은 일이지요. 정말이지, 라그비 저택에 아기가 생기면 모든 게 얼마나 달라지겠어요!"

"정말 그렇겠지!" 코니가 대꾸했다.

그리고 코니는 쇼틀랜즈 공작 부인이 주최하는 다음번 자선 바자에 보내기 위해, 육십 년 된 왕립미술원 화가의 그림 세 점을 골라냈다. 공작 부인은 '바자의 공작 부인'이라 불리었고 그 지방 전체에 바자에서 팔 물건을 보내달라고 요청했다. 그녀는 물론 액자에 넣은 세 폭의 왕립미술원 회원의 그림을 받으면 대단히 기뻐할 것이다. 어쩌면 그림을 받았기에 공작 부인이 라그비 저택을 방문할지도 몰랐다. 그녀가 전에 방문했을 때 클리퍼드가 얼마나 화를 냈던가!

그렇지만 어머나! 볼턴 부인이 속으로 생각했다. 우리에게 낳아주실 아기가 올리버 멜러즈의 아기인가요? 세상에, 라그비 저택의 요람에 테버셜 사람의 아기가 눕게 되다니! 세상에! 라그비 가를 망신시키는 꼴이 되겠네!

잡동사니 창고 방 안에 있는 다른 괴이한 물건 중에는 검게 옻칠을 한 커다란 상자가 있었다. 육칠십 년 전에 탁월하고 기묘하게 만든 것으로, 상상할 수 있는 온갖 물건이 들어있는 상자였다. 맨 꼭대기에는 화장 세트가 촘촘히 모여 있는데, 솔, 병, 거울, 빗, 작은 함들, 심지어 칼집에 든 아름다운 작은 면도칼 세 개, 면도용 물그릇 등이 들어있었다. 그 아래에는 서류 분류함이 든 덮개 달린 작은 책상이 들어있었다. 그 안에는 압지, 펜, 잉크병, 종이, 봉투, 비망록 노트가 들어있었다. 그다음에는 완벽한 바느질 용구 세트가 나왔다. 그 안에는 크기가 다른 세 개의 가위, 골무, 바늘, 비단실과 무명실, 짜깁기용 공 등 최상의 질과 완벽하게 갖춘 바느질 용구가 들어있었다. 그리고 작은 의약품 함이 나왔는데 그 안에는 아편 정기, 몰약 정기, 진액, 정향 등의 라벨이 붙은 병들이 있는데 모두가 비어있었다. 모든 것이 완전히 새것으로 뚜껑을 닫으면 배가 불룩한 주말용 작은 가방 크기였다. 그 안은 퍼즐 놀이처럼 서로가 꼭 맞았다. 병에서 약이 전혀 흘러나올 수 없도록 빈틈이 없게 만들어졌다.

　이 물건은 경이로울 정도로 고안이 되어 만들어졌고, 빅토리아 조의 탁월한 장인의 솜씨였다. 그러나 어딘가 섬뜩한 감이 들었다. 채털리 가의 사람들도 틀림없이 그렇게 느꼈던 것 같다. 왜냐하면, 이 물건은 한 번도 사용되지 않았기 때문이다. 이상하게 정이 가지 않는 물건이었다.

　그렇지만 볼턴 부인은 이 물건에 감동했다.

　"이 아름다운 솔들을 보세요. 아주 비싼 거네요. 면도용 솔까지 있어요. 이 멋진 칫솔들을 좀 보세요. 아주 완벽한 것이 세 개나 있어요! 아니, 이 가위들을 보세요. 돈으로 살 수 있는 최고급이네요. 오, 너무도 **멋져요!**"

"그래요?" 코니가 말했다. "그러면 그걸 가져요."

"아니에요. 마님!"

"정말이에요! 언제까지나 여기 처박혀 있을 텐데요. 안 가진 다면 저 그림들과 함께 공작부인에게 보낼 거에요―그런데 그만큼 다 보낼 건 없으니까, 정말 가져요!"

"아니, 마님! 이거 말로 다할 수 없이 감사합니다―"

"그러실 필요 없어요." 코니가 웃었다.

볼턴 부인이 그 엄청 크고 새까만 상자를 팔에 안고 흥분해서 얼굴이 발그레하게 달아오른 채 위세 좋게 걸어 내려왔다.

베츠 씨가 이륜마차에 그녀와 상자를 싣고 마을에 있는 그녀 집까지 태워다 주었다. 그녀는 친구 몇 사람을 불러서 이것을 꼭 보여줄 **참**이었다. 여교사와 약제사 부인과 출납계 차장의 아내인 위던 부인을 불렀다. 그들은 이걸 보고 경탄해 마지않았다. 그리고는 채털리 부인의 아기에 대해 수군거리기 시작했다.

"참 기이한 일이네요!" 위던 부인이 말했다.

그러나 볼턴 부인은 **확신한다**고 말했다. 만약에 애가 생기면 분명 클리퍼드 나리의 애일 거라고 했다. 말은 그렇게 퍼져나갔다!

얼마 되지 않아 교구 목사가 클리퍼드에게 부드럽게 말했다.

"라그비 가에 후계자가 생길 거라 정말 기대해도 되나요?

아, 그거야말로 하나님의 은혜의 손길이 내리신 겁니다."

"그래요! 희망을 품어도 되겠지요." 클리퍼드가 약간은 빈정 거리지만 동시에 확신하는 어조로 대답했다. 그는 정말 그렇게 될 것이고 자신의 아기일 거라고까지 믿기 시작했다.

그러던 어느 날 오후에 모두가 대지주 윈터라고 부르는, 레 슬리 윈터 씨가 찾아왔다. 날씬하고 말쑥한 칠십의 노인이었다. 볼턴 부인이 베츠 부인에게 말했듯이 어딜 보나 완벽한 신사였 다. 단 한 치도 흠잡을 데 없는 정말로 완벽한 신사였다! 구식인 데다가 "에, 에!" 하며 점잔을 빼는 그는 18세기에 유행하던 뒷 머리 가발보다 더 시대에 뒤떨어져 보였다. 시간은 빨리 날아가 면서 이렇게 멋진 헌 깃털들을 떨구는 것이다.

그들은 탄광 이야기를 했다. 클리퍼드의 생각은 그의 탄광의 석탄의 질이 좀 떨어지지만, 그 석탄에 어느 정도의 눅눅한 산 성의 공기를 강한 압력을 주어 주입하면 굉장한 열을 내는 단단 히 응축된 연료가 나올 수 있다는 것이었다. 특별히 눅눅한 바 람이 세게 불 때면 석탄층이 아주 선명하게 타면서 연기도 별로 안 나고, 타고 난 후의 재도 분홍색의 자갈 대신에 가는 가루로 남는 것을 오랫동안 관찰했다고 말했다.

"그렇지만 어디서 자네의 석탄을 태울 수 있는 기계를 찾을 건가?" 윈터 씨가 물었다.

"제가 만들 겁니다. 그리고 내 탄광의 석탄을 직접 쓸 겁니 다. 그리고 거기서 나오는 전력을 팔 겁니다. 할 수 있다고 확신 합니다."

"자네가 할 수 있다면 그건 대단한 거지. 대단하지. 에! 대단할 거야! 내가 도움된다면 좋겠지만 난 시대에 좀 뒤떨어져 있고 내 탄갱도 나를 닮아 구식이란 생각이 들어. 그렇지만 누가 알겠나? 내가 죽은 후에 자네 같은 사람이 나올지. 하여간에 대단한 거야! 그렇게 되면 광부들을 모두 다시 고용하게 될 거고 자네는 석탄을 팔 필요도 없겠거니와 석탄을 못 팔게 되지는 않을 걸세. 정말 멋진 생각이야. 성공하길 바라네. 만약에 내게 아들이 있다면 틀림없이 시플리 탄광을 위해 최신식 고안품을 내놓았을 텐데. 틀림없이 그랬을 거야! 그런데 라그비 가에 후계자가 생길 것이란 소문이 떠도는데 근거가 있는 건가?"

"그런 소문이 떠도나요?" 클리퍼드가 물었다.

"글쎄, 필링우드의 마셜이 나에게 묻더군. 그게 소문에 대해 말할 수 있는 전부네. 만약에 근거가 없는 말이라면 난 다시는 입 밖에 내지 않겠네."

"글쎄요." 클리퍼드가 좀 불안해했지만, 이상하게 눈을 반짝이며 대답했다. "희망은 있어요. 희망이."

윈터 씨가 방을 가로질러 다가와서 클리퍼드의 손을 잡았다.

"아니, 자네의 말을 들으니 내 마음이 참 흐뭇해!—아기를 갖는다는 희망을 품고 열심히 일한다고 하니. 그리고 테버셜의 모든 사람을 다시 고용할 수도 있다니 참 기쁜 소식일세.—아. 젊은이!—인류의 생활 수준을 향상하고 또 일하고 싶어 하는 사람을 다 고용할 수 있게 된다니!—"

그 노인네는 정말로 감동했다.

그 다음 날 코니는 유리병에다 대가 긴 노란 튤립을 꽂고 있었다.

"여보." 클리퍼드가 말했다. "당신이 라그비 집안에 후계자 아들을 낳을 것이란 소문이 떠도는 걸 알고 있소?"

코니는 공포에 질려 정신이 아찔했지만, 꽃을 만지며 가만히 서 있었다.

"아니요!" 그녀가 대답했다. "농담일까요? 아니면 악의에서 나온 말일까요?"

그가 잠시 가만히 있다가 대답했다.

"그 어느 쪽도 아닐 거요. 일종의 예견이길 바라오."

코니는 계속 꽃을 꽂고 있었다.

"오늘 아침에 아버지한테서 편지를 받았어요." 그녀가 말했다. "알렉산더 쿠퍼 경께서 저를 칠, 팔월 내내 베네치아에 있는 에스메랄다 별장으로 초대하신 걸 아버지가 응낙하셨는데 그걸 어찌 생각하는지 알고 싶으시대요."

"칠월하고 또 팔월이라고?"

"아, 그렇게 오랫동안 있지는 않을 거예요. 함께 가시지 않을래요?"

"난 외국 여행은 않겠소." 클리퍼드가 즉각 대답했다.

그녀는 꽃병을 창가로 가져갔다.

"내가 가도 되겠어요?" 그녀가 물었다. "이번 여름에 가기로 약속한 것이었어요."

"얼마 동안 있을 거요?"

"한 삼 주 동안요."

잠시 침묵이 흘렀다.

"글쎄," 클리퍼드가 느리게 좀 우울한 어조로 말했다. "삼 주는 견딜 수 있을 거야. 당신이 꼭 돌아온다는 걸 내가 확신한다면 말이야."

"전 확실히 돌아올 거예요." 그녀가 확신을 갖고 간단히 대답했다. 그녀는 다른 남자를 생각하고 있었다.

클리퍼드는 아내의 확신을 느꼈고, 왠지 그녀에게 믿음이 갔다. 그게 자신을 위한 것이라 믿었다. 그는 마음이 굉장히 편안해지고 곧 기쁘기까지 했다.

"그런 경우라면," 그가 말했다. "괜찮다고 생각하는데, 당신은 어때요?"

"저도 그렇게 생각해요." 그녀가 말했다.

"그래, 분위기가 바뀌면 즐겁겠지?"

그녀가 푸른 눈을 이상하게 뜨고 그를 올려다보았다.

"전 베네치아를 다시 보고 싶어요." 그녀가 말했다. "그리고 초호를 건너가 자갈 섬에서 수영을 하고 싶어요. 아시다시피 전 리도 섬[50]은 딱 질색이에요! 그리고 알렉산더 쿠퍼 경과 쿠퍼 부인을 별로 좋아하지 않아요. 그렇지만 힐더 언니가 있고 우리끼리 쓸 곤돌라만 있다면, 그러면 너무도 멋질 거예요. 정말 당신도 가면 좋겠는데."

---

50 베네치아의 섬.—역주

그녀가 진정으로 한 말이었다. 요사이는 이런 식으로라도 남편을 행복하게 해주고 싶었다.

"아, 그렇지만 파리의 북부 기차 정거장과 칼레[51] 부두에 있는 나를 상상해 봐요!"

"왜 안 돼요! 전시에 상처를 입은 사람들이 가마를 타고 다니는 걸 보았어요. 게다가 우린 줄곧 자동차로 이동할 건데요."

"내가 간다면 남자 둘이 필요해요."

"아니에요! 필드가 있으면 될 거에요. 그리고 어디든 가면 남자는 있게 마련인데요."

그러나 클리퍼드는 머리를 가로저었다.

"여보, 올해엔 아니야! 올해엔 안돼! 어쩌면 내년엔 한 번 해볼게."

그녀는 기분이 울적해서 자리를 떴다. 내년이라고! 내년엔 무슨 일이 생길까? 사실은 그녀 자신도 베네치아에 가고 싶지 않았다. 지금은 아니었다. 지금은 다른 남자가 있었다. 그러나 일종의 수양차 가려는 것이었다. 그리고 또 만약에 그녀에게 애가 생긴다면 클리퍼드는 그녀가 베네치아에서 애인을 만났다고 생각할 것이다.

이미 오월에 접어들었다. 유월에는 출발하기로 했다. 언제나 이런 준비라는 게 있지! 사람의 삶이란 언제나 또 다른 것을 위한 준비지! 사람들을 움직이게 하고 끌고 다니는 수레바퀴를 그

---

51 도버 해협에 면한 프랑스 항구.—역주

누구도 통제할 수 없지!

오월이지만 날씨는 쌀쌀하고 비가 다시 추적이었다. 춥고 눅눅한 오월은 밀과 건초가 자라기에 좋다! 오늘날엔 밀과 건초의 대량생산이 중요하다고! 코니는 어스웨이트에 가야 할 일이 있었다. 그곳은 채털리 가의 소유의 작은 마을로 채털리 가문은 여전히 **바로 그** 채털리 가문으로 대접을 받았다. 그녀는 혼자 갔고, 필드가 차를 몰았다.

오월이고 새싹이 파릇파릇 돋았는데도 시골길은 음울했다. 날씨는 싸늘하고 내리는 비에 연기가 배어있고 대기 중엔 배기가스가 있다는 느낌이 들었다. 그곳 사람들은 계속 저항을 하며 살아야 했다. 이 고장 사람들이 흉측하고 거친 게 이상한 일은 아니었다.

자동차는 테버셜의 지저분하고 길게 늘어선 누추한 지역, 즉 검어진 벽돌집들, 날카로운 끝이 번쩍이는 검은 슬레이트 지붕들, 석탄가루로 검게 된 진흙 길, 시커먼 젖은 포장길들을 지나 언덕길을 덜컥거리며 올라갔다. 마치 침울함이 모든 것에 속속들이 스며든 것 같았다. 자연의 아름다움의 철저한 부인, 인생의 즐거움의 완전한 부정, 모든 새와 짐승이 지닌 조화로운 아름다움을 추구하는 본능의 완전한 부재, 인간의 직관적인 기능의 완전한 사멸은 소름이 끼치도록 무서웠다. 잡화상 상점에 쌓인 비누 더미, 채소 가게에 펼쳐놓은 대황 뿌리와 레몬, 모자상점에 늘어놓은 흉측하게 생긴 모자들, 이 모든 흉물스런 것들이 창가를 스쳐 지나갔고, 다음에는 회반죽에 도금한 '한 여인의 사

랑!'의 영화 간판이 비를 맞으며 걸려있는 소름 끼치는 영화관
이 나타났다. 그리고 새로 지은 커다란 원시 프리미티브 교회는
그 딱딱한 벽돌 그리고 녹색과 짙은 자주색 유리창으로 인해 원
시적으로 보이기에 충분했다. 그 위로 검어진 벽돌집, 웨슬리파
교회는 철책과 시커먼 관목 뒤에 서 있었다. 스스로 우월하다고
생각하는 조합교회[52]는 거친 사암으로 지어졌고, 첨탑이 달렸는
데 아주 높지는 않았다. 바로 그 너머에 있는 비싼 분홍색의 벽
돌로 지은 새 학교 건물과 철책 안에 자갈을 깐 운동장은 매우
당당하게 보였는데, 교회와 감옥이 한데 합쳤다는 인상을 주었
다. 5학년 여학생들이 노래공부를 하고 있었는데 방금 라-미-
도-라의 음계를 부르는 것을 끝내고 '즐거운 어린이들의 노래'
란 곡을 부르기 시작했다.

　이보다 더 노래 같지 않고, 자연스러운 노래와 거리가 먼 노
래는 도대체 상상할 수 없을 정도였다. 곡의 언저리를 따라가
며 이상하게 아우성치는 소리였다. 그건 야만인들이 외치는 소
리도 못되었다. 야만인의 외침에는 미묘한 리듬이 들어있다. 그
렇다고 동물의 소리도 아니었다. 동물들이 소리를 지를 때는 무
언가 의미가 있는 법이다. 그것과 비슷한 소리는 지상에 없는데
도 그것을 노래 부르는 것이라 하였다. 운전기사 필드가 휘발유
를 넣는 동안 코니는 차 안에 앉아서 이 소릴 듣는데 왈칵 겁이
났다. 도대체 이 사람들은 어떻게 될 것인가? 생기발랄한 직관

52　각 교회의 독립 자치를 주장함.—역주

적인 기능은 완전히 마비되고, 단지 야릇한 기계적인 고함만 지르고 무시무시한 의지력만 남아있는 이 사람들은 어찌 될 것인가?

석탄을 실은 화차가 철커덕거리며 빗속에서 언덕길을 내려오고 있었다. 필드가 언덕 위로 차를 몰기 시작해 규모는 크지만 지쳐 보이는 포목상과 옷가게, 그리고 우체국을 지나 쓸쓸해 보이는 작은 시장 안으로 들어섰다. 거기에 행상인들이 묵어가서, 스스로 선술집이 아니라 여관이라 부르는 '태양'의 문에서 밖을 내다보던 샘 블랙이 채털리 부인의 차를 향해 고개를 숙여 인사를 했다.

교회는 시커먼 나무들 사이의 왼편으로 멀리 떨어져 있었다. 자동차는 언덕 밑으로 미끄러져 내려가며 '광부들의 문장'이란 술집을 지나갔다. 차는 이미 '웰링턴', '넬슨', '세 개의 큰 술통'과 '태양'이란 술집과 여관을 지나갔고 지금은 '광부들의 문장' 앞을 지나가고 있었다. 다음은 '기계학의 전당', 그다음엔 새로 문을 연 현란한 '광부들의 복지'를 지나고, 몇 채 안 되는 새로 지은 교외주택을 지난 다음, 시커먼 울타리와 진초록색의 들판 사이의 새까만 길로 들어서서 스택스 게이트를 향해 달렸다.

테버셜! 이게 테버셜이라고! '즐거운 영국!'[53] 셰익스피어의 영국이라고! 아니야. 코니가 이곳에 살려고 온 이후 속속들이 알게 된 오늘날의 영국이지. 이곳은 새로운 인종을 생산하고 있

---

53 에드워드 저먼(Sir Edward German, 1862~1936)의 희극 오페라의 제목.—역주

어, 금전과 사회적, 정치적인 면에는 과민반응을 보이고, 자연 발생적이고 직관적인 면은 죽어 있는 인종이지. 이들 모두는 절반은 시체야. 그렇지만 나머지 절반엔 무서운 아집이 있지. 이 모두엔 섬뜩하고 지하에 해당하는 어떤 것이 있다. 그건 일종의 지옥이어서 전혀 헤아릴 수가 없었다. 절반이 시체인 사람들을 우리가 어찌 이해할 수 있단 말인가? 제철노동자들이 셰필드에서 매틀록으로 소풍을 가려고 여러 대의 화물차에 가득 탄 것을 보았다. 그런데 이들 모습이 기이하고 일그러져 인간 비슷한 왜소한 동물 같아서 코니의 창자는 그만 힘이 빠졌고 이런 생각을 했다. 아, 하나님, 인간이 다른 인간에게 무슨 짓을 하고 있나요? 지도자라는 인간들이 동료 인간들에게 무슨 짓을 하나요? 그들이 동료 인간들을 인간 이하로 끌어내렸으니, 이제 다시는 동료애란 것은 없어! 이건 악몽 그 자체야.

그녀에게 공포감이 밀려오면서 그녀는 다시금 잿빛 모래를 씹는 듯한 절망감에 빠졌다. 산업계의 노동자들이 그런 상태에 처해있고 상층계급의 사람들에겐 그녀가 아는 대로라면 희망은 없었다. 더 이상의 희망은 없었다. 그런데도 그녀가 아기를, 라그비 가의 후계자를 원하다니!

라그비 가의 후계자라니! 그녀는 겁이 나서 몸을 부르르 떨었다.

그럼에도 멜러즈가 이런 모든 것에서 벗어나 있었다.―그렇다, 그러나 그녀가 그런 것처럼 그는 이 모든 것에서 동떨어져 있었다. 그에게조차 동료애란 것은 남아있지 않다. 그건 죽었다. 동료애는 죽었어. 이런 모든 일에 관한 한, 단지 홀로 있음과 절망이 있을 따름이지. 그리고 이것이 영국이라니. 영국이란 거 대한 덩치. 그녀가 그 중심에서 차를 타고 멀리 떨어져 나오니 이런 것을 알게 되었다.

자동차는 스택스 게이트를 향해 위로 올라가고 있었다. 비가 그치면서 공기 중에는 이상하게 투명한 오월의 광채가 서려 있었다. 이 지방은 긴 파도 모양으로 남쪽은 피크를 향해서, 동쪽으로는 맨스필드와 노팅엄을 향해서 뻗어 나가고 있었다. 코니는 남쪽으로 가고 있었다.

높은 지대로 올라가자 왼쪽으로는 굴곡진 지면의 언덕 위에 암회색의 와숍 성이 그림자를 드리우며 우람하게 서 있는 것이, 그 아래에는 새로 지은 듯한 불그스레한 회벽의 광부 사택이 보였고, 사택 밑에선 공작과 주주들에게 수천, 수만 파운드의 연 수익을 올려주는 커다란 탄광에서 나오는 검은 연기와 하얀 수증기가 깃털처럼 솟아오르는 것이 보였다. 우람한 옛 성은 이제 폐허가 되었지만 저 아래에서 눅눅한 대기 속으로 흘러드는 깃털 모양의 검은 연기와 흰 수증기 위로, 나지막한 하늘가에 그 큰 몸체를 드러내고 있었다.

한번 방향을 튼 후 그들은 스택스 케이트를 향해 고지대를 계속 달렸다. 신작로에서 보이는 스택스 게이트의 모습은 그저 엄청 크고 화려한 새 호텔, '코닝즈비 가문의 문장'뿐이었다. 이 호텔은 빨강과 흰색과 금빛으로 치장한 채 길에서 야만스럽게 도 뚝 떨어져 고립되어 있었다. 그러나 자세히 보면 왼쪽으로 도미노 놀이처럼 공간과 정원이 있는 잘생긴 '현대식' 사택이 줄지어 서 있어서, 그건 기습하여 점령한 대지 위에서 어떤 괴이한 '고수들'이 놀이를 벌이고 있는 괴상한 도미노 놀이판처럼 보였다. 이런 사택 구역 넘어, 뒤로는 여태까지 사람들이 보지 못한, 정말로 어마어마한 현대식 탄광과 화학 공장, 엄청나게 큰 긴 회랑들이 머리 위로 높이 솟아있었다. 탄광 자체의 주축대와 갱구는 이런 거대한 새 시설물 사이에서 미미한 존재로 보였다. 그리고 이들의 전면에는 도미노 놀이 같은 사택들이 놀란 모습으로 놀이가 시작되기를 언제까지나 기다리며 서 있었다.

이것이 전후에 지상에 새롭게 들어선 스택스 게이트였다. 그렇지만 사실은 코니조차 모르고 있었지만, 그 '호텔' 아래쪽으로 한 반 마일쯤 내려가면 진짜 옛 스택스 게이트가 있었다. 작고 오래된 탄광, 시커메진 낡은 벽돌집들, 예배당이 한두 곳, 가게 한두 집 그리고 작은 선술집이 한두 군데 있는 마을이었다.

그러나 이곳은 더는 의미가 없었다. 거대한 깃털 같은 연기와 수증기가 새 공장에서 나와 위로 솟아오르는 곳이 이젠 스택스 게이트로 통했다. 거기엔 교회나 선술집, 상점조차 없었다. 모든 잡신의 신전들이 있는 현대판 올림피아, 엄청 큰 '공장들'만이 있었다. 그런 다음 모범 주택들, 그런 다음 호텔이 있었다. 실상 그 호텔은 겉은 일류로 보였지만 광부들의 선술집에 불과했다.

코니가 라그비 저택에 온 후부터 이 새로운 곳이 지상에 모습을 드러냈고 모범 주택들은 어디서 왔는지 모르는 어중이떠

중이들로 가득 채워졌다. 바로 이들이 다른 일들을 하는 틈틈이 클리퍼드의 토끼를 밀렵했다.

자동차는 기복을 이루며 넓게 펼쳐진 이 지역을 보며 고지의 길을 따라 계속 달렸다. 아, 이 지역! 이 지역은 한때 자랑스럽고 위풍당당하던 곳이었다. 저 앞 하늘에 모습을 점차 드러내는 것은 거대하고 화려한 채드윅 저택이었다. 엘리자베스 조의 가장 유명한 저택 중 하나로 벽면 보다는 창문이 더 많았다. 그 저택은 거대한 정원 위에 홀로 고고하게 서 있으나 시대에 뒤처져 과거의 유물이 되어 버렸다. 아직 보존은 잘 되었으나 이젠 하나의 구경거리 명소로 남아있었다. '우리 조상들이 이곳을 얼마나 잘 거느렸는지를 보라!'라는 식이었다.

그것은 과거였다. 현재는 저 아래에 놓여있었다. 미래가 어디에 있는지는 오로지 신만이 아신다. 자동차는 이미 시커메진 낡고 자그마한 광부들의 집 사이를 돌아서 어스웨이트로 내려가고 있었다. 어스웨이트는 축축한 날에는 그 어떤 신들이 있는지 높은 곳으로 깃털 같은 연기와 수증기를 줄지어 올려보내고 있었다. 어스웨이트는 낮은 골짜기에 자리 잡고 있어서 셰필드로 가는 강철 실 같은 철도는 죄다 이곳을 통과하였고, 탄광과 철공장은 긴 관에서 연기와 섬광을 뿜어내고 있었다. 그런데 금방이라도 허물어질 것 같은 애처로운 작은 나선형의 교회 첨탑, 그것은 의연히 연기 속에서 제 모습을 드러내고 있으면서 항상 코니의 마음을 이상하게 움직였다. 그곳은 골짜기의 중심부로 옛날의 장터였다. 큰 여인숙 중 하나가 '채털리 가문의 문장'이라는 여인숙이었다. 거기, 어스웨이트에서는 라그비는, 외부 사람들이 알고 있듯이 한 채의 저택이 아니라 한 고장 전체로 알려져 있었다. 테버셜 근처에서는 라그비 저택이라고. '영지'는 라그비로 알려져 있었다.

시커멓게 그을린 광부의 집들은 백 년을 넘게 인도 위에 서로 다닥다닥 붙어 왜소하게 늘어서 있었다. 주택들은 길을 따라 줄지어 있었다. 길은 거리로 이어지고, 이 낮은 지대에 들어서면 성이며 저택들이 아직도 유령처럼 버티고 서있는 광활하고 굴곡이 진 고장이 있다는 것을 곧 잊어버리게 된다. 이제 아래에는 선명하게 드러난 철로가 여러 갈래로 뒤엉켜 있고, 주물공장과 다른 '공장들'이 당신 머리 위로 너무나 높이 솟아있어 당신은 단지 이들의 벽만을 의식하게 된다. 그리고 강철은 귀청을 울리게 쩔걱거리는 소릴 내고 거대한 화차는 지축을 흔들어대고 경적은 외마디 소릴 질러댔다.

그러나 다시, 일단 오른쪽 밑으로 내려가 꼬불꼬불 구부러진 마을의 중심부를 지나, 교회당 뒤로 가면, 2세기 전의 세상으로 들어간다. '채털리 가문의 문장'의 여인숙과 오래된 약국이 있는 이 꼬불꼬불한 길은 성과 당당하게 머리를 쳐들고 있는 주택들의 탁 트인 거친 세계와 연결되어 있곤 했다.

그러나 모퉁이에서 경찰이 손을 들고 있는 동안 강철을 실은 세 대의 화물차가 오래되고 가련한 교회건물을 뒤흔들며 지나갔다. 그리고 화물차들이 지나가고 나서야 그가 채털리 부인에게 경례를 붙일 수 있었다.

생각한 대로였다. 꼬불꼬불하고 오래된 동네 거리에는 구태 나고 시커멓게 그을린 광부들의 집들이 떼 지어 몰려 있었고, 골목길이 줄지어 연결되어 있었다. 이런 집들 바로 다음에 더 큰 분홍빛의 새 집들이 골짜기를 메우고 있었다. 좀 더 현대적인 노동자의 집들이었다. 그리고 그 너머에 다시 성들이 있는 넓고 굴곡진 지역에선 수증기에 연기가 결합해 휘날렸다. 그리고 거칠고 불그스레한 벽돌로 지은 새로운 탄광 건물들이 보였는데 몇몇은 움푹한 분지에, 또 몇몇은 비탈의 지평선을 따라 음침하고 흉측하게 서 있었다. 그리고 그사이, 그 틈바구니에 옛날 마차와 초가집의 영국이, 로빈 후드의 영국이 다 망가진 유적으로 남아있었다. 그곳에서 일이 없을 때, 광부들이 사냥하고픈 본능을 펼칠 수 없어 침울한 표정으로 어슬렁거렸다.

영국이여, 나의 영국이여! 그래 어느 쪽이 나의 영국이란 말인가? 영국의 품격 있는 저택들이 사진에는 멋지게 나와 엘리자베스 시대 사람들과 연관이 있다는 착각을 불러일으킨다. 잘 생긴 옛 저택들은 좋았던 앤 여왕과 톰 존스[54] 때부터 내내 거기에 있었다. 그러나 석탄 연기의 덩어리들이 황금빛을 잃은 지 오래된 황갈색의 치장 벽토에 내려앉아 점점 새까맣게 되었다. 그리고 이것들은 품위 있는 저택들처럼 하나씩 하나씩 버려졌다. 이제 그것들은 헐리고 있다. 영국의 시골집으로 말할 것 같으면, 거기에 있다—회반죽이 덕지덕지 입혀진 벽돌집의 몰골로 절망

---

54 18세기 영국의 소설가 헨리 필딩의 소설《톰 존스》의 주인공.—역주

적인 시골구석에 덩그러니 서 있다.

이제 웅장한 옛 저택이 헐리고 있다. 조지 왕조 시대의 저택이 사라지고 있다. 완벽한 옛 조지 왕조의 저택인 프리즐리도 코니가 차를 타고 지나가는 때 헐리고 있었다. 그건 완벽하게 수리가 되어서 전쟁이 발발하기 전까지는 웨더비 가 사람들이 거기서 품격 있게 살았었다. 그러나 이제 그 집은 너무 크고 너무 경비가 많이 들고, 그 지역과는 너무나 어울리지 않았다. 그 양반들은 어떻게 돈이 들어오는지 신경을 쓰지 않으면서 돈을 쓸 수 있는 곳, 더 즐거운 지역으로 이사하는 중이었다.

이것이 역사다. 하나의 영국이 다른 영국을 지워 없애버린다. 탄광이 저택들을 부유하게 하였다. 탄광이 시골집들을 지워 없애버렸듯이 지금은 저택을 없애버리고 있었다. 산업사회의 영국이 농업사회의 영국을 지워 없애버린다. 하나의 의미가 다른 의미를 지워 없애버린다. 새 영국이 옛 영국을 지워 없애버린다. 그리고 연속성은 유기적으로가 아니고 기계적으로 이루어진다.

코니는 유한계급에 속했기에 옛 영국의 잔존물에 애착이 있었다. 수년이 지나서야 그녀는 옛 영국은 이 무시무시하고 새롭고 음울한 영국으로 인해 사멸되고, 이런 사멸이 완전히 끝날 때까지 계속되리란 걸 깨닫게 되었다. 프리즐리 저택이 사라졌고 이스트우드 저택도 사라졌으며 시플리 저택도 사라져 가고 있었다. 대지주 윈터 씨가 그렇게도 사랑하는 시플리 저택이.

코니가 잠시 시플리 저택에 들어갔다. 정원의 뒤쪽 출입문들이 탄광 철로의 평평한 건널목 바로 근처에 있었는데 죄다 활짝 열려있었다. 시플리 탄광 자체가 바로 나무들 너머에 있었다. 출입문들이 열려있었는데 그 까닭은 광부들이 통행권을 갖고 이용하는 길이 정원 가운데로 나 있었기 때문이다. 광부들은 자유롭게 정원을 드나들었다.

자동차는 광부들이 신문을 던진 장식용 연못들을 지나 저택으로 가는 사유지 도로에 들어섰다. 저택은 뚝 떨어져 언덕 위에 서 있었는데 18세기 중엽부터 내려온 매우 아름다운 치장 벽토로 세공을 한 건물이었다. 주목이 줄지어 자라는 아름다운 오솔길이 있었는데, 이 길은 좀 더 고풍스러운 집으로 이어졌다. 저택은 평온하게 바깥쪽으로 펼쳐져 있었는데 조지 왕조식의 유리창이 즐거운 듯 반짝이고 있었다. 뒤에는 정말로 아름다운 정원들이 펼쳐져 있었다.

코니는 라그비 저택보다 이곳의 내부를 훨씬 더 좋아했다. 내부는 훨씬 더 밝고 생기가 넘쳤으며 세련되고 우아했다. 방들은 크림색의 장식 판자로 둘렀고 천정은 금칠했으며 모든 것이 정교하게 정돈이 되어있었다. 모든 설비는 비용이 얼마가 들든 완벽했다. 복도도 넉넉하게 넓고 아름다웠으며, 부드럽게 휘어지면서 생기가 가득했다.

하지만 레슬리 윈터 씨는 홀로 살고 있었다. 그는 이 저택을 너무나 좋아했다. 하지만 그의 정원은 그의 소유인 세 탄광과 접하고 있었다. 그는 생각이 너그러운 사람이었다. 정원에 광부들이 왔다 갔다 하는 것을 환영하는 편이었다. 광부들이 그를 부자로 만들지 않았나! 그래 몰골 사나운 광부들이 떼를 지어 그의 장식용 연못들 근처를 서성이면―그는 정원의 **사유지** 부분엔 들어와선 안 된다고 했다. 그는 이 점에선 분명히 선을 그었다―그는 말하곤 했다. "광부들이 사슴만큼 보기에 좋지 않아도, 이윤은 훨씬 더 많이 벌어주지."

그러나 그것은―금전상으로―빅토리아 여왕이 재위하던 후반의 황금기 때 말이다. 그때는 광부들이 '좋은 일꾼들'이었다.

윈터 씨가 그의 저택을 방문한 당시의 왕자, 웨일스의 왕자에게 좀 변명하듯 그렇게 광부들에 대해 말을 했고 왕자는 좀 목에 걸리는 걸걸한 목소리로 이렇게 대답했다.

"정말 옳은 말이에요. 만약에 샌드링엄 궁전의 정원 밑에 석탄이 매장되어 있다면 잔디밭을 파헤쳐서 탄광을 개발하고 그 광경이 최고로 멋진 정원이라고 생각할 거예요. 나도 상당한 값을 치르고 흔쾌히 사슴과 광부를 바꿀 겁니다. 당신네 광부들이 모두 좋다고 들었어요."

그러나 그때 왕자는 돈의 아름다움과 산업주의의 축복에 대해 과장된 생각을 하고 있었던 것 같다.

아무튼, 후에 그 왕자가 국왕으로 즉위했고 그 국왕이 서거하고 지금은 또 다른 국왕이 즉위했는데 그 국왕이 추진한 주된 사업은 무료 급식소를 여는 것인 듯했다.

그러는 동안에 그 좋다는 노동자들은 야금야금 시플리 저택을 에워싸며 들어오기 시작했다. 새로 연 탄광 마을이 정원 안까지 들어서자 영주인 윈터 씨는 그 주민들을 완전히 자기와 관계없는 외계인처럼 느꼈다. 그는 서글서글하고 좀 거만한 태도로 자기가 영지와 광부들의 주인이라고 느끼곤 했다. 이제 새로운 정신이 미묘하게 스며들어오자 그가 밀려났다는 느낌이 들기 시작했다. 이 영지에 더 이상 속하지 않는 사람은 바로 **자신**인 것 같았다. 그건 틀림없었다. 탄광과 산업은 그 나름대로 의지를 가졌고 이 의지는 귀족 소유주에 반항하고 있었다. 모든 광부가 이 의지에 동참해 있었기에 그것에 대항해서 살아나가기가 힘들었다. 그것은 한 사람을 그 자리에서 밀어내거나 아니면 아예 삶을 마감하게 추방하는 것이었다.

군인이었던 영주 윈터 씨는 그것에 끝까지 대항했다. 그러나 저녁 후에 정원을 산책할 마음이 더 이상 들지 않았다. 그는 실내에서 몸을 숨기다시피 하며 지냈다. 한 번은 그가 모자도 쓰지 않은 맨머리에 보라색 비단 양말과 에나멜 구두를 신고 코니와 함께 점잖고 여유롭게 이야길 나누며 출입문까지 걸어간 적이 있었다. 그때 한 무리의 광부들이 앞을 지나가면서 인사는커녕 아는 척도 않고 그를 빤히 쳐다보자 이 야위고 점잖은 노인네의 몸이 움츠러드는 걸 코니가 느꼈다. 마치 우리 안에 들어 있는 우아한 영양이 천박한 시선에 몸을 움츠리는 것 같았다. 광부들이 **사적으로** 원한을 품은 것은 아니었다. 전혀 그런 건 아니었다. 그러나 그들의 정신은 냉랭했고 그를 밀어내고 있었다. 그리고 마음 깊은 곳엔 깊은 원한이 고여 있었다. 그들은 '그를 위해 일하는' 것이었다. 그리고 그들의 몰골이 초라한 데 반해 그의 우아하게 잘 차려입은 모습에 분개했다. '저자가 도대체 뭐람!' 그들이 분개한 것은 이 신분상의 차이였다.

그리고 그의 영국인으로서의 내밀한 마음 어딘가에는 군인 정신이 상당히 자리 잡고 있었기에 그들이 신분상의 차이에 대해 분개하는 것은 옳다고 인정했다. 자기가 모든 특권을 손에 쥐고 있는 것이 좀 잘못된 것이라 느꼈다. 그런데도 그는 한 제도를 대표하고 있었고 그들에 의해 쉽게 밀려 나가길 원치 않았다.

죽기 전에는 말이다. 그런데 코니가 방문한 지 얼마 안 되어 갑자기 죽음이 그에게 닥쳐왔다. 그리고 그가 유언장에 상당액의 유산을 클리퍼드에게 물려준다고 명기해 놓았다.

상속자들은 즉시 시플리 저택을 허물라고 지시를 내렸다. 그걸 유지하려면 비용이 너무나 많이 들었다. 그리고 아무도 거기에 들어가 살기를 원치 않았다. 그렇게 그 저택은 헐리었다. 주목 가로수도 모두 잘리었다. 정원의 나무는 모조리 다 벌목되었고 택지로 나뉘었다. 그곳은 어스웨이트와 아주 가까웠기 때문이다. 이렇게 나무가 다 베이고 주인 없는 기이한 황무지에 집 두 채를 잇닿아 짓는 교외주택들이 들어서더니, 어느새 작은 길들이 새로 났는데 보기에 아주 그럴듯했다! 시플리 가의 주택 단지라!

코니가 이 저택을 마지막으로 방문한 지 일 년이 채 안 되는 동안 이런 변화가 일어났다. 빨간 벽돌로 두 채를 잇닿아 짓는 식의 '별장들'이 새로운 거리에 늘어섰는데 이것이 소위 시플리 가 주택 단지였다. 아무도 열두 달 전엔 그곳에 치장 벽토로 세공한 대지주의 저택이 자리를 잡고 있었다는 걸 꿈조차 꿀 수 없었다.

그러나 이것은 잔디밭에 조경용 탄광을 설치하겠다는, 에드 워드 국왕이 말한 조경술의 후기 단계였다.

하나의 영국이 다른 영국을 지워 없애버린다. 지주 윈터즈 씨와 라그비 저택의 영국은 사라졌고, 죽었다. 지워 없애버리는 작업이 아직 다 완성되지 않았을 뿐이다.

그다음에는 무엇이 나타날 것인가? 코니는 도저히 상상이 가지 않았다. 그녀는 단지 들판으로 뻗어 나가는 새로운 벽돌 거리, 탄광 단지에 솟아오르는 새로운 건물들, 실크 스타킹을 신은 새로운 여자애들, '의리'나 '복지'라는 술집으로 몰려드는 새로운 광부의 자식들이 보일 따름이었다. 젊은 세대는 옛 영국을 전혀 의식하지 않아. 의식의 연속에 틈바구니가 생겨서 거의 미국식이지. 그러나 진짜는 산업적이지. 다음엔 무엇이 올 것인가?

코니는 다음이란 없다고 늘 느꼈다. 그녀는 머리를 모래 속에 숨기던가 아니면 적어도 살아있는 남자의 품 안에 숨기고 싶었다.

세상은 너무나 복잡하고 괴상하고 소름이 끼치도록 무서웠다! 하층민이 너무나 많고 정말로 소름이 끼치도록 무시무시했다. 그녀가 이런 생각을 하면서 집으로 가는 중에 탄갱에서 일을 마치고 줄지어 가는 광부들을 보게 되었다. 그들은 탄가루를 뒤집어써 시커멓고 일그러졌으며 한쪽 어깨가 다른 쪽보다 올라갔고 징을 박은 무거운 구두를 질질 끌고 있었다. 지하에서 작업했기 때문에 얼굴은 잿빛인데 돌아가는 눈자위는 하얗고 탄갱의 천정이 낮아서 목은 움츠러들고 어깨는 기형이 되어 있었다. 남자들이야! 남자들! 오호라, 어떤 면에선 참을성이 있고 선량한 남자들이지. 다른 면에서 보면 없는 거나 마찬가지고. 사람이면 **반드시 지녀야** 할 것이 그들 안에서 자랐지만 그만 사멸되었어. 그런데도 저들은 남자야. 저들은 자식들을 낳았어. 여자가 그들과 관계하면 아이를 낳을 수 있어. 무섭고도 소름 끼치는 생각이야! 저들은 선량하고 친절했지. 그러나 저들은 반쪽뿐이야. 인간의 잿빛 반쪽에 불과해. 그런데도 저들은 '선량'하지. 그러나 그것마저 반쪽에서 나오는 선량함이지. 저들 속에 죽은 부분이 다시 살아 일어날 수 있다면! 그렇지만 아니야. 생각하는 것이 너무나 **소름이 끼쳤다**. 코니는 전적으로 산업계의 대중을 두려워했다. 그들은 그녀에게 너무나 괴기하게 보였다. 아름다움이나 직관은 전혀 없고 항상 '갱 속에서만' 지내는 생활이라니.

그런 사람들한테서 나온 아이들이라니! 아이고, 하나님 맙소사!

그렇지만 멜러즈도 그런 아버지한테서 나왔지. 꼭 그렇다고 볼 수는 없지. 사십 년이란 세월은 차이를, 남자다움이란 면에서 끔찍한 차이를 만들었지. 철과 석탄이 사람들의 몸과 영혼 깊숙이 파먹어 들어갔어.

추함의 화신인데도 살아있다니! 저들 모두는 어떻게 될 것인가? 어쩌면 석탄이 바닥나면 저들도 지상에서 완전히 다시 사라지겠지. 석탄이 저들을 부르자 어딘지 모르는 곳에서 수천, 수만 명이 몰려왔지. 어쩌면 저들은 석탄층에서 나온 기괴한 동물군에 지나지 않아. 금속 노동자들이 철의 원소를 섬기는 정령들인 것처럼, 저들은 석탄의 원소를 섬기는 정령들, 또 다른 실체의 생명체야. 인간이면서 인간이 아닌, 단지 석탄과 철과 진흙의 동물이야. 탄소, 철, 규소, 원소들의 동물군, 정령들. 어쩌면 저들은 석탄의 광택이나 철의 무게와 푸르름과 저항력, 유리의 투명성과 같은 광물의 괴이하고 비인간적인 아름다움을 지니고 있을 거야. 광물의 세계에서 태어난 괴이하고 일그러진 원소적인 존재들! 물고기가 바다에 살고 벌레들이 썩은 나무에 기생하듯 저들은 석탄과 철과 진흙에서 사는 거야. 광물이 분해되면서 생겨난 정령이라고!

코니는 집으로 돌아와 보금자리에 머물게 되니 기뻤다. 클리퍼드에게 이런저런 말을 늘어놓는 것조차 즐거웠다. 탄광과 철의 중부지역을 이렇듯 무서워하자 꼭 유행성 감기에 걸린 것처럼 야릇한 느낌이 그녀의 온몸에 퍼져나갔다.

"물론 벤틀리 양의 가게에서 차를 마셔야 했어요." 그녀가 말을 꺼냈다.

"저런! 윈터 씨가 계셨다면 당신에게 차를 대접했을 텐데."

"네, 그랬어요. 그렇지만 벤틀리 양을 실망시키고 싶지 않았어요."

벤틀리 양은 코가 좀 크고 낭만적인 기질의 천박한 노처녀인데 차를 내올 때면 성찬식을 하듯 정성을 다해 내오곤 했다.

"그래, 내 안부를 묻던가?" 클리퍼드가 물었다.

"물론이지요!" 저, 클리퍼드 경께서 어찌 지내시는지 마님께 여쭈어도 될까요?"라고 하더군요. 그녀는 당신을 캐블 간호사[55]보다 훨씬 더 숭배하는 것 같아요!"

"그래, 내가 아주 건강히 지낸다고 말했겠지."

"그럼요! 그랬더니 마치 당신에게 천국의 문이 열렸다는 말을 들은 것처럼 너무너무 기뻐하더군요. 그래, 테버셜 마을에 오게 되면 꼭 우리 집에 들러서 당신을 뵈라고 했어요."

"나를! 무엇 때문에! 나를 본다고!"

"아, 그래요. 그렇게 숭배하는데 어느 정도의 보답은 하셔야지요. 그 여자의 눈에는 카파도키아의 성 조지 수호신도 당신보다 못하게 보이는 것 같아요."

"그래, 그 여자가 정말 올 것 같아?"

"얼굴을 붉히던데요! 그러니까 잠깐 아주 예뻐 보였어요. 불쌍도 하지! 왜 남자들은 진정으로 자기를 숭배하는 여자와 결혼을 하지 않지요?"

"여자들은 때를 놓친 다음에야 늦게 숭배를 하지. 그래, 그 여자가 온다고 했어요?"

"어머나!" 코니가 숨이 넘어갈 듯 말하는 벤틀리 양을 흉내

---

55 1차 세계대전 중 독일군에게 총살된 영웅적인 영국 간호사.—역주

냈다. "'마님, 제가 어떻게 감히!'라고 하더군요."

"어떻게 감히라고! 그런 말을 하다니 어처구니가 없군! 그렇지만 제발 오지 말았으면 좋겠어. 그래, 차 맛은 어땠소?"

"아, 립턴 차였는데, 아주 진했어요. 그렇지만 당신은 벤틀리 양이나 그런 부류의 다른 많은 여자에게 〈장미 이야기〉[56]와 같다는 걸 알고 계셔요?"

"그렇다고 해도 난 좋진 않아."

"그 여자들은 화보 잡지에 실린 당신의 사진 하나하나를 아주 소중히 보관하며 아마도 매일 밤 당신을 위해 기도할 거예요. 아주 놀랍지요."

그녀는 옷을 갈아입으려고 이 층으로 올라갔다.

그날 밤 클리퍼드가 코니에게 말했다.

"당신은 결혼엔 영원한 어떤 면이 있다고 생각하지 않소?"

그녀가 남편을 쳐다보았다.

"그렇지만 여보, 당신이 말하는 영원은 뚜껑—혹은 아무리 멀리 가도 계속 끌어당기는 아주 긴 사슬처럼 들려요."

클리퍼드가 성이 나서 코니를 노려보았다.

"내 말은," 그가 말했다. "당신이 베네치아에 가면 그곳에서 **굉장히 심각한 연애**를 할 생각인가 묻는 거요."

"베네치아에서 **굉장히 심각한 연애**를 할 거냐고요? 아니요. 확실히 말해요! 아니에요. 베네치아에선 아주, **아주 가벼운 연애**

---

56 13세기 프랑스의 대표적인 장편 연애시.—역주

정도 이상은 하지 않을 거예요."

그녀는 멸시하는 야릇한 어조로 말했다. 그는 아내를 쳐다보며 이마를 찡그렸다.

아침에 아래층으로 내려와 보니 사냥터지기의 개 플로시가 클리퍼드의 방 밖의 복도에 앉아서 아주 낮은 소리로 낑낑거리고 있었다.

"아니, 플로시!" 그녀가 부드럽게 말했다. "너 여기서 뭘 하니?"

그녀가 살며시 클리퍼드의 방문을 열었다. 클리퍼드가 침대용 탁자와 타자기를 옆으로 밀어놓은 채 침대 위에 일어나 앉아 있었고 사냥터지기는 침대 발치에서 차렷 자세로 서 있었다. 플로시가 뛰어들어 왔다. 멜러즈가 머리를 약간 젓고 눈짓으로 문밖으로 나가라 하자, 개가 살금살금 걸어나갔다.

"안녕히 주무셨어요? 클리퍼드!" 코니가 말했다. "손님이 있는 줄은 몰랐어요." 그러고 나서 그녀가 사냥터지기를 쳐다보며 인사를 했다. 그는 중얼거리며 인사를 했고 멍한 듯한 시선으로 그녀를 쳐다보았다. 그러나 그녀는 그가 거기에 있는 것만으로도 그의 정열의 숨결이 그녀를 스친다고 느꼈다.

"방해되었지요? 클리퍼드. 미안해요."

"아니, 중요한 일이 아니었소."

그녀는 다시 방에서 살며시 빠져나가 이 층에 있는 푸른색으로 치장한 부인용 내실로 올라갔다. 그녀는 창가에 앉아서 그가 이상하게 조용한 동작으로 차도를 내려가 사라지는 걸 지켜

보았다. 그는 천부적인 듯한 조용한 품성과 초연한 자부심을 지
녔고 또 어딘가 연약해 보이는 면이 있었다. 고용인이지 뭐! 클
리퍼드의 고용인 중의 하나야! '친애하는 브루터스여, 우리가
지금 부하로 있는 것은 별자리 때문이 아니라 바로 우리 자신
때문이라네.'[57]

그가 한낱 부하에 지나지 않나? 그런가? 그는 **그녀를** 어떻게
생각할까?

밝게 볕이 드는 날이었다. 코니가 볼턴 부인의 도움을 받으
며 정원 일을 하고 있었다. 어떤 이유에선지 두 여자 사이는 아
주 가까워졌다. 사람들 사이에 존재하는 설명할 수 없는 공감이
그들 마음을 관통했기 때문이다. 그들은 카네이션을 나무못으
로 고정하고, 여름에 필 작은 화초를 심고 있었다. 이런 일은 두
여자가 다 좋아했다. 코니는 작은 묘목의 보드라운 뿌리를 부드
럽고 검은 흙 반죽에 꽂고 잘 덮어주는 것에 특별히 말할 수 없
는 희열을 느꼈다. 마치 이 봄날 아침에 햇빛이 그녀의 자궁을
어루만지며 행복하게 해주는 듯, 그녀도 자궁에서 희열의 떨림
을 느꼈다.

"남편과 사별한 지 오래되었지요?" 코니가 작은 묘목 하나
를 가져다 진흙 구멍에 꽂으면서 볼턴 부인에게 물었다.

"이십삼 년이오!" 볼턴 부인이 매발톱꽃의 묘목 다발을 들어
조심스레 하나씩 갈라놓으며 대답했다. "사람들이 그이를 집에

---

57 셰익스피어의 《줄리어스 시저》의 1막 2장에 나오는 대사. ─역주

떠메고 온 지 이십삼 년이나 흘렀어요."

코니가 그 끔찍한 마지막 이야기를 듣자 마음이 미어지는 것 같았다. "그이를 집으로 떠메고 왔다고요!"

"그이가 왜 죽었는지 아세요?" 그녀가 물었다. "그이와 사이는 좋았어요?"

그건 여자끼리나 오가는 질문이었다. 볼턴 부인이 손잔등으로 얼굴에 늘어진 머리카락 한 가닥을 쓸어 넘겼다.

"모르겠어요. 마님! 그인 무엇에 쉽게 굴복하는 사람이 아니에요. 다른 사람들과 정말로 어울리려 하지 않았어요. 그리고 세상에 그 무엇에도 머리를 조아리는 걸 싫어했지요. 외고집이라 할까요. 바로 그것이 죽음을 **초래한 거지요**. 마님께서도 아시겠지만, 그인 죽는 것에 신경을 쓰지 않았어요. 저는 그것이 탄광 때문이라고 보아요. 그는 절대로 탄갱에 들어가선 안 될 사람이었어요. 그렇지만 그의 부친이 그가 어릴 때 탄광에 가도록 했어요. 그러고 나서 스무 살이 넘고 나니 거길 빠져나오기가 쉽지 않았지요."

"남편이 탄광이 싫다고 말했나요?"

"아, 아니요! 절대로 그런 적이 없었어요. 그가 뭘 싫어한다고 말한 적이 없어요. 그냥 얄궂은 표정만 지었지요. 그는 걱정 같은 건 하지 않는 사람이었어요. 아주 즐거운 표정으로 전쟁터에 맨 처음 나갔다가 곧장 전사한 젊은이들과 같다 할까요. 그의 머리가 이상한 건 아니었지만 절대로 걱정 같은 건 하지 않았어요. 제가 그이에게 이렇게 말하곤 했지요. "당신은 그 무엇에도 누구에게도 신경을 쓰지 않으시네요!" 그렇지만 그인 신경을 썼어요! 제가 첫아기를 낳았을 때 그인 미동도 않고 앉아 있다가 일이 다 끝나니까 숙명적이란 눈빛으로 저를 뚫어지게 쳐다보더라고요! 제가 순산이 아니라 좀 고생은 했지만 제가 오히려 그를 위로해야 했어요. "괜찮아요. 여보, 모든 게 다 잘 되었어요!"라고 말했지요. 그이가 나를 한 번 쳐다보더니 야릇한 미소를 짓더라고요. 그리곤 한마디도 안 했어요. 그렇지만 그 일이후론 그인 밤에 나와의 관계에서 제대로 즐기질 못했어요. 그 스스로가 절제해서 절대로 절정의 맛을 보지 못했어요. 그래 제가 말하곤 했지요. "아, 여보. 그냥 사정을 해버려요!"—때로는 저질 막말을 쓰기도 했어요. 그런데 그인 아무 말도 안 하고 긴장을 풀고 사정을 안 하더라고요. 아니면 못한 건지. 제가 다시는 애를 배는 걸 원치 않은 거지요. 전 그이 어머니를 항상 탓했어요. 산실로 그이를 들여보내는 게 아니었지요. 도대체 그이가 거길 들어올 이유가 전혀 없었던 거지요. 남자들이란 일단 걱정을 하게 되면 필요 이상으로 확대해서 생각하는 경향이 있어요."

"그이가 그토록 신경을 썼어요?" 코니가 놀라서 물었다.

"네. 그인 그 모든 산고를 자연스러운 것으로 받아들이질 못했어요. 그게 결혼생활에서 누릴 그의 즐거움을 망친 거지요. 제가 그이에게 말했어요. "아니, 내가 괜찮다는데 왜, 당신이 그렇게 신경을 써요? 그건 내가 조심할 일이에요!—그렇지만 그가 기껏 한 말은 "그건 옳지 않아!"였어요."

"어쩌면 그분이 너무 예민했던 것 같네요." 코니가 말했다.

"바로 그거예요! 남자들을 좀 알게 되면, 남자들이 다 그렇다는 걸 알게 돼요. 쓸데없는 일에 과민해요. 그리고 제 생각으론 그인 의식을 못 했지만, 탄광 일이 너무도 싫었나 봐요. 그이가 죽었을 때 표정을 보니 완전히 자유의 몸이 된 것처럼 평온했어요. 그인 아주 미남 청년 모습이었어요. 그런 그이가 마치 죽기를 **바랐던** 것처럼 아주 조용히 순수한 표정으로 누워있는 걸 보니 제 가슴이 찢어지는 것 같았어요. 정말 가슴이 찢어지듯 아팠어요. 정말이에요. 그렇지만 그건 탄광 때문이었지요."

그녀는 비통하게 눈물을 흘리며 슬피 울었고 코니는 더 슬퍼하며 울었다. 따스한 봄날이고 흙냄새와 노란 꽃의 향기가 번지고 많은 초목이 움을 트고 정원은 따스한 봄빛을 받으며 정적에 잠겨있었다.

"너무나도 끔찍스런 일이었겠어요!" 코니가 말했다.

"아, 마님! 처음엔 실감을 못 했어요. 전 그냥 이런 말만 했지요.—아니, 당신, 왜 나를 두고 떠났어요!—그게 제가 할 수 있는 말 전부였어요. 그렇지만 왠지 그이가 꼭 돌아올 것만 같았어요."

"하지만 그분도 당신을 두고 떠나고 싶지 **않았겠지요.**" 코니가 말했다.

"아, 그렇지요. 마님! 그건 제가 지각없이 떠든 소리지요. 그리고 그이가 돌아오길 계속 기다렸어요. 특히 밤에요. 전 잠에서 깨어 계속 생각했어요. 왜 그이가 잠자리에 없는 거야!—

제 느낌으론 그이가 떠났다는 걸 도저히 받아들일 수 없었어요. 그가 반드시 돌아와 내 곁에 누울 거란 느낌이었어요. 그이의 따스한 몸을 내 곁에서 느끼는 것, 그것이 제가 원하는 오직 한 가지였어요. 그런데 수많은 충격과 고통의 밤을 지낸 다음에야 그이가 돌아올 수 없다는 사실을 받아들이게 되었어요. 숱한 세월이 걸렸어요."

"그분의 손길을." 코니가 말했다.

"바로 그거예요. 마님. 그이의 손길! 전 오늘날까지 그걸 극복하지 못했어요. 아마도 절대로 못 할 거예요. 만약에 저 하늘에 천국이 있다면 그이가 거기에 있을 테고, 내가 곤히 잠들도록 내 곁에 누워주겠지요."

코니는 생각에 잠긴 아름다운 그녀의 얼굴을 겁에 질려 흘낏 보았다. 또 다른 테버셜 출신의 열정적인 사람이 있구나! 그의 손길이라! 사랑의 끈은 풀기가 힘들지!

"일단 남자를 핏속에 받으면 그건 무섭군요!" 그녀가 말했다.

"오, 마님! 바로 그것 때문에 그렇게 비통하게 느끼는 거예요. 사람들이 그이가 죽기를 바랐다는 느낌이 들어요. 그리고 탄갱이 그이를 죽이길 원했다는 느낌이 들어요. 만약에 탄광과 그걸 경영하는 사람이 없었다면 그이가 나를 두고 죽을 리가 없다는 느낌이 들지요. 남녀가 함께 있기만 하면 사람들은 두 사람을 떼어놓으려고 안달이란 생각이 들어요—"

"남녀가 육체적으로 같이 있으면 말이지요." 코니가 말했다.

"맞아요. 마님! 세상엔 냉혹한 사람들이 많아요. 매일 아침 그이가 일어나 탄갱으로 갈 때는 이건 아니야, 잘못된 거야, 라고 느꼈어요. 그렇지만 그이가 그밖에 무슨 일을 할 수 있겠어요? 남자가 무슨 일을 할 수 있어요?"

야릇한 증오의 불길이 그 여자의 마음에서 이글이글 타올랐다.

"그렇지만 손길의 느낌이 그렇게 오래 가나요?" 코니가 갑자기 물었다. "그이의 느낌이 아주 오래 가나 봐요!"

"아, 마님. 그것 말고 무엇이 오래 갈 수 있나요? 아이들은 다 커서 떨어져 나가지요. 그렇지만 그이의 손길은—! 그래요! 그런데 사람들은 내 안에 든 **그런 느낌마저** 죽이려 들어요. 그이의 손길에 대한 느낌까지요. 자기 뱃속에서 나온 아이들까지도 말입니다! 아 그렇지요! 하긴 우리 부부도 헤어질 수도 있었겠지요. 그걸 누가 알아요. 그렇지만 그 **느낌이란** 건 참 달라요. 어쩌면 그걸 한 번도 느껴보지 못한 게 나을지도 모르지요. 그렇지만 남자의 몸에서 진정으로 따스함을 느껴보지 못한 여자를 볼 때는 그들이 아무리 옷을 잘 차려입고 뽐내며 돌아다녀도 그들은 가련한 유령같이 보여요. 아니, 전 제 식대로 살아가렵니다. 전 세상 사람들을 대단하다고 생각지 않거든요."——